金牌建筑师

香雪 ◎ 著

时代出版传媒股份有限公司
北京时代华文书局

图书在版编目（CIP）数据

金牌建筑师／香雪著．—北京：北京时代华文书局，2016.5
ISBN 978-7-80769-646-9

Ⅰ.①金… Ⅱ.①香… Ⅲ.①长篇小说－中国－当代 Ⅳ.①I247.5

中国版本图书馆 CIP 数据核字（2016）第 080620 号

金牌建筑师

著　　者｜香雪

出 版 人｜杨红卫
选题策划｜黎　雨
责任编辑｜胡俊生　杨　洋
装帧设计｜张子墨
责任印制｜刘　银
营销推广｜新业文化

出版发行｜时代出版传媒股份有限公司 http://www.press-mart.com
　　　　　北京时代华文书局 http://www.bjsdsj.com.cn
　　　　　北京市东城区安定门外大街 136 号皇城国际大厦 A 座 8 楼
　　　　　邮　编：100101　　电话：010-64267120　64267397
印　　刷｜河北信德印刷有限公司
开　　本｜880mm×1230mm　1/32
印　　张｜9
字　　数｜202 千字
版　　次｜2016 年 7 月第 1 版　　2024 年 5 月第 2 次印刷
书　　号｜ISBN 978-7-80769-646-9
定　　价｜46.00 元

目 录

救　急

　　阳光明媚的周一，叶穗上完最后两节课，便匆匆赶往招标大厅。在那里，建筑院要与规划院、民用院等一些设计院竞争大剧院的投标。

　　刚走到大厅入口，叶穗就看见规划院的美女建筑师姬超轶狂喜地将效果图抛向阳光中，而簇拥在姬超轶身旁的一位设计师，则如获至宝地抢走了效果图，其他前来祝贺的建筑设计师也欢呼着把姬超轶在空中抛掷了三下。

　　设计师们旁若无人地从叶穗身旁走过，毫无顾虑地说笑着。

　　"建筑院连万盛投资公司的阵地都丢了。"民用院的吴翔鸿说道。

　　"他们早年有赵院长，后来有谢子尧，现在什么都没有了。"宏达院方案投标人说道。

　　"翻版作品可是建筑师的奇耻大辱。"规划院的王丹宇语气特别夸张。

　　"总之，建筑院垮了对我们有好处。就算瘦死的骆驼比马大，但也不可能一时半会就咸鱼翻身。"吴翔鸿开始预测建筑院的下场。

"别管建筑院了。美女建筑师频频中标，不庆祝一下？"宏达院的设计人员开始起哄。

"走，新悦酒店，我请客。"姬超轶豪爽地回应。

那群人走远了，留下目瞪口呆的叶穗，她不知道自己该何去何从。虽然建筑院的同仁在耻辱中早已离开了招标大厅，但翻版作品却像铅块一样压在叶穗的心头。

建筑院的投标方案是资深设计师谢子尧一夜之间的作品，赵院长看过后给予了充分的肯定，真没想到这个方案竟然是翻版的。原来这个方案是谢子尧早年为南方一家香料公司设计的产品展览大楼的方案，他稍加修改拿去竞标了。在开标会上，谢子尧的方案陈述尚未完成就被吴翔鸿识破了。

叶穗折回到建筑院，便看到垂头丧气的建筑师们和盛怒下的院长。杜宇一见到叶穗就把她拉到一旁，低声说道："谢子尧搞砸了，建筑院的名声尽失。"

"谢师呢？"叶穗问道。

"躲起来了，哪有脸面见人呀。"杜宇幸灾乐祸地说道。

"赵院长干嘛呢？"叶穗指着百叶窗后不停地做手势的赵院长说道。

"还能做什么？为大剧院的方案心急上火呗。"

"一次的失败不算什么，运气不好吧。"

"不止失败一次而是三四次了，关键在于，这次招标单位是万盛投资公司，那是建筑院的长期合作伙伴。"

院里为了稳中求胜，大型项目的方案会让资深的建筑师来设计。建筑院的新人往往要三五年之后才能接手大型方案。因此建筑院私底下流传一句顺口溜：规划院是创造大师的良田，建筑院是埋葬大师的沃土。

建筑业大浪淘沙的残酷让赵院长睁开了眼睛，故步自封只能走向毁灭。

作为新人，杜宇不论是明里还是暗里都露出想参加大剧院方案设计的想法。其实叶穗知道，杜宇早等着在大剧院方案中崭露头角。他毫不掩饰跃跃欲试的欲望，多方收集设计资料。为了大剧院的方案，他甚至前往上海、北京等地实地考察过。

"要起用新人了，学长的机会来了。"叶穗刚说完话，就看见画图匠们走了出来。

建筑院不乏毫无创意的建筑师，画图匠们的方案都是从建筑图册中照搬下来的，方案尚未出院里就被枪毙了，但施工图设计中少了画图匠们也不行，他们的细致和耐心都用在施工图设计中了。

"八仙过海，各显神通。"杜宇狞笑地说道。

"杜宇，去院长办公室。"其中一个画图匠走过来说道。

杜宇信心十足地进入到院长办公室里，他刚走开，排水专业的赵雪梅便发出轻蔑的笑声。

"杜宇高兴得太早了，建筑大师不是一日两日能有所成就的，院里多半会从外面请名家来做方案。"赵雪梅嘲讽地说道。

"既然院里的设计师能做出优秀的方案，为什么还要从外面请大师？"叶穗有些不明白。

"优秀的方案？那可不一定，等着瞧吧。"

"好的方案就是好的方案，不是谁随便一说就变坏了。"

无论赵雪梅如何贬低建筑院的设计师，叶穗对杜宇充满了信心。

但是陷入翻版作品事件的谢子尧,一如既往地谢绝了大剧院方案的竞标。这不是他第一次拒绝方案竞标了,建筑院早已流传着谢子尧江郎才尽了。

在充满诸多不确定的因素中,新一轮的方案竞标开始了,建筑师们又将忙得昏天黑地了。

半个月后的一天下午,大剧院方案内部评审。

叶穗早早地来到院里,想要先睹为快,可是方案评审时无关人员被拒绝进入。她坐在电脑前喝着茶水等着评审结果,看上去倒比参加评审的设计师还要紧张。

"叶穗呀,没必要那么担心,你还在实习期,到台上介绍自己的方案至少要等到毕业吧。"结构专业的周越调笑地说道。

"那全当我是在提前学习如何克服紧张情绪了。"叶穗的笑声清脆动听。

"伶牙俐齿,设计师就需要口才好的人,就凭这一点你已经入行。"

建筑专业流行一句,好方案要配一张好嘴。投标时精彩的解说词往往比方案本身更重要,有时一些好的方案会因投标人不擅长解说而被淘汰了。赵院长年轻时的方案屡屡中标,一方面是方案做得好,另一方面就因他的高谈雄辩。

省大剧院建筑方案的评审持续了两个多小时,叶穗一直盯着会议室的百叶窗。她看见有人在大屏幕前走来走去,待评审结束时,参加方案投标的设计师涌出了会议室,那群人中没有杜宇,他还留在会议室里与院长据理力争。

"我的方案为什么就不行?院长不要一朝被蛇咬,十年怕井绳。"杜宇的声音充满怨气。

"方案本身是好的,可惜脱离了环境,现在的建筑理念是,使建筑与城市产生新的对话关系。"赵院长叹了一口气。

"院长，若一分为二地看问题就不是这个结果了。"杜宇还在据理力争。

"若请来的建筑师还是这个意见，就不要再埋怨了。"赵院长一锤定音。

杜宇生气地离开会议室，留下赵院长独自面对那些不中意的方案。

叶穗事先看过杜宇的方案，她觉得这个方案堪称完美。不过她没见过其他设计师的方案，如果杜宇的方案不能选中，只能说明其他方案会更好。等待最后宣判的时刻更难熬，叶穗目不转睛地盯着会议室的大门。

不知什么时候赵雪梅凑到了叶穗的身边："怎么样，我料事如神。"

"赵师，预料到什么了？"

"你还不知道，要外聘建筑大师了。"赵雪梅幸灾乐祸地说道。

"杜宇的方案已经很好了，他的方案……"

"建筑大师可没有速成班，这碗饭不是那么好吃的，杜宇还需要磨炼。"

"建筑师就像歌词唱的，风雨之后见彩虹。"叶穗回敬道。

"太年轻了，不知深浅。"见话不投机，赵雪梅走了。

叶穗刚停下手里的鼠标就看见杜宇走来。从他的面色上，她已知道了结果。叶穗的心摔到了地上。她如此渴望杜宇能够成功，也是为着自己的未来，如果建筑大师都要在三十岁以后成功，她岂不是还要奋斗七八年？

"我就不明白院里想要什么样的方案才能满意。"杜宇气急败坏地说道。

"方案全否定了？"叶穗不相信地进行确认。

"我的方案否定了，其他方案更不会选出来。"杜宇像挽回面子似的说道。

"真的要外请建筑大师？"

"启动第二方案了，院长做了两手准备。"

"全当学习吧，外请建筑大师对我们也是好事。"叶穗安慰道。

"我为了大剧院的方案已经有两周没约见朋友了，结果还是这样，又怎么能不生气？"

"我叫上学妹们去唱歌，帮你消消气。"

"改日吧，现在没有心情，可惜了方案费。"杜宇说完就走了。

望着杜宇的背影，叶穗笑了，随后她把注意力集中到电脑前的施工图上。

建筑院要外请建筑大师的风声不胫而走。

叶穗从图书馆回到宿舍里就听见关翎问起此事，原本已经趟到床上的曲姗和黄蔓殊的耳朵也立刻竖起来。毕业在即，莘莘学子最关心的就是日后的工作。

"建筑大师来了吗？"关翎问道。

"尚未一睹建筑大师的真容，也许滥竽充数吧。"叶穗虽然这么说，心里却想早日见到传说中的金牌建筑师。

"赵院长老奸巨猾，他的火眼金睛肯定能识得货真价实的建筑师。"曲姗笑着说道。

"货真价实可就是长期饭票呀。"关翎一脸的羡慕。

"听说是从法国来的建筑大师，帅气多金。"黄蔓殊关心的重点似乎更在于建筑师本人。她们四个人当中只有黄蔓殊最不为工作着急，她保研成功了。

"建筑大师离我们太遥远了，早点睡吧。"叶穗说完径自去了卫生间洗漱。

等叶穗从卫生间出来时，她们三个人还在谈论即将到来的建筑大师。叶穗轻轻一笑，关灯睡下。睡梦中她梦到金牌建筑师已来到建筑院了。

早上叶穗在学校里填了几张表格就没去建筑院。下午她赶到建筑院时，明显感到气氛异常，预算科老道持重的闫香印与赵雪梅凑在一起不知说些什么，谢子尧如平常一样沉默寡言，当然，翻版作品被揭穿后他更加沉默。

来到电脑桌前叶穗看见心情郁闷的杜宇，她想说些逗笑的话，好让杜宇高兴起来。想起昨日他在建筑系女生宿舍前与她分手时说要去见一个人，她调笑地问道："昨日邂逅美女了？"

"美女不给面子。"杜宇嘟囔道。

"省大那么多的美女都看不上老兄？"

"弱水三千，只取一瓢饮。"

"要我帮忙吗？近水楼台嘛。"

"有些事要亲自做，就像饭要亲自吃。"杜宇苦笑地说，"四点钟要去接一位金牌建筑师，真正的建筑大师。"

叶穗明白了杜宇的言外之意，笑了。

建筑设计师是令人羡慕的职业，却也是残酷职业，它需要人们具有超强的创意和非凡的灵感，并非所有建筑学出身的人都成为勒·柯布西耶、保罗·安德鲁，那些脑袋里毫无创意的人就只能沦落为画图匠。

"为了省大剧院请来的建筑大师？"叶穗笑着说道。

"此人在法国已小有名气。"

"谢大师早有名气了。"

"江郎才尽，谢师头上的光环消失了。"杜宇轻蔑地说道。

叶穗迅速向四下看了一眼，确定谢子尧不在一板之外的电脑前便松了一口气，一个实习生可不想因闲言碎语被人记恨。

曾经红极一时的谢子尧多年未能拿出像样的建筑方案了。谢子尧曾经开过独立的建筑事务所，只是他骨子里就是浪漫多情的人，感情用事，根本不适合做生意。三年前他的合伙人离开后，事务所再没接过像样的建筑工程。事业失败后的谢子尧最终成为现如今的"橡皮人"，来到省建筑院混口饭吃。如今更是丢盔弃甲，连阵地都丢了，恐怕难有东山再起的契机。

叶穗刚把头转过来，眼角的余光就看见谢子尧从会议室里出来。谢大师一副事不关己、高高挂起的神情，叶穗的目光与他交汇后，浅浅一笑。

"把迪拜建筑的设计师请来可不是这个价。"谢子尧说道。

"院里最终会给那个价，前提是要有好的方案。"杜宇转过身对叶穗说道，"快看，这就是今天要接的建筑大师黎昊。"

杜宇做了一个发送的手势，接着叶穗便听见手机接收的信号，打开手机，她看见一张俊朗、梦幻、若有所思而充满灵感的脸。

"这是一张人见人爱的脸。"杜宇不忘调侃。

"叶穗，还不快去机场给建筑大师留个好印象。"谢子尧说道，"你的实习考核可是要由他来打分的，当然今天你的这身妆扮会得满分。"

"英雄所见略同。"杜宇嬉皮笑脸地说道，"谢大师，你认识黎昊?"

"我们是同窗，但不可同日而语。"

杜宇苦笑，对建筑师来说灵感的枯竭是最可怕的。

刚走进机场大厅，叶穗就看见滚动屏幕上显示来自上海的 **FM9210** 次航班已进场。叶穗拿出手机再次看了一眼手机中的那张脸，她要熟记大师的脸好一眼认出他来。乘客陆续走出来了，片刻便充满了狭小的机场大厅，过往的旅客与叶穗擦肩而过，她向后退去想要避开拥挤的人流，却不小心撞到了另一位旅客身上。

叶穗连忙道歉，目光扫过一张张疲惫的脸，终于，她在人群中看见了那张神形兼备的面貌，但人一挤她又找不到那张与众不同的脸了。叶穗向前走了一步，却又被突如其来的行李箱撞到了腿，差点摔倒在地。

"没看见美女站在这儿吗？"叶穗头都没回便愤怒地说道。

"对不起，女士。"男士礼貌地道歉，但语气随即转成嘲讽，"真正的美女绝不是靠自封获得的。"

叶穗听见杜宇的窃笑，脸上的潮红已攀升到眉梢。她把杜宇推到一边，恨不得打他一顿。

"撞人，倒有理了！不要偷换概念，即便把黑的说成白的，还是撞了人。"叶穗好看的眼睛拧在一处了，但即便她怒目圆睁时看上去依然是位美女。

叶穗的目光与那位男士相遇了，他们两人都是一惊，接着分别退后一步，伸手去拿口袋里的手机。两人似是看到对方的反应，又觉得很突兀，他们的手都停在空中不动了。

尽管心中有怒气，叶穗也不得不承认，对面西装革履的男子要比照片里更加迷人，那冷静的神气赋予俊美的容貌一股不羁的张扬。

男子看着发呆的叶穗，突然笑了起来，声音充满磁性和诱惑。

"黎昊，你可是挽救建筑院举足轻重的人物呀。"杜宇的声音打破两人的对视，他夸张地说道，"这边请，车在停车场里，若不是此处禁止停车，我会把车开到这里来接你的。"

黎昊的眉头皱了一下，眼底也有一丝厌恶之情，他挥挥手仿佛要把杜宇放在自己肩膀上的那只手推开，接着他侧身向左走了一步，绕开杜宇，径直走向停车场。

叶穗装作没听见杜宇的话，紧跟黎昊走了。杜宇在原地愣了一下，也小跑着赶上叶穗。

停车场上只剩下五辆车，黎昊不知道哪辆车是杜宇的，便站在第一辆车旁等他们。杜宇护着叶穗来到那辆白色的轿车前，打开车门先让叶穗上车，然后才来招呼黎昊。

特大号的行李箱在杜宇的手下极不听话，他怎么都不能将它放进后备箱里。黎昊走上前来，浅浅地一笑，把箱子侧倒顺势滑入狭小的后备箱中。

一切就绪，汽车飞驰起来。此时经过短暂的时间过滤，叶穗从刚才的尴尬中解脱出来，已能直视后视镜中黎昊的眼睛。

"去哪里？今天要交住宅楼那套图。"杜宇小声地问着叶穗。

"回建筑院吧，我也有一张大样图要画。"

他们自顾自地说话把黎昊晾在一边。城市的二级路上，汽车的速度不顾限速标识飞一样跑起来，车里的提示音滴滴地叫嚣着。

"不要急着去看设计方案。老弟的视力应该是1.0吧，我是0.8的视力都能看清路边的限速标识。"黎昊淡淡地说道。

"建筑大师要入乡随俗，这里都是这个速度开车，还有比这更快的，要不要见识一下？"杜宇赖皮赖脸地说道。

"我已经见识过了。"

正说着有辆车超过去了。叶穗夸张地笑出声，感到胸中那口恶气发泄出来，她和杜宇交换了一下眼神得意地笑了。车速慢下来，杜宇接了个电话，他的声音一下变得温柔。叶穗还是第一次看见杜宇如此温柔的一面。

见杜宇挂了电话，叶穗笑着说："小表妹的电话？"

"叶穗要保持距离，干涉他人的自由可不行。"杜宇故意生气地说道。

叶穗笑起来，这是杜宇典型的反击，她喜欢与杜宇在一起就因他的有趣和粗枝大叶。

汽车最后停在建筑设计院那栋别致的大楼前，车尚未停稳，叶穗就看见院长及其各专业负责人都站在大门前迎接黎昊。叶穗一想到自己坐在副驾驶座，却把黎昊扔在后座上心里就有点发怵，好在黎昊的出场吸引了众人的目光，她在众人走进大楼后才悄悄地从车上下来。

黎昊是被请来救急的。他的合伙人顾承遗与院长是同学，但顾承遗在筹划迪拜的酒店项目走不开，恰逢黎昊想要回国看看，便答应助院长一臂之力。在法国时，黎昊已看见许多大剧院的方案。自国家大剧院落成后，各地都在建设大剧院，省城的剧院已是跟风的末期了。

回省城之前，黎昊在以上海为中心的区域里看了看。各地到处充斥着世界级建筑大师的建筑手法和理念，却没有几个真正地领会到他们真意。黎昊意识到不能即刻返回法国了。

透过百叶窗的缝隙，叶穗看见黎昊被请进了对面的会议室。投影仪随之打开，屏幕上呈现出大剧院的效果图。看过招标文件后，黎昊对眼前的设计方案没有一个满意的，正如院长所说，这些方案并没有表达出建筑的神韵，与周围环境也不是和谐统一。

"这样的方案拿去投标恐怕难以获胜。"院长语重心长地说道，"规划院的方案由姬超轶提供，民用院的方案则由海归吴翔鸿设计，总院由李院长亲自设计，这些人的方案都多次获得优秀设计奖。"

临来之前，黎昊以为能看见几个像样的方案，但结果却让人失望了。其中一个方案表达出北方城市的人文精神但完全脱离周围的环境，像外来物一样突兀地立在黄金地段上。虽然现代建筑艺术不拘泥于现代主义理性，不过也要求以简约的设计思路和辨证统一的手法，创造出更丰富的景象，使建筑和城市产生新的对话关系。

"这些方案只是跟风，没有创意也没融入到环境中去，更别提创造优雅的、富有现代气息的空间场所了。"

"因此要请黎大师来救急，你看这个……"院长指着象征着书卷的方案说道。

"这个方案很好地展现了后现代建筑的风格却完全脱离了环境，没有让人感觉到它是与生固有的。后现代主义的建筑艺术向着建筑与城市及历史景观环境的结合转变了，强调人的活动和社会行为与建筑之间的联系，使设计充满了人文关怀。"黎昊看着方案认真地分析。

站在一边的杜宇有些心惊，黎昊的话竟然与院长如出一辙，这让他不得不重新审视方案。他意识到自己过于专注方案本身，过于重视方案的标新立异而忽视基本的建筑与环境的协调一致。到了此时，杜宇心服口服了。

"周边环境的建筑风格不可能与新的建筑相协调。"谢子尧当然知道这一点，却想看见黎昊出丑。

"这需要做些装饰或是附属建筑与之协调起来。"

"关于大剧院的设计你有什么想法?"

"要看了现场，才能知道。"

"这些方案要重新做，建筑艺术要有想象的空间。对了，开标的时间是?"

"两周后的今天，来不及重新做方案，大师你看这些方案能不能改一改?"院长指着面前的方案说道。

"我来做方案，费用需要这个数。"黎昊把写上数字的纸张推给院长。

院长看了看那个数字，沉默良久后点点头。三年来，建筑院在几次大的投标竞赛中接连失利，而建筑事务所却如雨后春笋般崛起，他们在建筑行业龙头老大的地位岌岌可危。

"金钱至上呀，这个数我也能做出中标的方案。"谢子尧酸溜溜地说道。

"只要能中标都是这个数。"院长果断地说道。

"我退出。百米冲刺的项目不是我这个年龄能干的，还是做手里的马拉松的工业项目。"

"那个工业项目快有一年了吧。"杜宇调侃地说道。

在座的同仁哄堂大笑，谢子尧也笑起来了。

"你也找个这样的项目做上一年? 咱俩比一比看谁做得慢。"

这次连黎昊都大笑起来。

"我需要最高配置的电脑，还需要一名最好没有参与过这个项目的助手。明早就要，一切都要从头来。"

"电脑好办，但眼下只有一名实习生叶穗没参与到这个项目中。"赵院长说道。

"就是她了。"

"要是选我还不干呢，这就叫什么？不要耽误了叶穗做方案的机会。"杜宇的中指和食指翻转铅笔，不满地说道。

"杜师别自作多情了，大师并没安排你进项目。"谢子尧说道。

杜宇甩下众人冲出了会议室，临走时留下一句："雏凤清于老凤声。"

"年轻人心高气傲，大师不要见怪。"谢子尧说道。

"竞争是优选方案的最佳捷径，欢迎一切竞争者参与到之个方案中。"赵院长笑起来，他感到这一步棋走对了。

"我先去酒店安顿下来，回头再聊。"黎昊说完便拉着行李箱走了。

黎昊订的酒店就在凤栖路不远处的新悦酒店。到了酒店，黎昊整理完行李箱里的衣物，洗完澡换了一身干净舒爽的衬衣就回到建筑院，此时他才注意到建筑院大楼就是一栋别具匠心的建筑，球形拱顶，弧形的立面，错落有致的楼层搭配。黎昊感到欣慰，终于看到一栋别样的建筑艺术。

"怎么样？能体现出大师挂在嘴边的建筑艺术吗？"谢子尧来到黎昊的身边说道。

"这建筑一看就是出自大师之手，把保罗·安德鲁关于人生、自然界都是圆形的理念运用到极致。"

"谢谢夸奖，十年一觉建筑梦，占得灵感薄幸名。"

"子尧不要泄气，建筑师的时代来到了。"

"那是你们的时代，我的想像变成扁平的，再也设计不出这么好的建筑艺术了。"谢子尧看看即将落山的太阳说道，"走，喝酒去，为老兄接风。"

"改天吧，今天不喝酒只喝茶。"

谢子尧道了声再见，便开着那辆建筑事务所倒闭后硕果仅有的奥迪车扬长而去。

黎昊走入大厅，正要进电梯却看见叶穗和杜宇从电梯里出来，他愣了一下，电梯的门关上了。他们擦肩而过时，杜宇的电话响了。

接完电话，杜宇便神色暧昧地对叶穗说："约会取消，另有他事。"

"关键的时候就挂不上挡了，今夜就剩我孤家寡人了。"叶穗笑着打趣，"快去吧，你的小表妹要等急了。"

杜宇歉意一笑，飞快地跑向汽车，绝尘而去。

"我来陪你好了，"黎昊跟上叶穗的步伐，"我们先到星巴克喝咖啡，然后再去看电影。"

"谢谢，我想静静地过这个夜晚，北方的夜晚有时只需要一个人。"

叶穗简简单单的一句话就把黎昊的邀请堵回去了。

黎昊却不以为意，他笑着转身进到电梯里。他要再次细读大剧院的招标公告，心中只想大干一场，把自己的建筑艺术留在家乡的土地上。事实上，自从脚步踏上祖国土地的那一刻起，他就没有平静过，这个城市与十年前的风貌大有改观，从基础设施、公用建筑到居民住宅都有翻天覆地的变化，正是赶上了建筑的好时代。

大剧院的招标公告的内容很宽泛，仅提出了功能、公用的要求，留给建筑师极大的想像空间。面对这几页纸，黎昊一筹莫展。他提出了挑战，但心目中的剧院却连一个影子都没有，他后悔没有跟子尧去喝酒。

黎昊抬头看向窗外，绵延到天边的江水沿岸有明灭不定的灯火，广告牌的霓虹灯也醒目地闪烁着。他走到落地窗前俯瞰省城的夜色，这里也有巴黎夜空下歌舞升平的繁华了。黎昊还想再好好看看省城夜景，无奈这里的楼层不是最高处，西面被一栋高楼挡住视线。

电话响了，黎昊奇怪会有谁打电话，拿起手机就看见那个熟悉的名字钟丁山。他们在纽约见过面，那时黎昊在纽约有个公寓扩建项目。钟丁山是耶鲁大学法学系的高材生，他正苦于没有资金筹办自己的会计事务所时，黎昊慷慨解囊，促成了钟丁山的好事，而钟丁山在省城的浩然会计事务所的大楼亦是黎昊的大手笔。

"你我是老朋友了，回来也不提前说一声，怎么还想躲着我？"

"来救急的，不是游玩的。"

"我在碧石湾那儿有一套别墅，可拎包入住，另外附赠一辆轿车。这是老兄应得的。"

"钟总太客气了，先谢谢钟总。"

"阔别十年，家乡的私房菜馆应该很对老兄的胃口，我来接你。"

"这两周还是不要见面了，要重新设计方案。"

"那就不打扰老兄了，明早八点十分车钥匙会送过去，改天再谈。"

"再会。"

黎昊放下电话信步走出建筑院别具一格的大楼，来到江河沿岸。这是他从小走惯的江河，但很难找出十年前的影子，这里已经开发成城市的名片了。他注意到在江面上修建了许多跨江大桥，那片通往山里的小路旁就有一座闪烁光彩的大桥。桥拉近了石山与城市的距离。

江水幽幽，灯光闪烁，江对岸是怪石林立的石山。在这片土地上，他曾经有唯一的栖身之处，就是石山后茂密的森林中临悬崖峭壁的三间茅草屋。父母走后，他再也没有去看过那片他出身的土地，那个连系他与这个城市的纽带。

清晨，透过百叶窗，黎昊看见叶穗一步两晃地上班来了。昨日他没仔细看过叶穗，今日一见，才觉得建筑系的女生就是漂亮。叶穗的脸探进门来的一瞬间闪过的光彩，让黎昊想起一个人。她时常也有叶穗这样的神情，说不上来是什么，既不是惊喜亦不是好奇，而是囊括了更多含义的一瞥。随着叶穗走来，她身上那件廉价的衣衫也有韵律地动起来。

黎昊看着叶穗在摆满各样建筑图册的桌子边坐下来，看着她打开电脑。在天女散花般翻开的建筑图册下，叶穗的电脑被挤在角落里。

"不会觉得无处容身吧，那些图册可以拿到审图桌上的。"黎昊热心建议。

"我需要的地方很小。"

"去街对面的星巴克买两杯拿铁咖啡，噢，项目结束后到我这里报账。"

"我不是来当管家的，而是要学习建筑艺术。"

"要想学到建筑艺术就要从管家开始。"黎昊看着建筑图册，神情严肃地说道，"过一会要去现场，叶小姐准备一下。"

也不管叶穗如何愤怒，黎昊吩咐完毕，便径自伏案工作。从电脑上的图形，叶穗看出他已工作两个时辰。她的心一动，郁郁不乐地走了，虽然她知道两杯咖啡中有一杯是自己的。

来到星巴克，叶穗闻着芳香扑鼻的咖啡味和奶油蛋糕的味道，心情瞬间好了起来。但她端着咖啡回到办公室时，却依然故意把两杯咖啡全部送到黎昊面前，心中笑得有些得意。

"叶小姐不喝？"

"我早晨喝过一杯了。"

"拿铁咖啡合我的口味，这也是成人之美。"刚进门的谢子尧不客气地端走了咖啡。

"舶来品不见得就好，蛋花米酒要比咖啡好多了。"叶穗为难黎昊的小计谋没有得逞，却被谢子尧乘虚而入，心中不禁有些气恼。

"到底是小姑娘。"黎昊和谢子尧默契地对视一眼，爽朗地笑了起来。

叶穗的脸上挂不住了，她跺了一下脚便回到座位上，但她刚进入到绘图界面时，黎昊已经喝完咖啡，换了一身衣服站在她面前。

"你怎么还不换工作服？"他对身穿绛紫色包衣裙的叶穗说道。

"我没有工作服。"

"至少换上工作裤，施工现场不是百货商场更不是女人的试衣间。"

"却是男人奋斗的战场，当然也是女人的钱包。"谢子尧不忘调侃。

这时从走廊外也传来夸张的笑声，那是杜宇和周越特有的笑声。紧接着是赵雪梅的声音："杜宇在做哪项工程呢？"

"朋友的图纸，让我审一下。"杜宇轻描淡写地说道。

"不要藏了，让我看一下。"

"没什么看的，与你无关。"杜宇干巴巴地回应。

"以为我不知道呢。"赵雪梅的语气含酸带醋。

设计师们常在工作之余接些私活以便丰富自己的钱包。杜宇人缘好，不计较分成，因而常常被选中做地下工程；与他相反，赵雪梅由于太过在乎分成而常常失去做地下工程的机会。眼看着设计费用进入他人的口袋里，赵雪梅很不甘心，却也只能干着急。

她想到一个工程需要几个专业的人员方能完成，眼角扫一眼周越，看见他一幅嬉皮笑脸的样子，心里想着周越也是被囊括进去了。

"赵师，别看我，与我无关。"周越一副想撇清的神情。

几人说话间，已经走到了办公室。门被推开了，赵雪梅手拿资料袋走进来。

"黎大师，一位钟总送来的，汽车就在院外的停车场里。"

"赵小姐可否借你的裤子一用。"

赵雪梅疑惑地望着黎昊。

"赵师，是我要借的，我去现场要穿裤子。"叶穗对疑窦丛生的赵雪梅解释道。

"这好说，我这里有现成的工作服，拿去用好了，可惜没有鞋子。"

"女人就是麻烦，叶穗赶紧换上裤子跟我出去。"

叶穗小声嘀咕起来："工作狂。"

黎昊听到这话，看了一眼叶穗后转身就走了。

叶穗在后面调皮地竖起拳头，却被赵雪梅伸手掐了一下，她"咯咯"地笑着，附在叶穗的耳边说："在大师眼里，时间就是金钱。"

待叶穗换上工作服出来时，黎昊早已坐在豪华的轿车里了。叶穗小跑过去，背后的长发飘飘，她有意避开车里人的目光，直接坐在后车座上。如果她抬头看一眼，就会发现黎昊的失望显而易见，那眼底藏着莫名的渴望。

汽车并没有驶向省大剧院，而是去了开发区的工地，那儿有几栋在建的住宅楼和一栋综合楼。黎昊仔细看了施工方选用的工具和施工的先后工序，因为当地建筑业的建设水平也是设计中要考虑的因素。从西区的开发小区回来，汽车直接驶向大剧院的拟选场地。

刚一到，他们就被时刻守在这里的拆迁户当成了政府部门的工作人员。黎昊被他们围在当中，经过再三解说，人们才放了他。

叶穗穿着高跟鞋跟着黎昊跌跌撞撞地走在一片废墟中，她学着黎昊的样子用手机拍摄场地四周相关联的建筑物。然而，当她向后退的过程中，鞋子的后跟不小心卡在了混凝土的石块中，她猛地往外一拔却把脚踝的皮刮破了，鲜血顺着脚面流下来。叶穗想要不动声色地处理这点小事，却发现什么都没带在身上。

叶穗瘸着腿气恼地站在瓦砾之中，她的目光被翩若惊鸿的身资吸引住了。引人注目的是美女建筑师姬超轶，她是来看现场的，这也是她第五次看现场了。在建筑行业中，姬超轶是有名的美女，无论什么场合下她都以美艳现身，即使在一片钢筋混凝土的废墟上也不例外。

走到废墟的边缘上姬超轶停下来，显然是看见黎昊了。美女建筑师一向能在第一时间了解到建筑师们的风吹草动，他知道黎昊是建筑院请来的大师，但仅凭一眼很难让姬超轶从内心里崇拜黎昊。建筑师这个职业里滥竽充数的人不少，不会是另一个南郭处士？带着疑问，姬超轶转身向着黎昊走去。

"你是黎昊吧，我是规划院的姬超轶。"姬超轶大方地自我介绍道。

"幸会，幸会。"黎昊客气地回应，他的眼底也闪过一抹惊艳。

黎昊对女人向来比较挑剔，但眼前的美女显然具有建筑大师的气度和审美能力：身材高挑，皮肤白皙，蕴含神秘色彩的黑眼睛正含笑看着他；身上浅蓝色的休闲服和宽腿裤也像艺术品一样吸引人。最重要的是，姬超轶的脸上写满自信，那是许多女人所欠缺的。

"我是大剧院方案投标的设计师之一，欢迎来到我们中间。"姬超轶神采飞扬地说道。

"谢谢，竞标方案也是学习的一种方式。"黎昊脸上的疑问被欣赏取代了。

"大师会带来一股新鲜的欧洲风，也许省城的建筑师都要向大师学习。"姬超轶的言语充满恭维，但其实她知道许多建筑师正等着看黎昊的笑话，包括她自己在内。

"不要把我放在火上烤。"黎昊谦虚地回应。

姬超轶大笑，目光随之转向不远处的叶穗，刚才走过来的时候她就看到了，叶穗的脚踝在流血。废墟中的黎昊透过美女的目光，也看见了困境中的叶穗，他健步如飞地向着叶穗跑过去。

"美女建筑师是大师最强劲的竞争对手。"叶穗悄声地对跑过来的黎昊说道。

"我的竞争对手恐怕只有我自己，美色面前我绝对免疫。"

"知彼知己者，百战不殆。"

黎昊却将注意力放到叶穗流血的脚上，他调侃道："像你这样知己知彼吗？"然后在叶穗的尖叫声中一把抱起她向汽车跑去。

叶穗从黎昊敞开的衣领处看见一根红线，猜测也许是什么菩萨或者生肖的玉佩。建筑师中不乏奇思怪想的人，但一位从外国镀金回来的建筑师如此迷信倒也令人费解。叶穗闭上眼睛以免看见更多不想看见的。

一转眼叶穗已坐到车里，脚上的丝袜被脱下来。黎昊拿出雪白的手绢简单地把伤口包扎好了。

"黎大师，太抱歉了，我给你拖后腿了。"

"不说话没人会把你当哑巴。"

叶穗心里那点感激之情立刻消失得无影无踪。汽车稳稳地朝着长春路开去，那里的医院离这儿是最近的。叶穗从小不爱上医院，这次却有不同的感受。医生给她打了破伤风针剂，重新包扎了伤口。

从医院里出来已是中午时分，黎昊选了最近的一家快餐店走了进去，他有意站在过道的中间等着叶穗过来，绅士地拉开椅子让叶穗坐下，然后才到对面坐下。

"叶小姐对大剧院的方案有什么看法？"

"工作以外的时间，我不想谈论工作。"

"这就是工作，一天二十四小时都要处在工作状态中。"

"那是你的工作方式，不是我的。"

"不想干可以退出。"

叶穗恼怒地站起来就走，到达公交车站时，她想要坐车才发现身上这身崭新的工作服中没有一点现金。叶穗只能委曲求全地向着黎昊的汽车走去，结果刚转身就看见黎昊拎着两份盒饭从快餐店里出来。

"带回建筑院吃吧。"黎昊远远地看着她说道。

到达院里，从车上下来，叶穗注意到黎昊正仔细瞅他的拇指并用另一食指摩挲着。女性的灵感告诉她，大师的手指被刺扎了。

来到走廊里她再也忍不住说道:"我那儿有针,可以借大师一用。"

"那就好人做到底,挑刺可是女性的专利。"黎昊调侃地说道。

叶穗笑起来了,率先走进办公室。她直接来到电脑桌前打开放零碎件的盒子,从里面拿出最细的针来。黎昊跟着来到她的身旁。叶穗也不客气,拉过他的拇指便低头挑刺,她身上淡淡的百合花香气霎时便传到了黎昊的鼻尖上。

"丘比特的箭应该扎到心上才是,怎么扎到手上了?"

突然,一道刺耳的声音传来,两人都是一惊,抬头方看清赵雪梅正坐在对面的电脑桌前,含酸带醋地看着他们。

"爱情的方向跑偏了呗。"喜欢凑热闹的杜宇刚好路过,便立马搅起浑水来。

"是箭太小了吧,即使扎到心上也打动不了大师的心。"赵雪梅嘲讽地说道。

"那要看什么箭了,也许还未出手我的心就被打动了。"黎昊反唇相讥。

叶穗嗅出了浓浓的硝烟味道,好在只用了三针就挑出了刺,她把针放回盒子里,轻言细语地说道:"不要夸大其词,不过是根刺而已。"

杜宇早溜走了,赵雪梅则尴尬地收拾用具准备下班。等黎昊拿出袋子里的饭盒时,办公室里只有他们两人了。看见摆开的饭菜,叶穗才知黎昊也没吃。

黎昊吃着饭却在想大剧院的项目,火烧眉毛的方案连影子都没出现,这怎能不让他着急。事实上,在黎昊的建筑生涯中这不是第一次救急,但这次大剧院的灵感却迟迟未临。他的压力很大,如果在大剧院的方案上失败,他将会难以在建筑业中大施拳脚。

初 成

　　黎昊在江边的酒店里吃过晚饭就向着远处的桥走去，他要去看看山里的茅草屋。

　　月光如练，黎昊在石山里找到自家的茅草屋。已经不能称其为屋了，窗扉洞开，屋檐不知所踪。在国外他很少想到这所茅草屋，此时却被屋子周围的天籁之音所打动，屋后的陡坡上泉水淙淙不绝于耳。他走过脚下的草地来到溪流边，只看见溪水沐浴着月亮的光芒匆匆奔向归宿。溪对面是繁盛的楝树，十几年前，他的父母亲手栽种的树木已经成材了。

　　这里是建造别墅最佳的选择，几乎是条件反射，流水别墅的形态跳入黎昊的脑海里。

　　即便是北方，山川之秀无处不在。黎昊顺着溪水向上游走去，溪水的两岸是枝繁叶茂的桃树，花落水流红，溪中翻滚着点点的桃红。再往上走，在溪水源头上黎昊看见了一位临水而立的老人，但老人只是漠然地面对身后的脚步声。

　　黎昊认出，此人就是与他家毗邻而居的廖大爷。过去了十五年，廖大爷更显苍老，不再有挺拔的脊背，不再有硬朗的腿脚，不再有灵活身姿，而月光下的那张脸也是如此的模糊。自从搬到省城，黎昊已很少看见他了。他自我介绍后，廖大爷用了十分钟才认出他。

"廖大爷，为什么不去城里生活？山里的人都进城了。"

"住在城里的火柴盒里未必就好。"廖大爷点燃一支烟，"我喜欢这里的寂静和清新的空气。"

"城市里也许缺少一分安静，可城市的便捷毋庸置疑。"

"城市里过不上'汲来江水煮新茗，买尽青山作画屏'的日子。"廖大爷哈哈大笑，"城市的人全都湮没在焦急与噪音里了。"

老人的笑声拂去了蒙在黎昊眼前的尘雾，现代生活的确缺乏一种恬淡与寂静。就在这时，黎昊确定了大剧院想展示的人文精神，宁静与淡泊。

"廖大爷，在山里以什么为生？"

"你看这山谷中已经是红豆杉的生产基地了，每年进山收购中草药的人络绎不绝，都要限量卖出。"廖大老爷抽了一口烟后说，"在这座山里最大的收获不是金钱而是总结出红豆杉生长的要点了。"

溪边的山雀在潺潺的水声中张起翅膀飞向浩瀚的天空，皎洁的月亮落在远处的山峦中，千山月落影纵横。黎昊欣慰地笑了。

"大虎哥、二虎哥在哪里？"

"进城了，要做城里人。你们城里人在这周围的坡地都盖上了房子，听说还要盖更多的房子。"

"百姓手里有钱了就要改善生活嘛，城里的生活更便利。"

"不要劝我到城里，我与这里的一切分不开了。"

廖大爷伴着溪水的叮当声往山的深处走去。

黎昊转身来到茅草屋，这一夜他睡在阔别已久的小屋里。

天色微明，他就着溪水梳理一下便匆匆赶回新悦酒店，想要把脑海里的创意变成一根根的线条。工作是连轴转的，大剧院的方案从他的头脑中流向电脑，终于成为交互相连的线条。

清晨，从新悦酒店出来，黎昊决定去看望他大学时的指导老师叶文雨。父母去世后若不是叶教授的资助，他早已失学，而他在建筑学上的天分则永远无出头之日，更别说保送国外读研究生和留在法国了。然而，自从他回到省城，便一直忙着设计方案而没有时间前往拜访，如今方案初定，他说什么都不能再拖延着不去了。

黎昊拦下酒店前的出租车坐了进去，吩咐司机把省城主要街道慢慢地走一遍。省城的容貌变化很大，规划的基本格局和功能却没有大的变化。新开发的东区以及碧江区域的风情和高档住宅区给省城增添不少的亮点，绿化草坪、树木和硬化的地面几乎覆盖了省城的土地，很难看见裸露的原土。

城东的图书馆完全照搬了勒·柯布西耶艺术风格，不过外墙嵌入式的方形、圆形洞并没有充分利用光学原理，水景的利用亦未能很好地挖掘出灵动之水改善环境的艺术魅力。黎昊还看见许多模仿保罗·安德鲁的艺术风格的作品，但没深入领会到大师对建筑艺术的真意。还有一座努维尔的儿童艺术学校则完全脱离周边环境而孤立地矗立在市中心。

"变化大吧，几年没回来了？"司机看着前方的路说道。

"十年了，变化不是一点一滴，而是巨大的。"

"现在老百姓手里有钱了，出去看的多也知道的多了，对住宅的要求比以前更严格了。要我说，机会往往更多的存在于发展中的国家。"

"您说得很有道理，发达国家的基础设施日臻完美，无需再改变，基建投资大、变化更大的情况大多存在于发展中国家。"黎昊若有所思地说道。

"你看左侧这片住宅小区，原本都是荒芜的戈壁滩，如今矗立着成片的住宅楼和茂密的树林，根本找不到往昔贫穷的丑陋形态。"

车子向前跑了五百米，道路的右侧显出一块平整的建设场地。该场地的三通一平刚弄完，工人们正在搭建项目部。

"这片区域是对棚户区的改造，共有十万平米的建筑面积。"

其实，并不需要谁来告诉黎昊现在是建设的大好时机，只是匆匆地一览中，大量的建筑机会就摆在他的眼前。法国建筑事务所不乏机会，但国内的机会更多。转了一圈后，黎昊发现省城的占地扩大了许多，统一的规划下省城变美了，而违章盖的草屋、砖房、院墙都被高楼大厦所取代。

汽车来到黎昊的母校，他对司机道谢后便走进校园。

校园里原本开阔的草坪被两栋大楼、试验楼所占，两栋楼的外观古朴典雅，很好地展现了它们被赋予的内涵。黎昊猜测是叶教授的杰作，省城里具有这样创意的建筑作品并不多，大多数是跟风或临摹他人的作品。

校园的主干道两边是花木繁盛的紫丁香和桃树，此时草色青青柳色黄，桃花乱了丁香魂。这里与他离开时很不一样了，到处都是陌生的环境和陌生的学生。

在一处小花坛前，黎昊遇到了一位功成名就后回来看望母校的老人，他说这里已没有他认识的老师了，更没有他住过的筒子楼，能找到往昔岁月的记忆很少了。

不同于老人的孤独，黎昊十几年来一直与叶文雨保持联系，虽不频繁却也能知晓彼此的音讯。走到教授办公的大楼里，黎昊在门厅前的平面规划图中找到叶文雨办公室所在的楼层及房屋号。他轻声走到房间前，抬手要敲门，最后却轻轻地推开了虚掩的房门，只见到叶教授正在伏案工作，他的变化很小，十年的光阴在他身上仿佛没有留下痕迹。

"老师，我回来了。"黎昊的声音有些哽咽。

"回来啦？回来好啊，回来好！"叶教授像是见到了阔别已久的老朋友，很是激动。

黎昊在叶文雨的办公室里还见到了名唤薛诗雯的女人，他从他们亲昵的神情中断定他们之间的关系必定不浅。叶教授并不避讳这层关系，直言不讳地说他们快要结婚了。

"此次回国想久留还是探亲访友？"

"是为了省大剧院的方案回来的，投标完成后就回去。"

"哪家设计院邀请你的？"

"省建筑设计院。"

"太巧了，穗子也在建筑院实习，或许你们见过面了。"叶教授欣慰地说道。

叶教授说的穗子一定是叶穗了，想到这里，黎昊说："见过面了，叶穗到机场接我的，女大十八变都认不出来了。"

"我眼见叶穗一年一年大起来，看着她才知道我们老了。"薛诗雯说话的时候，同时把一杯茶水放到黎昊面前的茶几上。

"薛老师也是省大的教授，在商学院任职。"

黎昊笑了笑，眼前这位身材高挑健美的薛老师，岁数看上去与他不相上下，她的神情中还饱含着学者的精明。

"此次回来也没带什么礼物，这几个在海外做的建筑方案还请老师过目。"

叶文雨接过黎昊手中的建筑图册，欣喜地看起来。

"建筑创作不外乎以下几点：'宅以形势为身体，以泉水为血脉，以土地为皮肉，以草木为毛发，以舍屋为衣服，以门户为冠带，若得如斯，是事俨雅，乃为吉上。'这就是所谓的山形、水势、方位，万变不离其宗。"

"省大的新楼是老师的杰作吧，迥然不群。"

"当年盖新楼时许多人反对建成这样，他们想盖一栋完全西化的教学楼，后来院长力排众议才得以实施。"

"人因宅而立，宅因人而得存，人宅相扶，感通天地，故不可独信命也。"

"黎大师不愧为海归派，见解独特，不像如今的许多建筑师都沦落为只为了盖房子的机器。"薛诗雯的话语里充满欣赏之情。

"建筑创作受制于开发商、投资商的干扰太多了，若不能坚持立场，往往是一场灾难。跟随潮流更不可取，建筑作品是时间的艺术。"叶文雨看着黎昊带来的建筑方案说道，"不错，方案可以作为教学的案例。"

"有机会想再听一堂老师的课。"

"建筑设计不能停留在书本上，新的建筑往往出自于实践，不过你目前在建筑圈已经很好了。"叶文雨看着自己一手带出来的黎昊，心中充满了自豪，这孩子果然没有辜负他的一片良苦用心。他还让黎昊看见叶穗后让她常回家，那里还是她的家。

"您别担心了，叶穗会回去的，不过是时间的早晚问题。"其实黎昊也不确定叶穗是怎么想的，对于娶了后妈的父亲，哪一个孩子不会心存芥蒂？

叶教授深深地叹了一口气，他看了一眼手表便匆匆告辞了。黎昊知道，老师下面一定是还有课，他也不再停留，和薛诗雯一起离开了大楼。他本指望薛诗雯会说起叶穗，可是她连提都没提到。他想，或许叶穗和薛诗雯的关系并不好。

叶穗从建筑院回到学校，看时间尚早便直接去了图书馆。图书馆在校园西边的高地上，走到那里要经过一条沥青坡道，上坡时叶穗踩着自己的影子，仿佛有人陪伴，心里暖融融的。坡道的左侧有一片梅林，初春梅花盛开时叶穗最喜欢这里，处处充斥着"寒柳翠添微雨重，腊梅香绽细枝多"的意境。

图书馆二楼自习室里的人像往常一样多，不过她常坐的那张角落里的桌子上却没人。这个座位空了四年，自从岳子明走后，她已经很少看到有人出现在这儿。她脑海中情不自禁地浮现出岳子明拿着书本为难她的场景，心中不禁苦笑了一下。往昔那样美好，而今却只有她一个人还留在原地。

叶穗把纸袋放到对面的桌子上，开始构思大剧院的方案，她做梦都没想到会进入黎大师的项目组，想着一定要好好珍惜这个机会才是。在纸上涂涂抹抹画了半天，她想看看建筑图册却发现忘记带了，便坐在那儿凭空想像，但建筑设计不是闭门造车，而是与绘画一样要寄情于山川的秀美。努力想了一段时间，叶穗发觉到脑袋里一片空白，只能无奈地打道回府。

顺着坡路往下走，月光把叶穗孤独的影子甩到后面。她感到自己被抛弃了，曾几何时，月光洒下的是成双入对的影子。

回到宿舍，只有曲姗回来了，关翎和黄蔓殊不见踪影。曲姗那双随和的眼睛正含笑注视着她，在见到叶穗沉默不语后，又把伸在空中的手落在水盆里。

"杜宇没跟你在一起？"曲姗一边说一边洗漱。

"你看见他了？"叶穗把床上散乱的衣服放进衣柜里。

"在电影院门前看到的，当时学长在买票，脸上的表情可高兴了，我猜陪他看电影的人一定不简单。是叫陆梓吧？"

　　叶穗不置可否，倒好水后将水壶放到衣柜的侧边，想到方案她又对已经爬上床的曲姗轻声说道："也许明晚我将是最后一个回宿舍的，我进到大剧院的项目里了。"

　　"恭喜，毕业分配尘埃落定。"

　　"唉，最终的考核就要看这次的表现。"

　　叶穗喝了一杯水，也开始洗漱、换睡衣。等到她躺到床上时，便听见曲姗传来的均匀呼吸声，她手里拿着的小说也倒在枕头上。叶穗睡不着，一直在想薛诗雯与父亲的事，心中矛盾极了，她不喜欢薛诗雯，只希望父亲还是她一个人的。似乎是太累了，不知不觉中，叶穗睡着了，她梦到父亲牵着她的手在草地上奔跑的场景。

　　第二天清晨叶穗早早地醒了，被饿醒的，到这时她才想起昨晚没吃晚饭。她翻身坐起来，接着就听见曲姗也起来了，转头又看见黄蔓殊和关翎睡在床上。她并不知她们昨晚什么时候回来的。曲姗把手放在嘴上，示意叶穗的动静小点。

　　"夜里两点钟才回来。"

　　"她们还有为之疯狂的人，我却什么都没有。"叶穗吐了一下舌头说道。

　　"每个人都会有，不在此时就在彼时。"曲姗微微一笑。

　　毕业前夕的疯狂相对漫长的人生只是昙花一现。叶穗倒希望自己能为谁疯狂一把，摆脱从小到大都处于循规蹈矩的状况。

　　新的一天，陆梓对杜宇笨拙的追求终于有了回应，她在电话里答应了杜宇看电影的邀请。

　　比起昨天的遭遇，简直是天上人间呀。昨天杜宇在电影院前白等了陆梓一个小时，却始终不见佳人到来，他再打电话过去，陆梓就拒绝了他。

想着马上就可以见到佳人，杜宇心情愉快，车直接拐上碧江路，他想看一看碧江路美丽的景色。沿着壮丽的河川飞速奔驰，杜宇把车停在垮江大桥那儿打电话，他要咨询一些追女人的意见。第一个想到的人是谢子尧，但一个连媳妇都留不住的人，主意还可取吗？最后他决定打给人称"草上飞"的周越。

周越因街舞跳得好、身轻如燕而得名，是省院的活宝。他在电话里出主意，让杜宇带着陆梓先吃快餐再去跳街舞。跳街舞？杜宇怎么想都觉得不对劲，后来他决定先带陆梓去吃麦当劳再去看电影。主意既定，杜宇跳上车直奔省大，在路上他觉得自己的计划完美极了。

杜宇并不像他自以为得那么快乐，心中那口气到现在还没咽下去。方案的否定出乎他的意料，那可是花费他三个月的心血的结晶。他不否认黎昊的建议更有利于方案的中标，但胸口的恶气却堵在那儿。车快到省大的校园时，杜宇已把怒气压制下去了。

杜宇兴冲冲地来到省大环工系女生宿舍楼，比约定的时间早了半个多小时。他下车在花坛边沿上坐下来，不停地与熟识的学弟学妹们打招呼。有两个女生甚至缠着他打网球，被他三言两语打发走了。时间慢慢地流逝，杜宇看到腕上的梅花手表还有十分钟，心情更加愉快地盯着陆梓可能出来的大门口。

这时他看见一位温文尔雅的男士拉着阳子的手走过来。他最怕见阳子了，只要有她在他就会倒霉。

"叶子姐呢？"

"我又不是叶穗的保镖。"

"你不是她的男朋友吗？"

杜宇看见阳子身旁那位挺拔的男子的身体颤抖了一下。阳子的话就像一片乌云飘过男子的宽阔的额头，他的脸色在夕阳下忽然变得雪白，拉着阳子的手也松开了。

"张冠李戴，连女朋友都要随意安一个。"

"阳子，我们走吧。"男子轻轻地说道。

"表哥你没事吧。"阳子一边走一边回头道，"学长，叶子姐不在校园里你能有什么事？"

"能做的事多了，我没有义务事事向学妹汇报吧。"

目送阳子离开，杜宇收回目光就看见站在面前的陆梓。娇小的陆梓身穿书生气的连衣裙更显可爱，她紧皱的眉又把一脸的烦恼呈现在小巧的五官上。杜宇知道陆梓听见阳子的话了。

"就我们俩？"

"就我们俩，还能有谁？"

"不会坏了学长的好事吧？"

"你还要叫上谁？一起走吧。"

"唉……要去哪里？"

"先去文化广场那儿的麦当劳吃快餐，再去看九点钟的电影……"

"去看七点钟的电影。"

"九点钟的电影好看，那部片子一看烦恼就没……"杜宇还想说什么，一看陆梓的脸色就改口了，"看七点钟的电影。"

"快走吧，还等什么！"

杜宇打开车门请陆梓先上车，然后才坐到驾驶的位置上，发动汽车向着半球影都开去。他试着说起几个话题，却都没提起陆梓的兴趣。如今看电影多数是各大院校的学生，更多的是成双入对的恋人。

手拿电影票的杜宇，见陆梓的脸上又添几分烦恼，心中更加诚惶诚恐了。一个多小时后，他们从电影院出来，杜宇并不清楚演了些什么，他渴望与陆梓互动却不知说什么。他请陆梓去酒吧喝酒、唱歌，也被无情拒绝，便垂头丧气地向汽车走去。

"与我在一起让学长烦恼了？"

"紧张多于烦恼。"

"送我回校园，学长也许还有要紧事。"

"我只有一件事就是……"

"快走吧，不要耽误学长的好事。"

不待杜宇过来把车门打开，陆梓已坐到副驾驶的位子上。汽车小心翼翼地行走在碧江路上，杜宇几次想说什么却始终开不了口，平日里伶牙俐齿的他此时却百口莫辩。他们离省大越来越近，他尚未找到再见陆梓的借口。

汽车刚停下来，陆梓就跳下车。

"陆梓，明天……"

"学长再见。"

看着陆梓消失在门洞里，杜宇懊悔万分。但很快，他为明天有大量的空余时间而高兴。近期他手里有一项地下工程，明晚加个班可以完工了。想到这里，杜宇逍遥地开上车走了。

叶穗草草地吃过早饭，匆匆与曲姗道别后就赶往建筑院。今天她起晚了，幸运地刚好赶上一辆正要开走的车。下了公交车，叶穗一步两跳地冲进院子里。走到路灯下时，她看见停好车从后院走来的杜宇。

"还不晚，没有必要急着向大师报道。"杜宇笑着说道。

她看了一眼时间，还有两分钟才到上班的时间，便笑着和杜宇一同向电梯间走去。

"电影好看吗？"想起昨天杜宇的话，叶穗问道。

"非常好看，情深意长的爱情。"杜宇对一只脚已跨入电梯的叶穗说，"晚上有安排吗，去滑旱冰？把你的好朋友阳子和陆梓都带上。"

"一言为定。"

他们在走廊上分手，杜宇去了另一间开放式的办公室。

叶穗来晚了，黎昊已经伏案工作，脸上写满疲惫，她怀疑大师昨晚就没睡觉。

黎昊看了一眼叶穗，觉得眼前的女孩比昨天亲近多了。此时他从这张美丽、张扬、可爱的脸上看出了叶教授的眼睛和嘴巴，想到叶教授对自己无微不至地照顾，黎昊的心不由自主地向叶穗倾斜了。但他并没有和叶穗闲聊，而是继续踌躇满志于屏幕前的图形，几分钟后便忘记了眼前这位美丽的徒弟。随着时间的流逝，方案逐渐清晰起来，一些细节的建筑手法上他还需要借助前辈的创意，于是离开电脑去资料室借阅建筑图册。

杜宇看见黎昊的背景消失在电梯里，借机溜进去。他的地下工程已完工，眼下没有别的设计任务，有时间约会陆梓了。从十点钟起他就想确认叶穗是否通知了陆梓滑旱冰，他并不在乎叶穗是否能去而想知道陆梓是否能去。

之前杜宇几次到门前想要提醒叶穗晚上滑旱冰的事，却被办公室里紧张而活跃的气氛赶出来了。叶穗的时间完全被黎昊霸占了。

看见满桌子的建筑图册，杜宇的心不免犯酸。他看看这个，翻翻那那个，最后目光停留在贝聿铭建筑作品图册，他被图册中的建筑作品吸引了。

"建筑作品与绘画作品一样是时间的艺术。"杜宇翻着图册说道，"卢浮宫院内的玻璃金字塔神形兼备，没有这些建筑艺术作品也不能成就其大师地位。"

"人们只看见建筑大师光鲜亮丽的一面，建筑设计背后的汗水却鲜为人知。"

"你运气好，一来就钓上大鱼，这个项目结束后就成为叶大师了。"杜宇放下图册说道。

"脚还没入门呢，这两周不能陪老兄玩了。"

"晚上滑旱冰的事……阳子和陆梓去也行。"

"时间和地点？我给阳子发个短信。"

杜宇一边和叶穗说话一边注视着百叶窗外走廊内的动静，他可不想让黎昊误以为他想要打探方案，但门外确实出现了对方案感兴趣的人。

这是谢子尧第三次来看方案了。

黎昊的保密工作做的极好，谢子尧前几次都无功而返。这一次进来，他看见那台加了密的电脑正演示尼亚加拉大瀑布的美景。谢子尧不甘心想要找出蛛丝马迹，不过叶穗却手急眼快地把桌上黎昊勾勒的几笔草图放到抽屉里了。

"胳膊肘朝外拐，与你共事多年的会是我而不是他。"谢子尧微微一笑说道。

"谁叫谢师技不如人，貌也不如人！黎昊可是未婚女性心目中的男神。"杜宇调侃道。

叶穗偷偷地乐了。

"谢大师，别多心，我不过是奉命行事而已。"叶穗保存文件后说，"泄露了方案，谁都说不清，与其互相猜疑不如谁都不知道来得简单。"

"严师出高徒，说出来的话就是不一样。"

"谢大师何苦呢，小叶不想让我们为难。"

谢子尧不是省油的灯，在窗台上发现了一块鹅卵石。那是黎昊从山里带回来的。

"看来黎昊夜访石山了，那里有……"

电梯的门铃声响了，杜宇佯装有事悄悄地走了，谢子尧紧随其后，却在过道里遇见想要避开的人。黎昊心照不宣地打声招呼就进到屋子里，他把建筑图册放到桌上，耸耸肩，两手一摊。叶穗笑起来，轻轻摇头。

"我只当这两个男神是为着美女来的，附属建筑的大样图画好了吗?"

"这不是吹口气就能变出来的。"叶穗笑着说道。

"也不会十月怀胎吧。"

似是听到两人的对话，门口突然爆发出几声大笑，活泼外向的周越甚至吹起了口哨。黎昊看了一眼愤怒的叶穗，若无其事地继续看图册，心中则笑开了花。叶穗气得连电脑上的线段都看不清了，这时《常回家看看》的音乐响起来，那是父亲的电话，叶穗看也没看就挂断了。这是她第三次挂断父亲的电话，自那日在家里见到薛诗雯后，叶穗再没回家。

黎昊奇怪地看了叶穗一眼，把这当成女孩子的任性。见面的第一天他已瞧见叶穗手上没有任何戒指，他以为是叶穗的男友打来的电话。

"怎么不接? 恋人的忍耐是有限度的。"黎昊一边在电脑上画线条一边低声说道。

"恋人? 如果这点都不能忍受还做什么恋人!"叶穗故意不说明是自己父亲打来的电话。

"成人之间不能只是相互的赌气，而需要理智的谈话。"

"像黎大师这么冷静的人恐怕不懂得爱情吧。"

这回轮到黎昊生闷气了。叶穗偷偷地笑了，为自己胜了一回合而高兴，但她的笑容没有完全绽放，大师已埋头在电脑里线条复杂的图形中。她想他早已把她忘到脑后了，就像她忘记曾经的爱人一样。她只好无趣地把目光投放到电脑上的大样图中。

过道上响起同事们下班回家的脚步声，十分钟后悄无声息了。杜宇临走时在门口晃了一下，谢子尧手拿羽毛球拍缓缓走了过去。叶穗偷看一眼坐在电脑前的黎昊。他在电脑前处理那些线条已经三个小时了，此时他左手上冒着火星的烟积聚了长长的烟灰，慢慢落在建筑图册上，而黎昊竟然没有发觉。叶穗看见鼠标最终完成性地停留下来，整个方案的构思呈现在电脑上。黎昊再次点燃一支烟，对着屏幕沉思默想。

房间被瑰丽的夕阳笼罩在静谧之中，叶穗呆呆地望着黎昊的笔直的背影，只想早点回学校。她拿起铅笔画起圆圈，一个一个的圆圈。她饿了。

"饿了，画饼充饥？对不起。"说着黎昊掐灭了香烟。

黎昊专注于方案忘记还有一个人正苦苦等待着他的一声令下，回家。叶穗被突然的发声吓一跳，满脸的惊讶被转过身的大师尽收眼底，她以为他融入到复杂的图形中去了。

"没有汽油的汽车也上不了高速路。"叶穗笑着说道。

"走，加油去。"

叶穗跟着黎昊从大楼出来时，碰到了站在院子里的杜宇，她知道杜宇在等阳子和陆梓。叶穗笑了笑走出院子，刚到院门外就看见打扮得花枝招展的阳子和陆梓从天桥那儿走来。

"叶子姐，不去滑旱冰吗？"

"我要加班，你们有杜宇在不会受苦的，他可是设计院有名的护花使者。"叶穗说话时注意到陆梓不时地偷瞄黎昊。

"若不是叶子姐发短信，我不会来的。"陆梓小声地说道。

"叶子姐，叶教授问你为什么不接电话？周末回去吗？"阳子说道。

"下周再回。"

三人叽叽喳喳地说着话，全然没想到她们成为了路人关注的焦点。一个美女就很吸引人的眼光，更何况是三位美女站在一起。已经走上过街天桥的黎昊，目光终于移到三位美女身上。最先引起他注意的是陆梓，她是那种男人一见就想保护的楚楚动人的女生。芸芸众生中并不见得能一眼识别出陆梓来，可与叶穗和阳子在一起，陆梓总是第一个引起他人的注意。在像洪流一样滚滚向前的社会中，陆梓的沉心静气显得卓尔不群。

"叶穗，叫上你的朋友一起去吃饭？"

"不用了，杜宇正等她们呢。"

等得心急火燎的杜宇从院子里走出来，看见三位美女围着黎昊打转就快步走来。

"多谢大师，今晚的一切花销都包在我身上，不用大师破费了。"杜宇夸张地做了一个请的手势。

这时一辆越野车在院门口停下来，周越的脑袋从车窗里伸出来。杜宇示意女士们先上车。

"杜宇，不开车？"阳子叫道。

"不开，今夜我要喝酒，不醉不归。"

杜宇的叫声把叶穗逗笑了，也引来黎昊的回顾。黎昊微微一笑，缓步走上天桥。

叶穗亦步亦趋地跟着，她从天桥上下来，仿佛看见岳子明从人群中走过。她猛地向前冲了几步，想要拉住他的手却注意到前面的男子根本不是岳子明。来来往往的人流中，她茫然地寻找着那个人的身影，却发现什么都看不见。岳子明尚未回国，怎么会是他呢？如果回国了一定会找她的。叶穗自我宽慰着。

"叶小姐在追什么？不会是心被偷走了吧。"黎昊悄悄上前说道，"没必要走那么快，天气太热不适合赛跑，叶小姐的脚好些了吗？"

"我没事。"叶穗有些失神落魄。

黎昊不在意地笑了笑，他带着叶穗去了新悦酒店吃饭，尽管那儿的环境不适合工作餐。班得瑞的音乐、朦胧的灯光，将气氛营造得非常暧昧。然而，黎昊并不懂得女人爱吃的菜肴，点了两道菜都被叶穗否定了。叶穗从小不吃茄子，吃蜂蜜过敏。服务生见黎昊着急的样子，看了一眼叶穗推荐了两样菜品。

"这两样菜都是女士爱吃的，先生再来一个下酒菜？"

"近来不适合喝酒，"黎昊合上菜单说道，"来两杯蓝梅酸饮。"

朦胧的灯光下，一切都是女士优先。虽说叶穗不愿陪着黎昊吃饭，可这顿饭却吃得很愉快。

同一时间，旱冰场上的杜宇以一个漂亮的弧线结束了滑冰。滑旱冰是杜宇的强项，他早想在陆梓面前露一手。今晚他喝了不少酒，他的花样滑冰更是如同行云流水般舒畅。而陆梓处于初学阶段，她完全被杜宇优美的舞姿吸引，所以当杜宇走过来牵着她的手滑冰时，一切都是那样的顺理成章。

"滑冰并不复杂，只要掌握身体的平衡怎么样都可以。"杜宇一边滑一边说道，"你看只要身体的摆动与脚一致就好。"

陆梓在杜宇的指点下缓缓滑行，尽管她的动作不标准，杜宇却不厌其烦地进行纠正，与平日里粗枝大叶的形象完全不同。

"阳子呢？"陆梓突然问道。

"放心好了，有周越在阳子不会寂寞的。"杜宇为了摆脱阳子，故意把周越叫上了，这样他就可以安心地陪陆梓滑冰，全然不管阳子。

但陆梓却离不开阳子一样，她在旱冰场上锲而不舍地寻找着阳子的身影，看着远处一对竞相追逐的欢快身影，便认定那是阳子和周越。果不其然，他们二人快速地越过陆梓又转回来，差点害的陆梓摔倒了，而时刻准备搀扶陆梓的杜宇轻轻一接，就令陆梓稳稳地立在身边。

阳子玩得大汗淋漓，缓缓立定的周越同样如此。

"陆梓，咱们到设计院找叶穗吧。"

"叶穗有建筑大师陪伴就不要打扰了。"杜宇急忙说道，"更何况陆梓刚有点感觉，再玩一会儿。"

"我也觉得时间尚早，"周越当即就看穿了杜宇的小心思，他决定帮好友一把，便指着远处的玻璃橱窗说道，"我去买糖葫芦，想吃什么味的？"

"我要橙子味，陆梓要山楂味的。"阳子自主张地帮陆梓做了决定，显然很熟悉对方的口味。

周越打了个响指，侧身从杜宇和阳子中间滑出去了，结果滑出去三步又远冲着杜宇喊道，"还是原味的？"

此时的杜宇正与陆梓亲密地说着话，对周越的喊话听而不闻。

片刻之后，周越高举四串糖葫芦，从密集的人流中鱼一样穿梭而来。他知道有人在看他，故意大角度的变换动作和转弯。阳子滑过去迎接他，抢过橙子味的糖葫芦边吃边滑。若要在平时，杜宇肯定会大显身手，但这个时候他只想当护花使者。

待他们吃完糖葫芦，只有杜宇热心不减，而陆梓在杜宇的陪伴下勉强滑了两圈就不想再滑了。更让杜宇郁闷的是，阳子又叫着要去建筑院，这成功勾起陆梓的好奇心。杜宇见状，只好无奈妥协。

一行人来到设计院时，那栋类似保罗·安德鲁风格的大楼里只有东面的四楼办公室里还亮着灯。他们走入院子中，恰好碰见谢子尧往外走。当然，谢子尧可不是为了加班，而是查看股票的走势，这已经成为他每日打完羽毛球后的必修功课。

"谢师，叶穗还在上面吗？"杜宇探出车窗问道。

"不在，人又不是机器，总要有休息的时候。"谢子尧似乎很不想他们去找叶穗和黎昊，语气极为赛唐，"你们这群人上去，即使大师有了灵感也会被你们吵走的，快回去吧。"

从这个角度看不见那间亮着灯的屋子，阳子和陆梓失望地看了看略显魅影的圆形平台。

"谢师说得对，我们就不要去打扰大师创作了。下面再去哪里？难得今夜星光灿烂。"这个结果正中杜宇下怀，他还想再去哪里疯狂一把。

"回学校吧，明天有物理课。"陆梓轻声说道。

陆梓的话在杜宇看来就是命令，于是他对开车的周越说道："回校园吧，改日再聚。"

周越再次笑起来，车上的人只有杜宇知道他为什么笑。汽车把两位女生送到各自的楼下，接着又缓缓地驶出校园。车刚离开校园路，周越大笑起来："杜大师知道怜香惜玉了。"

"不要嘲笑他人了，老兄要不了多久就会懂得怜香惜玉。"杜宇揶揄地说道。

周越却不屑地一笑。

连续的加班，叶穗累极了，恨不得立刻回宿舍。甚至是打完羽毛球的谢子尧，回来后也走了。夜色更加深沉，叶穗终于听见黎昊关电脑的声音，于是她立即出门，在过道里等黎昊。

这样一来，黎昊就不好再翻看图册或是查看草图。果然，黎昊很快地从屋子里出来，跟在叶穗的身后关上走廊和门厅的灯。

方案做完了，电脑正在合成效果图，而平面图及细部构造图一出来就要拿到预算科做概算，明早肯定是要拿出来的。黎昊从电梯里出来，还一直在想方案，那效果连他自己都没看一眼。今夜他又将睡不着了。

院子里的庭院灯闪着柔和的光芒，与天上的月亮融为一体，明亮而不耀眼。叶穗一语不发地跟着黎昊来到停车场，黎昊是个很绅士的人，打开车门让她先上车，随后才坐在驾驶座位上。保时捷轿车无声行驶在碧江路上，车一进校园大门，他便侧过脸看叶穗。

"现在去哪里？"黎昊先是一笑，然后缓缓地说道。

"回宿舍吧。"

"不去图书馆了？那里仿佛有人把你的心偷走了。"

每当叶穗回来去较早时，总说去图书馆。黎昊便拿此事挪揄她，笑声中带有顽皮。

"大师没必要知道我的生活吧。"

叶穗在建筑系女生宿舍门前下了车，与黎昊挥别便向大门走去。行走中，她注意到丁香树下有一对男女正依依惜别，但她的目光也只是略一停顿，接着就加速向前。

突然，叶穗感觉有人跟在身后，转过身却什么都没有。她再次回转身时却听见一声娇喝，"站住！"叶穗的心怦怦地跳了起来，不过很快就镇静下来，她听出来那是阳子的声音。

"小鬼头，要吓死人呢，藏在哪里了？"

"丁香树的阴影里，又是黎昊送你回来的？"

"躲在那里做什么？"

"我刚与表哥分手就看见你从黎昊的车中下来。"

叶穗拉住阳子的手来到丁香树下。现在正是五月份，丁香完全盛开了，散发出阵阵香气。叶穗抱着建筑图册的胳膊上落上丁香花，她另一只手拿起花朵旋转着放到鼻子下。

"快说，黎昊怎么会送你回来？"

"加班到现在，这点怜香惜玉他还是懂的。你从哪里来的？"

"图书馆。"

"有人强迫你学习了？"

"表哥一定要我陪他去图书馆，我真不知这图书馆有什么好的？叶子姐你最爱去图书馆了，你说有什么好的？"

"图书馆是谈情说爱的地方嘛。"

"那请问叶子姐在图书馆爱上了哪位学长？"

"现在只有学弟了吧。"

"叶子姐，若不是你有了杜宇，我会把表哥介绍给你认识的。"

"这么爱当媒婆？"

"女人天生就是媒婆。"

叶穗笑起来说："想谈恋爱了？"

"什么时间就做什么事，该谈恋爱时就谈恋爱，该结婚时就结婚。错过恋爱就只会为了婚姻而结婚了。"

"建筑院的周越看上阳大小姐了，介绍你们认识？"

滑旱冰的次日，周越就向叶穗打听阳子了。

阳子其实在滑冰当天就感觉到周越对自己的喜欢，只是她还没弄懂自己对周越的感情，所以她只是调笑着将话题岔开，"这不是已经认识啦！太晚了，咱们上去吧。"

叶穗和阳子在走廊上分手。宿舍里亮着灯，关翎身穿睡衣躺在床上还在复习建筑师的考试，曲姗和黄蔓殊则未见人影。

关翎的脸形结构如莫迪利亚尼笔下的女性，有着较长的鼻子和小巧的嘴，不过她最吸引人的特质是一口如贝壳般的整齐划一的牙齿。不论什么时候见到她，总会被她灿烂的笑容和洁白细腻的牙齿所吸引。当然在老同学面前，她不需要展现过于美丽的特质。

关翎的注意力还停留在手里的书本上，她想在寻找到长期饭票前能有更好的收入，注册建筑师同样有这样的效果。叶穗看了一眼专心致志的关翎，感到大学毕业后再好的朋友都会渐行渐远。刚入学那会儿，她们四人无论何时都会可着劲地玩闹，临近毕业每个人都有心事。

"这么早，方案完了吗？"关翎终于注意到叶穗，放下手中的书说道。

"再不回来我要累死了。"

"机会难得，我想忙还没处可忙呢。"

关翎联系到一家丙级设计院实习，那里只有住宅楼或小型公用建筑的设计任务。她本心也不想那么累，建筑学专业只是她漂亮的容貌上的一道光环，她想顶着光环寻找一位长期饭票并在政府部门岗位上找到一席之位。年初她已通过建设局的公务员资格考试，但她的心还在活动着，想找到更好的职位。

"我倒想要你那毫无倦容的脸，白皙的手和闲情逸致的神情。"

"那要去投胎了，我可是来自出产美女的吴越，从小喝浦阳江的水长大的，你看我这眼睛多水灵。"关翎的眼睛瞪得很大，仿佛担心别人不知道她有一双大眼睛。

在叶穗宿舍里，关翎最清楚自己的美在哪里，时刻不忘提醒人们注意她美丽的武器。她擅用漂亮的利器，常笑，无论小事大事都笑。她的笑并不仅仅让人看见闪着柔和光泽洁白的牙齿，而是增添了让人赏心悦目的神情。

其实谁都不清楚关翎来自哪里，她口口声声地说，来自出产美女的吴越。但学校里她的同乡一口的吴侬软语，关翎却说一口标准的普通话。

"眼睛可做大，牙齿可不能换呀。"叶穗嘲讽地说道。

"要擅用再生资源，美容也是女人的再生。"关翎不会轻易被击败的。

这时，曲姗推门进来，把书包往书桌上一扔就躺在床上。

"还是原装的好，妻子还是原配的好。"她进门时听见关翎的话，也有些反感的说道。

"既然如此，我们为什么非要拿建筑学的学位呢！那可不是与生俱来的。"

"偷换概念，"曲姗笑起来说道，"没人说得过你。"

关翎得意地笑了，叶穗想了想也笑了。

第二天在学校里吃过饭后，叶穗坐公交车来碧石湾。她把看望父亲的时间一拖再拖，这次再也找不到理由不去了。她在院门前站了好一会儿，始终担心推开门看见薛诗雯。她左右看看，没看见薛诗雯的甲壳虫小车，但她还想把面对父亲的时间往后拖延。

门被推开了，父亲出来散步。叶文雨看见站在门外犹犹豫豫的女儿似乎猜到了什么。他满心的疼爱一下就呈现在脸上，走过来拉着女儿的手走向门厅。

"进来吧，诗雯今天不在。"

叶穗松了一口气进到屋里，她看见屋里到处都有薛诗雯生活的影子。门口处多了一双绣花拖鞋，父亲的卧室里多了一件女式的睡衣，厨房里多了一件围裙，鞋柜里多了一双雨靴。这比看见薛诗雯本人更让叶穗受不了。她在心里说，鸠占鹊巢。

"吃了吗？我买了你爱吃的冰激凌和草莓慕斯。"

"爸爸坐下吧，不要忙了，我吃过了。"

"今夜住在家里吧。"

"好。爸，喝什么茶？"

她把烧开的水端下来想要沏茶，但她不知父亲爱喝什么茶。茶叶柜里有龙井茶、碧螺春、铁观音、普洱茶还有白茶。

"就那几样茶，你看着沏吧。"

叶穗沏了龙井茶递给父亲。

"来坐下，不要忙了。"叶教授轻声说道，"回到家里就要休息，学习最累了。"

"这几日身体没大碍吧。"

"病好了，诗雯常来看我。"

起风了，叶穗听见窗外呼呼的风声，她起身给父亲拿件外衣披上。见到屋里昏暗，她走到开关处想要打开电灯，却被叶文雨制止了。

"穗子，今天叫你回来是想跟你说说我和诗雯的事。"叶文雨坐在黑夜里，低沉的声音仿佛向女儿认错般。"我这个年纪并不想再来一次荡气回肠的爱情，只想要稳定的婚姻，诗雯也是这么想的。她的第一次婚姻因爱情走到一起又因爱情而分离，她想安定下来。"

"经过第一次婚姻，诗雯也认识到一个家庭仅仅有爱情是远远不够的，宽容和忍让才是最重要的。这也是我多年来对婚姻的认识。眼看着你大了，将会有自己的家庭，以后就剩下我一个人了。"

叶穗体会到父亲的不易，把头靠在父亲的肩膀上。

"以那样的方式让你知道我和诗雯的事真的很抱歉，让你撞上了就把事情说清楚。这几年诗雯也不容易。"

"爸，不要说了。这件事先放一放吧，等母亲的忌日过去再提好吗？"

"穗子，昨天是你母亲的忌日。"

叶穗突然间就哭起来，她竟然把母亲的忌日都忘了。每年的这一天，叶穗总是早早地提起，她一直害怕把母亲忘记了，但母亲的容貌的确记不清了。母亲唱的儿歌也想不起来，叶穗感到时间的可怕。

这一刻叶穗还想到另外一个人，她的初恋男友岳子明。她想要在眼睛的影像中现出岳子明的脸，却依然是模糊不清的，记忆终将抵不过时间的遗忘。

"不要哭了，我替你烧了香了，去洗洗睡吧，有事明天再说。"

洗漱后，叶穗来到楼上的卧室。这里一切都没变，还是上学前的样子，也许这里还能保持清静的一隅之地。但想到叶诗雯将要成为这间房屋的女主人，叶穗在伤心中睡着了。

第二天清晨，叶穗起来时父亲已做好了早饭，都是她爱吃的。吃过饭叶教授还专门开车送女儿去建筑院。

临下车时，叶穗说道："爸爸，按你的心意做吧。"

看着父亲的汽车远去，叶穗却无声地抽泣起来，她觉得自己再没有家了。

扬 名

下午五时，院长走进了黎昊的办公室，门外还有支起的几只耳朵。从玻璃上的阴影，叶穗认出了杜宇和谢子尧的影子。

叶穗窃笑地把目光投向外面，夕阳的余晖正透过度膜的玻璃慷慨地散落在电脑显示屏上，当然也照射到院长严肃的脸上。没看见装订的方案图，院长并不愿从黎昊的神情中得出结论。

"效果图出来了吗？"赵院长问道。

"模型已经建立了，正在生成，大约明早五点钟能出来。"

"能看一下吗？不再需要建议？"

"暂且不能看。事已至此，再无修改的可能了。"

"明天的对手都是建筑业内的佼佼者，规划院的美女建筑师可是大师强劲的竞争者，还有宏达院的……"

"我对美女免疫。"黎昊打断院长的话说道。

"仅对美女免疫还不能成就方案的夺魁。"

"我还具备更多力拔头筹的潜质。"黎昊调笑地说道。

"其他的就绪了吧。"

"明早八点之前会就绪的，九点钟建设局见吧。"

见黎昊下了逐客令，院长笑笑了走了出来，正碰上门外那些支起耳朵的人。

"方案不是听出来的，要用脑子想出来。"院长把在黎昊那里受到的气撒到他俩身上。

杜宇和谢子尧互相给了白眼，无趣地回到电脑前。叶穗捂住嘴以免笑出声，却听见周越夸张的笑声，而赵雪梅亦讥讽地笑起来。只有当事人黎昊，依旧淡然无波地站在电脑前。

"回学校吧，一个人等待足以，我送你回去？"

"谢谢，我自己走就好了，这里需要大师的点睛之笔。"

黎昊浅浅地笑了笑。

这一笑在叶穗心里竟是突然开出了花，她觉得黎昊笑起来还挺好看的。自接手方案，他几乎没笑过吧？看着又埋头在电脑前的黎昊，叶穗轻手轻脚地走了出去。

方案终于成图，黎昊来到楼下的预算室，了解一下初步概算费用。打印出来的平立面图随意摆放在电脑桌上，闫香印正俯身在电脑前输入各种数据。方案成图的时间太晚了，所有的压力都集中到了预算室，闫香印难免有些着急。她翻阅图纸时看见了站在面前的黎昊，他把心急如焚的焦虑全掩饰到了儒雅的微笑里，这让闫香印的心情瞬间变好。

"怎么样？费用能打住吗？"

"初步来看，加上附属建筑费用，超出了财政预算。"

"超了多少？"

"约百分之二十。"

"最大的费用在哪儿？"其实他清楚，最大的费用在哪儿。

"外装饰的费用以及室外环境配置要比以往的高。"

"把附属建筑外墙的蘑菇石材改为大理石材，削减些办公器具，取消剧院背立面的亮化彩灯。"

"这已经减少了不少的费用了，工程费用大约明早才能出来。"

"七点前给我就赶得上，辛苦了。"

"大师更辛苦。"

黎昊返身修改建筑说明，而当他走出建筑院独特的小院时，早已过了下班的时间，霓虹灯闪烁的夜生活已经全然开始了。

离开建筑院的黎昊却无处可去，他开着汽车在路上随意溜达着，最后缓缓地来到钟丁山准备的碧石湾碧江别墅。黎昊推开院门走了进去，靠近院门是修剪整齐的草坪，靠里则是红花檵木和紫薇花灌木丛。别墅的后面还有成片的海棠、碧桃、樱花树，西侧连着爬满紫藤的游廊。这栋别墅是钟丁山按黎昊的设计图装修的。

他在一片香气中进屋，打开灯，把钥匙随手扔到玄关，又将脱下的西服挂到衣架上，然后才走到酒柜处从许多的饮料中挑出 MIX 饮料倒入高脚杯中。钟丁山准备了许多高档酒，却不知他不喝酒，九三年的拉图葡萄酒就在他的手边，他只是看了一眼便将手挪开。

饮料在温热的手中散发中黑樱桃的香味，黎昊喝了一口就坐在沙发上，打开了电视。他并没有想看电视，只是想赶跑屋子里的寂寞。只要电视的声音嘈杂起来，这间干净冷清的屋子与刚才就有了不同，有了生活的气息了。

忽然间他想与人谈谈，十年来他忙于创作建筑作品忽视了情感的需要。从他的脚再次踏入故土起，他的心已不仅仅只有创作了，他的心被一位性格乖张的小女生搅乱了，她任意地闯进他的心然后扬长而去。

黎昊走过去给窗台前的怒放的杜鹃花浇了水，这是他前两日刚买回来的。他坐回到沙发上拿出手机想要打电话却听见门铃响了，推开门就看见院门外的钟丁山。他正准备给他打电话呢，他就来了。钟丁山回家路过这里，看见屋子有灯就进来了。

他看了一眼西装革履的钟丁山，笑了起来，海归派无论是否学有所成都学会了绅士的装扮。如今的钟丁山就是女人眼中的钻石王老五，相亲会上肯定能迷死一大群女人。

"想喝什么酒？自己倒。"一进门黎昊就说。

钟丁山倒了一杯法国灰雁，走到单人沙发坐下来。黎昊所坐的沙发被建筑图册包围了，茶几上也堆放着厚厚的建筑图册。他简单地把建筑图册收拾整齐，让老朋友坐得舒服些。钟丁山拿出哈瓦那雪茄递给黎昊，这是他每月从古巴订购的雪茄。黎昊打燃了 zippo 火机，为钟丁山点燃了雪茄。

"老弟难得清闲，方案做完了？"

"明日见分晓。"黎昊喝了一口饮料说道，"工作外就不说工作，美国一别三年老兄还是一个人吗？"

"谈了两三位女友，却始终忘不了我的前妻。"

"再去找过她吗？"

"五年前离开了事务所，没人知道她去了哪里？"钟丁山再次走到酒柜那儿倒一杯酒，往回走时说，"第一次婚姻为了爱情而结婚，这次我会为了婚姻而结婚。爱情不是准备好她就来了，而是突如其来的。"

"谁会在三十岁之后再来一场轰轰烈烈的恋爱？错过恋爱的季节只能为婚姻而结婚了。"黎昊说着关小了电视声音。

"不要悲观，爱情在你最想不到的时候就产生了，有了心动的人了？"

"我这个人与爱情无缘。"

"人生得意须尽欢，莫使金樽空对月。"

"虚假的爱情随处可见，我想要真正的爱情。"

"爱情可不是设计好的……"钟丁山犹豫一下又说道，"我不能免俗，还是要说工作。下个月菲斯文化公司的办公大楼扩建，他们的老总指定要老弟做方案。"

"我受命来救急的，不负责其它的方案。"

"那个方案要不了两天，菲斯文化公司是我们的一个客户。"钟丁山说道，"黎昊回国吧，国内正处于大建设期，有大把的机会让你出名，有大把的机会让你挣钱。我听说飞机场下一年也要扩建，机会难得呀。"

"也许建筑师的机会已从迪拜转到中国。"黎昊手指轻敲高脚杯说道，"事务所的任务有一部分也许可以转到国内。"

"等你的好消息，房子还满意吗?"

"很好，老兄辛苦了。"

"明日庆祝老弟的方案。"钟丁山说着起身告辞。

"为时过早，大剧院的方案还在电脑里酝酿。"

"效果图还未出来? 老弟这不会是你的策略吧。"

"机缘巧合的结果，不管怎样丑媳妇总要见公婆。"

钟丁山大笑着站起来。黎昊也笑起来，站起身送钟丁山来到院门前。看着汽车扬长而去，他转身来到紫薇丛中，温柔的夜色中孕育着的花木之香扰乱了他心头的思绪。他看了一眼天上的月亮，拿出手机拨通了法国的电话……

凌晨四点钟黎昊就来到四楼的办公室。大剧院的效果图并未如愿地显示在电脑上，数据还在生成。黎昊看了看腕上的帝舵手表，指针指向了六时。数据生成完成百分之九十五，按这个速度是赶不开标了。黎昊意识到方案的建筑图册只能单独成册，他迅速地离开电脑，有条不紊地装订方案文本。

这并不是他遇到的最糟的情形，在法国时还遇到更难以应对的突击事件。他祈祷抽签能靠后，这样会有更充足的时间来准备。闫香印把概算书拿来了，经过调整的概算恰好在政府投资的范围内。黎昊把工程建设费用填写到方案文本中。

孤军奋战的黎昊双手训练有素把散乱的纸张合拢在一处，操作打孔机。见此，闫香印用压条装订起文本。七点整，叶穗急匆匆地来了。见到她，黎昊开心地笑了。昨天的主动请缨已令他万分感激，但他拒绝了，这些事由他来做就行了，没必要再拉上一个人。不过，他的脸还是因见到叶穗而奕奕生辉。

"还需要做什么，把这个装订上？"叶穗拿起桌上的打印纸说道。

"只装订文本，这一本留给我看的，你要一份吗？"

"不用了，以后有机会看到的。"

"我会给你留下一本的。"

十二份文本装订完了，此时已快八点钟了，电脑显示屏上显示出还有百分之一的数据未完成。叶穗的眼睛一动不动地盯着电脑，仿佛那里正发生着奇迹。她的眼睛有点酸，闭上了眼睛再次睁开时，看见大剧院的效果图完美地呈现在显示屏上。

黎昊像初生的婴儿看着效果图，欣喜、快乐，更多的是激动。这不是他第一次做方案，却是为故土设计的第一个方案。随后黎昊也看见了效果图中用色的不足之处，蓝色用得太多了。他知道来不及改，再改会赶不上九点钟的开标大会。

叶穗并不认为蓝色使用过多，也挑不出任何的瑕疵。

"蓝绿色调的比例刚刚好，这儿用蓝色更能突出文化的积淀。"叶穗指着悬挑的三层露天演播平台说道。

听见叶穗的话，黎昊愣了一下。他摸了一下脸，很快放下手。

"也许是我太紧张了，不需要再改了。"他说着点击了打印菜单。

随着打印机的咯吱声，大剧院的庐山真面目呈现在她的眼前。黎昊并未让惊喜的一刻稍作停留，他接过裁剪过的图纸着手装订方案图册。时间在一分一秒地流逝，黎昊再次看了一眼手表，吩咐叶穗先到文化局送文案。

叶穗抱着十二份的文本在院门外拦住了杜宇的汽车。他破天荒地来早了。

"去建设局，再晚了会来不及投标。"

"先看图册，看完图效果再走。"

"先睹为快没有任何意义，效果图尚未打印出来。"

杜宇失望地一笑，掉转车头。赶到文化局时，规划院的姬超轶刚交了投标方案，而建筑院是最后一个投标单位。

时间飞速地流逝着，十二份的图册还有两份尚未打印，黎昊晏然自若地做着手下的活计。没有人知道，那张淡定的脸上隐藏着多少不为人所知的心急如焚。他不是担心那些高额的方案费，而是担忧建筑院蒙上临阵退缩的恶名。

"图册可以作为附加文件，叶穗现在已经到了。"闫香印宽慰地说道。

黎昊感激地一笑，但这句话并不能消除他的担心。

九时，院长在走廊上看见西装革履的正要离开的黎昊时大吃一惊，他以为黎昊早已到文化局投标大会的会议室里了，但黎昊成竹在胸的神情制止了院长想要说出口的话。

"一起走吧，叶穗先去了文化局？"

"叶穗先送投标文件去了。"

黎昊的汽车四平八稳地行驶在凤栖路上。在文化局的大楼门外，黎昊看见谢子尧停在车位的汽车。他走进开标会议室时，开标大会刚开始，美女建筑师姬超轶让两个实习生拿着方案图册和平板电脑，她则轻裘缓带地走入会场。看见黎昊，她微微一笑点头而过，一副高高在上的神情。到了此时，她再也不需要把黎昊当成大师来供奉了。姬超轶秀外慧中、知性优雅的女强人风范，第一回合就把黎昊打败了。

顺着姬超轶的目光，叶穗瞥见吴翔鸿饱含讥笑的目光，以及王丹宇不以为然的眼神。看来省城的设计师都想把黎昊大快朵颐地吃掉。

吴翔鸿的方案评审后，姬超轶上场了。她美丽的身影让人想到的不仅仅是柔美富有弹性的身体，而是活跃在建筑艺术上的表演家，她手中的生花妙笔会给省城带来另外一番的玉宇琼楼。美丽是与她分不开的，当然评委们期待她的方案更能带来艺术的欣赏。

方案中女性的优雅、阴柔之美无处不在。黎昊为她的独具匠心而折服，如果说他的方案是一本翻开的书本，她的则是一本半掩的书卷。总院院长的方案同样有着令人折服的魅力，集古典与现代于一身。吴翔鸿的方案则全盘西化，一味地追求西方戏剧化的效果。

早上十点钟开标大会上，建筑设计院的同仁看见了大剧院的方案。此方案一出，他们对黎昊的怀疑就消失了。方案以山石固有的力量表现了大剧院要传达的文化韵味：一所开放式的吸引百家之长的大剧院。

从方案设计中，姬超轶看见的是志在必得的决心，而这本翻开的雄伟大气的书本也征服了在场的评委。姬超轶不可否认地承认，黎昊的方案要优于自己的方案。

院长第一个站起来鼓掌，接着是谢子尧。当热烈的掌声响起时，黎昊透过众人的目光看见姬超轶一双信服而漂亮的眼睛。黎昊开心地笑了。

事实上，规划院、民用院、总院都抱着势在必得的决心来的，方案旁落他家，是他们始料未及的，谁也没想到近几年在走下坡路的建筑院会成为赢家。谢子尧的灵感枯竭后，建筑院再没大师级的人物了。起初他们对建筑院外请设计师的做法嗤之以鼻，之后不以为然，再后来则是抱着幸灾乐祸的心情隔岸观火。但他们是大度的，在方案展出的瞬间就接受了黎昊。

吴翔鸿上前握住了黎昊的手说："恭喜，省城标志性的建筑太少，大剧院会成为省城的地标。"

"艺术的交流不能局限于地域内，我开阔了眼界。"王丹宇说道。

"过奖了，方案各有千秋。"黎昊自谦地说道。

"金牌建筑师，名副其实，省城将会留下大师的作品。"姬超轶挤过祝贺的人流，来到黎昊的面前说道。

"建筑作品需要经过时间的沉淀，建筑艺术更是时间的艺术。"赵院长高兴地说道。

姬超轶笑起来说："留下作品不难，难在作品艺术的生命力。"

"所言极是，不愧为建筑业的佼佼者。"黎昊笑着说道。

"我不希望你我只能在开标大会上相遇。"姬超轶眼里闪烁的是莫名的情绪。

"与美女喝茶或谈天，会找到时间的。"黎昊调侃地回应着。

"不会等到世界末日吧。"

"放心，我不会活到世界末日，在那之前我会完成诺言。"

"大师的话可是季布一诺？"姬超轶微微一笑。

"拭目以待。"

得到承诺，姬超轶飘然转身，留下长发飘飘的背影。

大剧院的方案完全征服了叶穗的心，她看见屏幕前的黎昊带着淡淡的微笑，接受众人的祝贺。她与他的目光相遇了，目光中多了一分热情。但他的身旁围绕着众多祝贺作品成功的人，叶穗等到人少了才走过去送上祝福。

"恭喜大师。"

"这是我们俩共同的作品。"

"高抬我了，我只做了些辅助的工作，没有深入到方案中。"

"方案中的每一个环节都不可少，周边的与环境协调一致的辅助建筑功不可没……"

欢呼声把黎昊后面的话压下去了，建筑院的同仁开始疯了一样地往黎昊的身边挤过去。叶穗趁乱扑到黎昊的胸前搂住了他，而黎昊静静地站着任她搂着，直到叶穗被后面挤上来的杜宇推开。杜宇紧握黎昊的手，拍打他的肩膀。

"这是我进入建筑设计的第一步。"叶穗自顾自地说道。

"你会在建筑设计中走得更远。"从人群中传来黎昊的声音。

项目结束了，她也该离开他了。虽然跟黎昊能学到更多的技能，但叶穗更愿意跟大大咧咧的杜宇混在一起。

叶穗站在院子前的华表柱下等车，杜宇要去学校办事，顺路送她回学校。这么早还可以赶回学校吃饭，叶穗想好了要去图书馆。

　　她的目光随意向外张望着，看到常春藤阴影里的宝马车时也只是快速掠过。在设计院看见豪车并不引人注目，这几年全国的房地产大张旗鼓地盖房子，设计人员发了大财。等到叶穗的目光漫无目的地扫过院子里的紫阳花时，她听见身旁响起了低沉的男中音。

　　"叶小姐晚上想做什么？"

　　"我不计划那么遥远的事。"

　　"今晚我的朋友要庆祝我旗开得胜，叶小姐一起去吧，那是我们俩人的胜利。"他并没被她的冷淡吓回去。

　　"不，眼下不行。"

　　"我并不擅长邀请人的事，请不要拒绝。"

　　"很遗憾，我不会因大师的面子而委屈自己。"

　　"方案的得胜不是我一个人的功劳，同喜。"说着黎昊拿出一束玫瑰花送给叶穗。

　　"谢谢！我不喜欢多刺的玫瑰，反而喜欢花叶永不相见的彼岸花。"叶穗说道。

　　"太巧了，我同样如此，也许正因永恒的思念成就了彼岸花。"黎昊幽默地说道。

　　"大师把彼岸花丢在了大洋彼岸了？"

　　"我的玫瑰就在眼前，即使多刺依然是玫瑰。"黎昊大笑地说道。

　　这时叶穗看见从宝马车里下来一个风度翩翩的男子，她从黎昊的神情断定此男子就是他的朋友。汽车的喇叭声响起来，杜宇来了。叶穗再次表示了抱歉后坐进了那辆黑色的小轿车。

　　"有人送花呀，追求者？"杜宇调笑地说道。

　　"你看见的，这是金牌建筑师庆祝方案的胜利之花。"

"不想要，给我。"

"你要有什么事？"

"我自然有事要办，有玫瑰花好办事。"杜宇神色慌张地说道，并把另一只放到加速器的手放回方向盘上。

"拿去吧，我可不稀罕。"

杜宇哈哈笑起来。汽车还未到建筑系的宿舍楼，叶穗看见从试验楼回来的阳子。阳子抱着一堆书本与同学有说有笑地走来。叶穗注意到，阳子又换了一身衣服。

"就停到这里，阳子来了。吃了饭再去办事？"叶穗扶着车窗问道。

"时间不等人，明日见。"说完杜宇扬尘而去。

"学长去哪里了？"阳子对着远去汽车说道。

"杜宇有事，走，我们吃饭去。"

阳子在餐桌前坐下，开始狼吞虎咽，而她盘子里的食物快要见底了，却发现叶穗盘里的食物依然还有很多，于是笑着说道："楚腰纤细掌中轻，这里没有楚王。告诉我，你那爱细腰的楚王在哪里？"

"贫嘴薄舌，一会儿打羽毛球？"

"你先回宿舍，我还有点事。"说完阳子走向不远处的另一餐桌前。

叶穗无奈，只能往宿舍走去，她推开房间门就看见关翎躺在床上预备建筑师的考试。这个时间黄蔓殊总不在宿舍里，不是去练瑜伽就是去上陶艺课，她的优雅与矜持闻名省大。叶穗一直在耐心等着阳子，但她到隔壁屋查看了三次也不见阳子的身影。

"阳子哪去了？"看见刚从门外进来的曲姗，叶穗条件反射地问道。

"你俩时刻粘在一起，还来问我？"曲姗的嘴都笑弯了。

"转眼就不见，像空气一样消失了。"叶穗不由地笑了，眉眼同样弯起来，也许只有她们俩人互相能说清楚去哪儿了。

要说她俩怎么成为朋友的，倒真说不清。她俩的性格大相径庭，阳子是典型的外向型性格，一张脸时刻写满内心的想法。她开朗活泼，不拘小节，藏不住心事，学习上不求甚解，得过且过，玩乐上孜孜以求。没人知道她的家庭是做什么的，但同学都知道阳子的家境一定很优越，她从穿的、戴的、吃的在学生中都是最好的。

叶穗则是老师的乖乖女，在翘课成风、谈恋爱时髦、拜金至上的当下，叶穗的生活依然是三点一线。她姿容静好、灿若朝霞的脸上总有一种淡淡的忧愁和疲惫。按关翎的说法，叶穗的心就是一棵层层包裹看不见芯的洋葱，谁都不清楚，她在想什么。即使是阳子与她那么熟，也从来不清楚她在思考着什么事情。

但就是这样两个性格迥异的人，却成为了莫逆之交，走到哪儿都要形影不离。

"大剧院的方案是金牌建筑师黎昊设计的？"关翎问道。

"大师来救急的，建筑设计院的方案中标了。"叶穗淡淡地说道。

"叶穗可是出师大捷，还对我保密。"

"不是保密，我做的设计微不足道。"

"去建筑设计院，没人跟你竞争，建筑师都是高薪！"关翎气哼哼地说道。

"真的吗？若是这样关大小姐会不会去省建设厅？审批立项

都要过你的手。"

"谁要留在建设厅？建筑学专业不进设计院就亏了。"

叶穗和曲姗对视一眼，心照不宣地笑了。迄今为止，没人知道毕业后关翎要去哪里，她的保密工作做的最好。

见叶穗换上运动鞋，曲姗说她要陪叶穗打羽毛球。

女生宿舍前面的场地上已有几对人在打球，叶穗和曲姗都是沉静的人，打球时不说笑，一会儿就有点累了。不下六个回合球落到地上，曲姗的细腿向前垮一步，弯腰把球顺势勾起时，却看见杜宇那辆黑色的轿车从环工系的女生宿舍楼驶出。

"你的铁哥们来了。"

叶穗也看见杜宇的车，但汽车并没驶向建筑系宿舍楼，掉转头直接驶出了校门。

"杜宇有事要办。"

"我当舍不得离开美女，才分开又来见美女了。"

"我跟杜宇是哥们，不会花前月下。"叶穗停一会又说道，"你签约到哪家设计院了？"

建筑系的学生认为只有分配到设计院才是最佳的选择。曲姗在北方这座城市生活了四年，依然不适应这里的气候。

"签约到盛达建筑设计院了，坐高铁到上海只有两个小时的车程。"曲姗高兴地说道，"你呢，定下来了吗？"

"还要等实习期的考核……设计院未必是最佳的选择。"

"设计师们是高收入群体，眼下正赶上好时光，不进设计院就输在起点了。"

"敢情设计院是你家的，由着你挑选。"

说完，叶穗和曲姗大笑起来。曲姗笑起来很好看，有着典型江南女子的妩媚。或许正是一方水土养一方人，曲姗精巧的五官镶嵌在圆润的脸上，白皙的皮肤、小巧适中的身材无不显示出，她来自盛产美女的吴越。

"多笑一笑，帅哥会有一大群。"叶穗说道。

"我可没有关翎的绝招，绝招要留到最后使用，频繁使用就不灵了。"

"武器就是要用的，生锈了就用不上了。"

"你的武器是什么？怎么不见用！"

"我没有武器，只有一颗真诚的心。"

曲姗的眼睛已经笑成了一弯下弦月，她觉得和叶穗在一起很轻松。

天色开始暗了下来，叶穗要去图书馆。往楼上走时，叶穗到隔壁房间又看了一次，阳子依然毫无踪影。叶穗开始换鞋，倒水，拿书。单肩背的书包里装备齐全了，叶穗走到门口就看见曲姗在发呆，于是问道："不去图书馆？"

"晚上有约了。"曲姗笑着说道。

叶穗还想说些什么，这时阳子猫腰进来了，避开关翎悄声说道："换上最漂亮的衣服跟我走。"

关翎早支起耳朵，连她的身子和头下的绣花枕头都静止不动了。

"去哪儿？"叶穗漫不经心地问道。

"唉，就别问了。"阳子欲言又止。

叶穗笑起来了。阳子从不是一个能存住秘密的人，一反常态的阳子倒不像是那个与自己最亲密的人了。有点事，她那张小喇叭不广播一番就不是阳子了。

"快点，车在下面等着呢。"

最好看的衣服？叶穗想不起来衣柜里什么衣服是最好看的，

她把前两天刚买的衣服换上，接着就被打扮得花枝招展的阳子拉走了。

黎昊拒绝了建筑院要为他庆贺的邀请，如约来到私房菜饭店。

小巧温馨的屋子干净整洁，桌子上的百合花散发出素雅的香气。钟丁山讲究实惠，菜肴都是各地特色菜，酒品是五粮液。身穿旗袍的服务员出去后，黎昊脱下西服挂在嵌入式的衣柜中。钟丁山如法炮制，并松开了领带。

近距离中，黎昊看见钟丁山已经发福的身子和微微凸起的肚子。他突然想到钟丁山应该成家了，同时又想到孑然一身的自己也该结婚了，未来的妻子却不知在何方。妻子？黎昊的脑海中情不自禁地浮现出叶穗的身影，但倔强的叶穗却拒绝了他。

钟丁山看出黎昊在想那位学妹。黎昊不提，他自然不好开口提。为了打开话题，他开始说些街谈巷议之事，后来又说起他的一次次艳遇经历。说到激动处，钟丁山要往黎昊面前的酒杯中倒酒，却被黎昊制止了。

"我不喝酒。"

"老兄曾经可是酒的爱好者。"钟丁山奇怪地说道。

"那是曾经而且曾经因为酒而坏了大事。"

钟丁山笑起来，倒酒的动作停下来。他知道男人因酒坏事，因金钱坏事，因女人坏事。

"啤酒不碍事吧，来瓶啤酒。"钟丁山像热情的主人般地劝说道。

"来瓶饮料吧。"黎昊抬手叫来了服务员。

"我说你也别太累，对待工作就像对待女人一样，要了解工作的性质，更要善于掌握工作的突破口。"

"我可没有老兄的闲情逸致。"

"只要给了女人想要的，她们会百依百顺。"

"老兄，女人太温顺了你会腻味的，太有个性你又会不屑一顾。"黎昊笑起来说道。

"要不给你介绍几位女大学生？她们可比小学妹有韵味多了。"钟丁山压抑着兴奋说道。

"在老兄的眼里，女人都是一样的?"

"不全是……"钟丁山看出黎昊在生气，知道自己冒犯了那个小学妹，他开始转移话题道，"臭鳜鱼歙县的小吃，做得很地道，吃这个菜要喝白酒的……"

钟丁山的话被电话打断了，他示意黎昊吃菜，按下接听电话键。黎昊听出来，钟丁山又有应酬了。果然，放下电话的钟丁山兴奋起来。

"纺织业商会闭幕舞会，有各大院校的女生作舞伴。我正在想吃过饭去哪儿跳舞或唱歌，这就来了。"

"不去了，我要再想想大剧院施工设计图。"

"老弟要及时行乐，今天是你的好日子。这以后会有很多投资者找上老弟，大把的金钱送到手里，你已经是省城的金牌建筑师了。"

"我现在还没想那么多。"

"听我说得没错，挣了钱就要生活而且要会生活，不要把自己弄得那么累。"

黎昊苦笑。

钟丁山电话又响了，他对着手机说了一句，马上来就挂了。

"不耽误你的好事，买单吧。"黎昊看了看腕上的帝舵手表说道，"九点，我还有个约会。"

这会儿钟丁山反而不着急了，他摸出烟给黎昊点上，又给自己点上，接着便悠悠然地吐出一口烟圈。他知道，黎昊所谓的约会不过让他心安理得。

"在省城想要过清心寡欲的生活可以，不过老弟的灵感会枯竭的。"钟丁山一边抽烟一边说道，"而且猎艳的生活恰恰适合现在的大师，孑然一身又无牵挂。"

"追逐生活中的乐趣，一向是我的首选，走吧。"黎昊突然间就大笑起来。

黎昊想起在巴黎的艳遇了。他和绯闻不断的顾承遗偶尔会在半夜逗留在塞纳河畔，以便邂逅美女。后来他真的邂逅了一位美女，并爱上了她，但幸福短暂即逝，让他以为从未降临。柳含烟，她不会再回来了吧？黎昊有些难过，如果真能邂逅美女而忘记内心的伤痛，不失为上策，想到这儿，黎昊再次笑起来。

钟丁山拍拍黎昊的肩膀哈哈大笑，这才像他认识的黎昊。

省城的五月春暖花开，暗香浮动，夜晚的寒气依然浸润肌骨。穿着晚礼服的阳子被风一吹，打了个冷战。叶穗又笑起来。

"夜晚还真冷，管它呢，要美丽就不能要温度了。"阳子说道。

"美丽是女子的温度。"叶穗说着搂住阳子，想要互相取暖。

校门外停着一辆大奔，衣香鬓影中叶穗看见了名噪一时的黄蔓殊，她与导师的绯闻使她声名远播。今天早晨，黄蔓殊宣布保研成功了。黄蔓殊身上那件裁剪简约的白色礼服以及她弯起在高跟鞋里的脚，无疑都表明她的优雅与漂亮都是名副其实的。她点头一笑，饱含热情的目光就定格在叶穗的身上，仿佛是她邀请她参加的。

黄蔓殊往车窗那儿让了让，留出一个座位。阳子让叶穗先上车，她在门口看了一眼说道，"再等一会，还有一个人没来。"

叶穗浅浅一笑，弯腰上了车，她在车上顺着阳子的目光向后瞧去，看见小鸟依人的陆梓小跑过来。但另一个人影却突然来到车前，正是打扮得美艳动人的关翎。她脸上的近视镜早在三个月前被手术取代了，她高耸的胸脯以及那张锥子脸都不是原装的了。

"阳子，这样的好事让我也分一杯羹。"说着关翎挤在陆梓的前面上了车。

"我也是分羹的，哪里有这样的权力！"

阳子退后一步让陆梓先上车，随后上车关上车门。

"今晚要做的事与学霸的身份不符，叶教授要说我引诱未成年少女了。"关翎看着娇小、清纯的陆梓说道。

"年满十八岁就已成年了，没有人需要学姐的教导。"阳子讥诮地说道。

"不过是学生时代的疯狂，不必上纲上线。"黄蔓殊轻声说道。

车停在一家五星级酒店，她们被带到一家酒店的舞会上，其他院校的女生已经到了。男士们西装革履，谈笑风生，举杯共饮。这是一场别开生面的舞会，是纺织商会圆满结束的谢幕舞会。舞池装扮得豪华而不失典雅，右面是各色的饮料、酒水和甜点。

功成名就的老板们在女生进来的瞬间，根据个人喜好锁定了舞伴。不过，大部分的女生都是被动地等待挑选。关翎的眼睛就像一把尺子，三眼五眼之下也锁定了目标。她手持香槟酒向着一位三十来岁其貌不扬的男士走过去，一会儿两人就谈笑风生、对酒当歌。黄蔓殊大有一网打尽之势，她同时与几位男士调侃说笑，想要将男人们先拉进网里再慢慢地挑选。陆梓女学生式的腼腆，则吸引了几位年轻有为的商业老板。

舞池的中心，叶穗还看见一脸陶醉的美女建筑师姬超轶，她正与一位年轻的帅哥翩翩起舞。姬超轶不止一次看见过叶穗却从未正眼瞧过她一眼。她不愧为美女建筑师，人长得好看，舞跳得漂亮，酒也喝得爽快，更有一种超越常人的自信。光与影的舞动中，叶穗注意到姬超轶第三次与师哥走下舞池。

一脸正气和矜持的叶穗远没有黄蔓殊幸运，没有几位老板过来搭讪。裹在身上的海棠色的洋装让叶穗觉得像丑小鸭般不自在，她嗔怨地看了一眼洋洋得意、千娇百媚的阳子。她已被一位英俊的男士拥在怀里飞扬旋舞起来，哪里顾得上闺蜜的孤影萧疏。叶穗暗想早知如此，还不如去图书馆。

大四即将毕业，可叶穗就是想去图书馆，书香的静谧里有着不可抗拒的魅力。那把椅子她坐了四年，对面的那把椅子空了三年了。她总感到他人还在那里，还有张扬的笑容，低回的耳语。有多少次看见坐在那儿的背影总以为是他，提起来的心每每放下，再柔韧的心也该聚变成铜墙铁壁。总不会看见他后，心再起涟漪了吧，可那把椅子连同上方清冷的灯光，都深深地刻在了叶穗的心上。

叶穗的心总还有那么一角是柔韧的。岳子明说过，会陪着她看月亮，尤其是满月的日子，不陪在她身边时，他一定会是天上那轮明月，静静地望着她。他还说过什么，陪她一生一世？他说过吗，是那双眼睛的光彩书写的？只不过当她说，毕业后我们结婚吧。他却似笑非笑地望着她，不发一言。

灿烂的灯光下，一位受到黄蔓殊冷遇的老板绕过人群向叶穗走来，他刚一开口，叶穗就感到他的笨口拙舌，不过他自嘲似的幽默也让叶穗笑起来。

"是不是有点像相亲会。"老板说道。

"舞池的老板多半膝下承欢了吧。"叶穗微微一笑说道。

"鹦鹉学舌不会闹笑话的，看来我连鹦鹉都不如。"

"鹦鹉是没有幽默的，先生的幽默是语未出而令人笑。"

"能让人笑当然是快乐的，这个世界不大，也许会与女士再次共舞。"

叶穗又笑起来了，为他说话的语气而笑。他把她送下舞池，走到一旁垂手而立。叶穗注意到他除了嘴笨外，同样一表人才。接着叶穗被一位风度翩翩的老板邀请跳过三部曲后，又被一位英俊的男士请走了，但她也拒绝了几位大腹便便的男士的邀请。

八点多了，钟丁山被一位老板让进来，他轻巧地让过旋转的舞者来到叶穗的面前。

"在建筑院我们见过，我是黎昊的朋友，钟丁山。"钟丁山说着伸出右手握住叶穗无所事事的手，"我们跳舞去。"

叶穗被钟丁山的自信所折服，随着他走下舞池。一曲舞毕，叶穗被送到酒水区。钟丁山拿起一杯青露冷饮递给叶穗。

"女人喝点酒更美，叶小姐来点冰白酒。"

叶穗正要拒绝时，却看见走下舞池的黎昊，这个追逐香艳生活的建筑大师。他邀请了外校的一位堪称校花级的女生，他们翩翩起舞，旋转在舞池的中心。黎昊显然也看见了叶穗，被拒绝的伤害还未从他心中消失，他只是拥抱着身前的女生在舞池中放纵自己。

叶穗淡淡一笑，转过脸来望着钟丁山轻轻摇了摇头。

"钟总，冰白酒给我吧，我是叶穗的同学关翎。"不知什么时候关翎过来了，她接过钟丁山手中的酒说道，"钟总贵人多忘事，我们在畅盛设计院见过，畅盛也是钟总的客户。"

"为我们的相逢喝一杯。"钟丁山端起酒一饮而尽。

关翎则喝了杯中所有的酒，这样的豪爽劲是叶穗没见过的。同学聚会时，关翎对酒仅仅是蜻蜓点水般地敷衍了事。叶穗偷偷地笑了，知道关翎瞄准了猎物。

钟丁山做了个请的手势，便和关翎双双走下舞池，转眼他们就融入到舞池找不到了。衣香鬓影中叶穗也找不到舞池中的黎昊了，阵阵的幽香随风入窗来，叶穗形单影只地坐在灯光幽暗的花影中。

今夜无眠、华尔兹圆舞曲播放了几遍。叶穗冷眼看过去，男士们多是年老的成功人士，再年轻的老板们也膝下承欢了吧。阳子与一位仪表堂堂的中年男士翩翩起舞，而黄蔓殊正巧笑嫣然地与舞伴滑入灯光摇曳的暗影里，陆梓婀娜的姿影更是旋转在舞池中心。

不知是多少次了，陆梓的身影又从叶穗面前转过去了。叶穗是通过杜宇认识她的，印象中这个女孩从没高声地说过话，再嘈杂的环境里都和顺、柔软的声调。显而易见，陆梓身在商业老板人群中犹如羊入狼群之感，经历刀光剑影的老板尤其喜欢温柔如水的女孩。

起初叶穗还看见关翎与一位年约四十的老板翩翩起舞，这会儿却不见了，不知与哪位老板躲到哪里去了。毕业在即，关翎一心想留在省城的事业单位，建设厅是最佳的选择了。再有月余，公务员就要开考了。找工作上，叶穗感到关翎做了好几手的准备。

工程系曾流传着，设计院是建筑学毕业生的最佳选择，高薪。叶穗却没体会到设计院的优越，她去过几次建设工地，根本不是女生能待住的地方。虽说绘图是设计工作最主要的内容，但施工现场的服务却也必不可少。国家大剧院的建设过程中，保罗·安德鲁就在施工现场进行全方位的指挥。

生活中叶穗像公主一样被宠着，她最初的想法是毕业后去法国或意大利混两年，混够了再回国创业或找一个长期饭票。到建筑院实习一周后，叶穗就完全改变了以往的想法，她在那里见到了为建筑艺术而奉献的建筑师们，这种激情让她感动。

叶穗喜欢建筑院这个集体，年轻热情、朝气蓬勃、卓荦不羁。身在俊美的精英中，叶穗最终确定了毕业的去留。她要留在建筑设计院，要创作出自己的建筑艺术。如今，叶穗为这个想法，为建筑艺术深深地吸引着。

轻缓舒畅的音乐声中，叶穗缓缓地闭上眼睛。叶穗的右手抚在心口，心却在云游四方。浪漫温柔的香夜里，那张久远、英俊的笑脸慢慢地浮现在她的眼前，多情的嘴就在她的唇齿间，修长的手就在她的秀发里，只是再没有那暖人心怀的热度了。

隔着四年的光阴望过去，再绚烂的梦也会褪色的，成为黑白世界里的水墨画。

在叶穗的梦里，岳子明被晕染成一株古老苍劲的大树。

留 下

　　大剧院的建筑方案中标后，黎昊一时没法走了，建筑设计院委托他做大剧院施工图设计。自踏入祖国的土地，他就看出他的建筑梦想在中国。国内经济的发展之快出乎意料，基础建设遍地开花，城乡住房的建设更是一日千里。他很清楚留下会有更多的机会，会挣更多的金钱。虽然钱并不是他唯一追求的目标，但金钱在国外那几年确实有用。

　　这期间黎昊开办了自己的业务，把建筑设计院四层办公室租用下来，承接各个项目的设计方案。大剧院的设计方案效果图挂在东面整个墙上，靠墙的地上还放着许多小型的效果图，使这个房间看上去一下子就有了艺术气质。

　　叶穗未能如愿离开，拿到方案的费用时她也进入到施工图的设计中。这不是她人生的第一桶金，但方案费的数量多的出乎她的意料，她用这笔钱买了心仪许久的夏季衣裙，请好友大吃了一顿，结果唱歌后结账时杜宇却负担了一半的费用。

　　叶穗在建筑设计院里有了自己的办公桌，她着手大剧院的施工图设计。

近午时分，走廊上浓烈的香水吸引了众多同事的目光，最先被香水吸引的是叶穗。那时叶穗已画了一个多时辰的图了，她想喝点茶水，但她的注意力不是被茶水吸引而是被香气吸引的。兰蔻香水不会轻易让人忘记它的芬芳，浓烈而热情。

叶穗第一次嗅到兰蔻香水是三个月前，那时黎昊尚未来到建筑院。一对夫妇前来建筑委托设计私家别墅。丈夫一看就是功成名就的商业老板，而妻子则是闲居家中的豪门少妇。那日不知怎么回事，委托并没谈成，丈夫一怒之下走了，妻子则歉意地笑笑也走了。赵院长客气地把他们送走了，并不为失去设计任务而遗憾。院里主要精力都放在展览楼和大剧院的方案上了，赵院长焦头烂额的根本顾不上其它的小工程。

这次送来香气的是一位迷人的少妇，看起来同样是商业老板的妻子。她好看的黑眼睛、小巧笔直的鼻子、窈窕的身材都说明她年轻时是一位美女，当然现在依然风韵犹存。

被香气吸引的不仅仅是叶穗，还有上班迟到的谢子尧。他已经观察她一会儿了，知道她在找人，便上前拦住了美丽的少妇。她张口就打听黎大师，黎昊。谢子尧一反常态，热情地招呼少妇去接待间坐下，并拿出好茶，沏了一杯茶放到少妇面前的茶几上。

"请问有什么事可以帮女士？黎大师去了工地。"谢子尧说道。

"想请黎大师设计私家别墅，我们在石山那儿有一块不大不小的地。"

"碧石山那儿吗？"

"碧石湾后面的那片山林中。"

私家别墅几个字像兴奋剂进入到谢子尧的脑海中。谢子尧的建筑生涯中最崇拜的建筑大师就是以建造流水别墅著称的弗兰克·劳埃德·赖特，他的理想则是在有生之年建造自己的流水别墅。石山那儿有碧江穿林而过，山石水榭都有了，是建造别墅的最佳场所。

"我是谢子尧，石山那儿的地形图可以给我看看吗？"

"当然可以，叫我梅子吧。"说着梅子把地形图递给了谢子尧。

梅子家的这块地很有特色，五亩地大小，最东面离石山尚有五十米左右的距离，溪水从西北角穿流而过，溪水沟渠边上还有一块造型奇异的卵石，两岸茂盛的楝树看起来已有二十年的树龄。沉睡多年的谢子尧被手中小小的纸片唤醒。

"我可以去看看那块山地吗？"谢子尧问道。

梅子尚未答话，黎昊从工地上回来了。谢子尧站起来很绅士地为他们作了介绍，但黎昊听说眼前的女士是来委托设计私人别墅时竟然有些厌烦。他手里有一个方案，还有大剧院的施工图要设计，抽不出时间做这么小的项目。虽然他知道也许能在私家别墅中完全展现他的建筑理论，但这么小的工程黎昊不想做。

"如果是事务所来设计，梅女士可能要等一段时间了，眼下的项目都很着急。"黎昊客气地说道。

"黎昊，不如让我先去看看现场，若可行项目就归我了。"谢子尧说道。

黎昊犹豫了，如果谢子尧把私人别墅做成马拉松项目可叫建筑行业的人看笑话了。谢子尧看出黎昊所想了，把他拉到一旁说道："别担心，不会给事务所丢脸的，我知道自己有几斤几两，没把握的事我不做。"

"你并不受我管束，委托到建筑院去的话……"

"不需要走弯路，我拿出方案后，你直接做决定。"谢子尧爽快地说道。

黎昊笑起来，少见谢子尧有如此活力。

"居山水间者为上，村居次之，郊居又次之。吾侪纵不能栖岩止谷，追绮园之踪，而混迹廛市，要须门庭雅洁，室庐清靓，亭台具旷士之怀，斋阁有幽人之致。"谢子尧转身对梅子说道。

听见谢子尧文绉绉的话，黎昊愣了一下但紧接着注意力就转到大剧院的图纸上了。

梅子好奇地看了谢子尧一眼，嫣然一笑，转身向外走去。

在走廊上迎面走来的赵雪梅对谢子尧说："最近股票挣钱了吗？指数又涨了。"

"没时间炒股，谢师接下大工程了。"周越欢快地调侃。

"谢师要东山再起了。"杜宇说道。

谢子尧对他们的调笑置若罔闻，陪着梅子走了，他一边走一边与梅子亲切地说着什么。等到那两个身影进到电梯里，黎昊方往电脑前走去，他想如果这个项目能帮到谢子尧就好了。黎昊从谢子尧炯炯有神的眼睛里看出，他的创作灵感复活了。

叶穗也很久没见到谢师如此具有活力的一面了，她由衷地希望谢师能够回到以往意气昂扬的状态，她希望每一个建筑师都能实现自己的梦想。独自在走廊里站了一会，叶穗继续向茶水间走去。

洒香水的人走了，香气却久久没有散去。

由于工期紧张，杜宇进到大剧院的项目中来了，大剧院主要部分的施工图纸由他来设计。叶穗只负责辅助用房的施工图设计。

"杜宇，庭院的布置要我看过后再画细部图纸，剧院内部装修找时间再定一下，不要对方案有任何改动。"黎昊说道。

"大师请放心，画图匠嘛没有改动的权利。"

"别多心，就是我想改，委托方这时候也不会让改的。"黎昊说完笑起来，

杜宇哈哈大笑，恰好被经过办公室的谢子尧听到，他走进来问道："笑什么？有什么高兴的事吗？"

"两个人说话第三个人不要打岔。谢师快去画工业厂房吧，要不挣不上钱了，噢，还有谢师的流水别墅。"杜宇调侃地说道。

"做不了方案还挣什么钱！在股市上挣点小钱，股票一路看涨。"

赵雪梅过来发放劳保鞋，听到谢师的话兴奋地眼睛都睁大了。

"我再买五万基金。"

"不要说我让你买的，股票不会一直涨下去要留有后路。"

"挣钱可没后路，谢师有了好消息要及时告诉我。"

谢子尧早溜出去了，他不想惹祸上身，在股市里摸爬滚打几年，他见多了听风就是雨的人，赔了钱就怨天尤人。

叶穗不关心股票的事情，她试了一下劳保鞋有点大，要换小一号的鞋子。赵雪梅表示，换鞋只有到生产厂家更换。叶穗觉得太远不想去，只好凑合着穿。

"叶小姐，我要去东区那儿办事，顺路送你去换鞋。"黎昊离开电脑说道。

"不麻烦大师吧，大师的工钱我可开不出来。"

在场的人均哈哈大笑。

黎昊的脸微微红了，他突然间就觉得快乐起来。

叶穗跟着黎昊往电梯走时，看见杜宇做了鬼脸，偷偷地乐了。汽车稳稳地开在通往东区的柏油路上，身边的车一辆又一辆超过去了，但黎昊始终不急不缓地让车以龟速爬行。不过再慢的速度，最终还是到了目的地，汽车在一间宽敞的成衣间前停下来。

"叶小姐去换鞋，我去去就来。"

服务人员很热情，仔细检查过叶穗手里的鞋子就拿了一双小号的鞋。她打开鞋盒，试穿新鞋，不大不小。叶穗谢过服务人员后走出来，她看见黎昊的汽车仿佛没动般地停在老地方。

"黎昊大师，事情办好了？"

"办好了，可以走了吗？"

叶穗上了汽车，半个小时后回到办公室。黎昊看见叶穗进了门厅后，才把车开到停车场内停好，他从后院转出来时就看见阳子伸头四处张望着。

"建筑大师，叶穗姐在吗？"

"有事吗，还去滑冰？"

"我来看看周越，他在吗？"

"周越这两日去了北京。"

"真不巧，我……"

"先别走，既来之则安之。今晚我请你和叶穗去吃西餐。"

"那真是太好了，我正愁今晚去哪儿呢。"

"你先上去找叶穗，我出去办点事。"黎昊边说边走，他要去采购做西餐的食料和晚宴要用的鲜花。

阳子来到楼上第一件事就是告诉叶穗晚上要去黎昊家，结果叶穗生气地板起脸来。

"没有我你们会玩得更快乐，今晚我要去碧石湾。"

"改天吧，叶教授最想见的人不是你了。"

"你替他人做决定上瘾吗?"

叶穗讥讽的口吻令阳子受不了，她跑去对赵雪梅说了晚上的计划。有了她俩，消息不胫而走。等黎昊采购完食料回到办公室里，要吃西餐的人不止阳子，杜宇、谢子尧、赵雪梅都要去。黎昊却从叶穗的神情中看不出丝毫要去的意思，他最想与叶穗在一起，如今主角不去却弄了一群不相干的人。

"事不过三，叶小姐总不会拒绝三次。"

"我……那好吧，我打个电话。"

叶穗原本想回家看看，有三个星期没回家了。虽说父亲身强力壮，叶穗还是不放心家里。从电话里她听出父亲的心情极好，她不禁怀疑父亲与薛诗雯的感情起始何时? 即使他们的爱情更早，那一定是母亲过世后了。想到这里，叶穗的心稍稍放下了。

大伙都在熬时间等着下班。阳子倚在绘图桌前翻看大剧院的效果图，叶穗悄悄移过去找她说话，之前她情急之下对阳子的语气有些恶劣了。

"不仅替我做决定还替大师做了决定。"说着，叶穗看了一眼正忙着关电脑的黎昊说道。

"人多热闹嘛，如果只有我那不成了烛光晚宴了!"阳子看了一眼整装待发的人说道。

"可以暂且把黎昊看成周越嘛。"

"叶子姐太坏了。"

电梯的门打开了，大伙一窝蜂地坐电梯下去了。来到一楼，黎昊把谢子尧拉到一边。

"老谢再去超市去采购些食料，我要回去给他们开门。"黎昊拿出钱塞到谢子尧手里。

"见外了，这里交给我。"

黎昊来到停车场看见除了赵雪梅外其余的人都坐到了杜宇的车里，他大方地让赵雪梅上车，发动汽车。车来到碧石湾停下来。

"黎大师的家与叶子姐家在一处。"阳子从汽车上跳下来说道。

"叶穗的家在哪儿?"黎昊紧接着问道。

叶穗的名字很自然就从黎昊的口中说出来了，阳子赶快去看叶穗，却见她一脸平静地盯着别墅里那盛开的紫阳花。

"那儿，普通别墅区。"阳子指着远处整齐划一的楼房说道。

黎昊看了好一会才转身开了院门让大伙进来，他刚从汽车里拿出鲜花就被阳子看见了。

"交给我，装缀鲜花我最拿手了。"

杜宇大笑，说阳子会把花瓶打碎的。阳子瞪了他一眼，主动拿起花进了屋里，换下水晶花瓶里那束枯萎的康乃馨。她换了新水，剪枝插花，并对杜宇得意一笑。结果，就在阳子刚走到墙角的花柱那儿时，花瓶掉到地上摔得粉碎。杜宇哈哈大笑，阳子气的上前要打他。原来阳子刚要把花瓶摆上去时，看见杜宇得意的鬼脸走神了。

"不要紧，花柜那儿还有一个花瓶。"黎昊笑着说道。

赵雪梅及时把地上的花捡起来，取来另一个花瓶，叶穗则手拿笤帚走来清理碎片。一切整理有绪，叶穗也开始打量起房间。

其实走进院门的第一眼，叶穗就感到这里比父亲那儿大多了。越过别墅后的海棠树、碧桃树、樱花树可以看见养育省城百姓的碧江以及江对岸的石山。

至于屋内的摆设，虽然简洁但不失品味，而男子的家能保持如此干净也很少见。

黎昊脱了西服，很快把各色的酒拿出供大伙饮用，把时鲜的水果拿出来供大伙食用。

"不要客气，随个人喜好选酒水。"黎昊边说边走，"杜宇招呼大伙喝酒，吃水果。"

看完房子的杜宇已坐在沙发上喝上拉图葡萄酒，打开了电视。叶穗和阳子也找到自己喜欢喝的饮料了。赵雪梅跟着黎昊去了厨房，她笨手笨脚的反而帮倒忙。等到谢子尧来时，厨房里方一切就绪。

在准备晚饭时，叶穗被黎昊一声一声的问话拉到厨房里。

"沙拉想要甜点吗？"

"牛排想要煎烂点？"

"鱼丸汤想要清淡的吗？"

"青豆里要放香草吗？"

赵雪梅失落地退出厨房，与阳子挤在一起在电脑上看泡沫剧。而在厨房里帮忙的谢子尧则奇怪地看了一眼黎昊，又看看叶穗，他不知道两人什么时候这样亲密了。

"把刀叉、餐盘摆好，开席了。"谢子尧对叶穗说道。

门铃响了，阳子跑出去开门。钟丁山和关翎站在门外，他们吃过饭来找黎昊聊天的。这下热闹了，钟丁山给大伙分餐。关翎与大伙本来认识，很快打成一片，不过在吃饭时还是瞅准时机坐在了钟丁山身边。叶穗想要与杜宇坐在一起，却阴差阳错地被安排到黎昊旁边，她想要与杜宇说话，也总被黎昊的话题引过去。

"不必把你的脸像绕着向日葵一样地围着杜宇转，有时我也可充当一下太阳，即便是月亮也有引起你注意的时刻吧。"说完，黎昊大笑起来。

或许是喝了酒的缘故，叶穗被黎昊逗得哈哈大笑。

"大师的向日葵在法国？"叶穗调笑地问道。

"我的向日葵在眼前。"黎昊盯着叶穗说道。

"大师对谁隐藏了感情？有时将爱情隐藏太深是件坏事。"

黎昊定定地看着叶穗微笑，刚要说话，此时钟丁山举起酒杯说道："为黎大师的事务所开张喝一杯。"

钟丁山的话音刚落，关翎举起酒杯一饮而尽，完全一副女友式的力挺。杜宇和谢子尧开始起哄了，让黎昊喝两杯法国灰雁。好在钟丁山了解黎昊的生活习惯，最后帮黎昊代喝了这两杯酒。

宴席结束，大伙端着酒杯随意地寻找谈话的伙伴。谢子尧却一个人坐在角落里发呆，黎昊看出谢子尧喝醉了，不过他的醉是安静的醉，即便醉了还是一表人才。黎昊把他扶到沙发上躺着，他却要坐着，醉眼蒙眬地看着年轻人自娱自乐。

九时，阳子说要去找表哥一起回家，赵雪梅也说还有事，于是大家便一起告辞离去。想到第二天还有一大堆的事要做，黎昊也不强留。这时阳子已经带头跑出去，叶穗留在后面。

"去叶教授家？我送你回去吧？"黎昊热情地招呼叶穗。

"谢谢！我要回学校。"说完叶穗跟着阳子上了杜宇的汽车。

汽车开走时，他听见阳子说："这是酒后驾车。"

黎昊看着汽车消失在夜色里转身锁了院门，他并没有立刻进屋而是绕到屋后的树林中，他觉得自己太快乐了，反而一下睡不着了。

黎昊是带着叶穗和杜宇一起去见文化公司的老总李立群的。李立群是小个子的南方人，年轻有为，鹰眼中时刻放射出生意人的精明。

"久仰大名，黎大师临走前一定要为我完成扩建方案。"

"李总，我已决定暂时留下来了。"

"这是我的福气也是省城的福气。"

杜宇和叶穗背着李总笑起来。生意人巧舌如簧的嘴总能把死的说成活的，当然，更让他们发笑的是李总的啤酒肚。杜宇转过身悄声说："李总摸不到自己的脚了。"

叶穗哈哈笑起来，又偷偷地看了一眼李立群凸起的肚子。

黎昊侧过身不满地看了他们一眼，然后继续一本正经地和眼前这个南方人谈起生意，仔细倾听着李立群扩建办公大楼的计划。

"钟总给大师说起过扩建计划了吧。"

"简单地说了些，真正实施要以合约为主。"

"公司的业务量翻番了，新的大楼要完全取代原有的，每间办公室不仅要宽敞而且敞亮，另外还要通风。黎大师，坐在这间办公室里你就能感受到这栋楼的不足了。"

不难发现屋子的缺陷，开间太小，进深太长，采光和通风都不足，朝向不正。坐在这里半个时辰，叶穗也看出这些不足之处。

"门前这条路不是正南正北，贵公司的地域紧靠马路，若要有更好的采光建筑物的外形就不能是中规中矩的，需要悬挑出楔形以弥补与道马平行，如此便可解决房屋朝向问题。"

"生意人只做赚钱的买卖，我并不想把公司开成展览馆。"

"李总放心，文化公司不同于其他行业，外形上一定要能吸引人，要体现出时代的气息，洋气而不奢华，大气而不虚泛，要有一种张力的卓荦不羁，建筑造型还要有充分的想像空间，任由人们联想建筑物的寓意。"

"高手，黎大师说的就是我想表达的，就像每一种广告所深含的寓意不同，文化公司则从不同的角度赋予人们独特的想像力。"

"没有比想像更难的，许多物和事亘古不变，要做到这点实为不易。"

"有妙笔生花一说，黎大师就是生花的妙笔。"

叶穗对李总过分的追捧觉得好笑，她瞧见会议室里的其他人也偷偷乐了。黎昊却还是不为所动的一脸正气，满舌生花的人他见得多了。

"李总，我们想去看一下扩建区域的现场。"

李总示意黎昊和叶穗先走，他跟在后面。区域极不规整，周边的建筑五花八门难以协调。黎昊全面地看了现场后，要叶穗从各方位拍摄照片，他自己则走到屋后紫丁香树下与李总谈合约。这个工程不大，却比大剧院更难设计，制约因素太多了。

叶穗正看相机中的照片时，杜宇从后面跑上来说道，"周越打来电话，有一个军民共建活动，我们可以去打靶喽。"

"打靶？"

"去年设计院免费给军队设计指挥中心，才会有这军民共建活动。"杜宇看了看身后的黎昊又说道，"你给阳子她们打电话，让她们也来。"

"她们有课，可能来不了。"叶穗看了看正与李总谈合约的黎昊说。

"下午都是些无关紧要的课，你又不是没翘过课，现在倒正经起来了。"

叶穗真是哭笑不得，给阳子发了短信。

"来不来就不怪我了。"叶穗说着就靠在背后的白墙上。

那边黎昊与李立群的谈判也完了，他与李立群握手告别后就走了过来。虽然隔着较远的距离，黎昊还是一眼就看见了叶穗身上的烟灰色上衣被沾染了脏东西。

"合约定下来了吗？"

"明天开始做方案。"黎昊看了一眼叶穗说道，"叶穗，你过来。"

叶穗犹疑向前走了两步，未等她走近，黎昊便伸出手轻轻地把她身上的白灰拍打掉。

"不仅是金牌建筑师，还是护花使者。"杜宇取笑道。

"把周边环境弄清就回设计院。"黎昊却不接杜宇的话题，径自交代着工作。

"我和叶穗要去吃快餐，不奉陪大师了。"

杜宇的突然袭击闹得叶穗和黎昊都措手不及。黎昊僵在那儿，想说什么却最终什么都没说。当杜宇的汽车开过菲斯文化公司那座过时的建筑时，叶穗还看见黎昊呆呆地站在原地。

参加打靶的人员都走了，只有杜宇和叶穗还在等阳子和陆梓。三点多还未见人影，叶穗想要走，杜宇坚持要再等等。这时叶穗的电话响了，杜宇抢先拿在手里，看到是阳子的电话便还给了叶穗。阳子说，她一会儿就到。

杜宇半分钟都不想在楼上等了，他要到院外去等候。等叶穗和杜宇走出设计院时，刚好看见从天桥上走下来三位美女，阳子、关翎、黄蔓殊都在，独不见陆梓。

杜宇冲上前焦急地问道："陆梓呢？"

"陆梓下午要考试。"阳子说道。

"我不去了，你们去吧。"

"没有车怎么去？"阳子气急败坏地说道，"有叶子姐在就行了吗？难道要让世界上的美女都来陪着你。"

听见阳子的话，关翎笑起来，但她看了一眼叶穗却没说话。叶穗极不自在地干咳了一声，她对杜宇的突然失控感到很迷惑，她认识的杜宇是个少年不识愁滋味的人，怎么突然会这样冲动？她正琢磨关翎意味深长的一瞥时，却又听见杜宇的下一句任性的话。

"反正不去，你们看着办吧。"

"我来开车。"黄蔓殊说着向杜宇伸出了手。

看着眼前白皙细腻的手，杜宇让出了钥匙。黄蔓殊熟练地坐到驾驶员的座位上，开上车向着打靶场驶去。远远地听着枪声，阳子急的一直催促快点开。

"朝着枪声开去，晚了会没子弹的。"

她们当中没有人知道具体地址，只好朝着枪响的地方开去。下了车，阳子向着枪声跑去，后面的人也跟着跑起来。待她们爬上土坡时才发现坡下是掩体，对面的人正朝着她们射击。

"躲着点，子弹可没长眼睛。"黄蔓殊笑着说，但她嘴角的笑意还未消失就听见一声大吼："趴下！你们是什么人？"

黄蔓殊和阳子吓得尖叫起来，而叶穗看清情况时关翎已跳下掩体，她跳下去之前还拉了阳子一把。正当叶穗拉着黄蔓殊的手也要跳下掩体时，只见对面一个人奋不顾身地冲了过来，是黎昊。他几乎是扑过来的，见到她们几个毫发无损就笑了。

"叶穗，伤在哪里了？"

"子弹长了眼睛不打美女。"阳子笑呵呵地说道。

叶穗难为情地笑了笑，想起中午时分杜宇的恶作剧，脸庞情不自禁地红了。

就在气氛尴尬时，阳子突然间叫起来："大师，戒指是为了纪念什么人吗？"

大家的目光都被吸引过去了，只看见从黎昊衣领那儿掉落出来一个戒指。那细细的红线叶穗见过，原来是用来系住戒指的。黎昊手疾眼快把戒指放回到衬衣里，他的脸色苍白了片刻。叶穗见状，拉了拉阳子的手不让她再口无遮拦地说话。

这时，跟着黎昊过来的军官也已经把阳子和关翎拉了上来，他们将几个女生教训了一番，让她们注意安全，便又原路返回了。

"好帅呀。"黄蔓殊似是完全被军官们迷住了。

"别花痴了，赶紧走吧，他们都在等着呢。"关翎心直口快地说道。

她们尚未走过去，周越大笑起来："今日打靶也许是史上最牛的一次了，有了活靶子还是些美女。"

"那你倒是把她们当成靶子试试。"谢子尧也加入调笑的行列。

女生们可不管他们的调侃，每个人都兴奋地跑过去拿枪。阳子甚至毫不怜惜那身高档的衣裙，直接扑倒在地拿起枪，然后飞快地向靶心射击。

"一人十发子弹，打完可就没有了。"周越冲着阳子说道。

"打靶就为图个痛快。"阳子咧嘴一笑。

黄蔓殊的想法则与阳子不同，她在第一枪失手后便难过地站在原地，委屈得快要哭起来。

"最简单的口诀就是三点一线。"军官刘若力走过来说道，开始手把手地教黄蔓殊。

场面再次活跃起来，尤其是阳子，像个女英雄一样不停地射击。然而，再多的子弹也经不起率性任意地发射，阳子脱靶了，她想再打却没有子弹，便从叶穗那里抢了几发子弹，直到两人的子弹也全部用完。

叶穗想要将枪放回原处，抬头却发现黎昊正注视着她。

"这里有十发子弹，你拿去吧。"

"你没打？"

"我更喜欢用手枪。"

"叶子姐不要就给我好啦。"阳子开心地大叫起来，然后对黎昊道谢，"谢谢黎大师的成人之美。"

"又不是给你的。"当然，这话黎昊也只是在心里嘀咕了一下。

阳子拿过子弹就打起来，同样是脱靶。叶穗和黎昊不约而同地笑起来，周越则开心地唱起打靶归来："日落西山红霞飞，战士打靶把营归，把营归，风展红旗映彩霞，愉快的歌声满天飞……"他一边唱着，一边甩开大步向场外走去。

阳子这时对打靶也没兴趣了，追在身后周越大喊道："等等我，我跟你一起走。"

看着一路小跑的阳子，叶穗知道阳子女学生式的恋爱又来了，周越会是阳子眼里的陈世美吗？

大剧院的场地平整正干得热火朝天，黎昊在场地走了一圈后便沾染上不少的尘土。项目经理潘时明让他快回去，后期放线再来。黎昊也不装腔作势，正好他要查看的都弄清楚了，便挥了挥，向停车的地方赶过去。他一身尘土地坐到车上，尚未发动汽车就接到姬超轶的电话。

"大师还记得季布一诺吗?"还是那具有攻击性的声音。

"等不及了? 眼下确实没有时间。"

"还没那么急于吃一顿饭，明天市政厅改建的方案投标，大师来吗?"姬超轶的声音多少带上点炫耀的成分。

"谢谢你通知我，一定去。"

姬超轶在电话里哈哈大笑地说道："我刚看见你了，在凤栖路上。"

黎昊挂了电话，发动汽车。若不是市政厅改造的项目与大剧院施工图的时间交织在一起，他会参与投标的。这个项目做好了会让他更有名气，也会带来更多的金钱。来到建筑院的后院，黎昊停好了车，他从车上下来看见谢子尧和梅子刚要上车。谢子尧一见黎昊就停下来了，请梅子先上车等他一会儿。

"那真是一块风水宝地，我的建筑理想也许会实现。"谢子尧兴奋地说道。

"有创意了，还是有初步方案了?"黎昊问道。

"都有了，不过不能急，许多的细节还要考虑。"

"慢工出细活，不要耽误梅女士入住就行了。"黎昊浅浅一笑地说道。

谢子尧看出了黎昊的笑容中所包含的意思，他并不介意，反而更想把工程做细。

"我和梅子要再去那块地看看，把地上的楝树都标注出来，每一棵树都不能动。"谢子尧说完就走了。

黎昊也转身向大楼走去，来到办公室就看见埋头画施工图的叶穗。方案到现在还未完全确定下来，省文化局的张局长时常还提出些修改意见。无关痛痒的小问题，他都修改了，虽然离开祖国十年，但中庸之道他还是知道的。

"大师，张局长打电话来，想要把外装饰的不规则的护板改成规则的弧形。"叶穗说道。

"不要改，让张局长找我。"黎昊说着来到电脑前。

"还有，换衣间挤出一米要让到演播间里。"

"可以，图纸改好后返给周越一份。"黎昊说着打开了电脑，"还有吗？"

"没有了，张局长让你给他回个电话。"

"知道了。"

此时黎昊的注意力已集中到了网页上对市政厅改建项目的新闻上。他浏览了所有的新闻后发现，如果当时把菲斯文化公司的综合楼项目往后推迟半个月，就有足够的时间应付市政厅改建的项目了。他有点懊恼，政府投资的项目往往聚焦了所有的镁光灯，如果建筑师头上的光环黯淡了，标志着他的人气也消失了。

黎昊注意到网上的评论，大多集中在规划院、民用院和总院的投标人身上。姬超轶出现的次数最多，方案中标的呼声最大。大剧院红极一时的评论已被市政厅的改建热议取代了，他失落地关闭了网页。

"大师，方案不能再变了，再变没法按时交图。"周越站在门外大喊道。

"放心吧，这是最后的变动，再没有可调整的余地了。"黎昊坚决地说道。

周越走了，心有余悸地走了。建筑师往往对自己的方案不能掌握主动权，这是建筑业内的潜规则。

第二天，黎昊早早地来到招标大厅，已经有很多人在那儿了，但姬超轶还未到场。一会儿他听见那富有节奏的脚步声响起来，容光焕发的姬超轶来到大厅。她热情地对黎昊一笑，表示她看见他了，然后找到规划院的阵地坐了下来。

政府投资的工程向来都是众多建筑师追捧的项目，但方案投标从来都是紧张刺激的，不到最后一刻不会知道自己的方案是否最好。姬超轶的方案还未陈述，她就发现，在众多的方案中，吴翔的方案不同凡响，李院长的方案也很不错，关键要看评委如何选取了。

姬超轶带着一丝微笑走上前台，她的方案带有一种亲和力和更加自如的隐性力量。初看并不能看出特别突出的创意，然而细细琢磨，就看出不同了。加上她条分缕析的讲解，方案的优越逐渐展现在人们的眼前。

美女建筑师的方案，立面效果与旧建筑浑然一体，内部空间上却大胆地把敞开式的办公环境与旧建筑形成的死角区域，经过装饰掩盖，成为办事人员的休憩室。姬超轶以弧面连接起来的两处区域，让人分辨不出新旧之别。

三家的方案不分伯仲，若硬要分出高下，只能说姬超轶女性的细致使得方案更加完善。

等待评委表决时，就像百米赛跑冲刺的最后时刻。

招标人员要宣布最后的赢家了，姬超轶的名字从宣布人的口腔里发出来。姬超轶跳起来抱住离她最近的实习生，而她瞬间也被人群包围了，黎昊只能远远看见她的头顶。他想等人们散去再前去祝贺，但美女建筑师被祝贺的人流带走了。

姬超轶临走时回过头来寻找黎昊的目光，但她的视线却被一个个喜笑颜开的脸挡住了。

迷 情

　　平立面经过两次的修改，大剧院的方案在黎昊的手里日臻完美。每一次修改时，他心中都是极不乐意的，但院长语重心长的劝慰总能达到想要的效果。施工图已到细部大样图的阶段，他想着再不会有任何变动了，便放手让杜宇和叶穗做详细设计。

　　然而，黎昊审核杜宇前期的图纸时，却被一个电话叫到省文化局张局长的办公室。进门前他已想到个中原因，但依然面带笑容地走了进去。

　　"文化局又有新的项目了？"

　　"哈哈，把大师请来还是为了大剧院的事。"

　　张局长对方案图中象征石山的起伏波动的后台不满意，他想要改成规整的房间，以便利用每一间屋子。

　　"方案的立意为石山，山形的起伏波动再自然不过了，若改成平面则失去了原意，立面造型也会有很大的变化。"

　　"那些没用的造型可以不要，这样才会物有所值呀。"

　　"缺少了人文精神的大剧院将得不偿失。"

　　"预留的巨大空间是浪费呀。"

"如果想要碧立千仞的效果，可以撕了我的方案另请他人。"

黎昊撂下发愣的张局长就出了市政府大楼。前两次对方案的修改他已做出了让步，歪曲方案的立意无论如何不能再改了。他倒不是可惜那些功夫，而是北方的石山就是绵延起伏的形貌，若改成平整的块状，那还能是山吗？

他从凤栖路拐到碧江路上，汽车一直往西开去，不会儿就路过一片桃园，桃树结满了果实，果农们正在打桃子。车再往前走，紧接着就是葡萄园和一望无际的薰衣草。

黎昊正欣赏着那片紫色的海洋，电话响了，是院长打来的。黎昊把车停在路边却没有接听电话，他可以无视这些人的电话一走了之，本地的建筑师就没这么幸运了，为了那碗饭还是要修改图纸。此时黎昊很高兴自己是来救急的。

谢子尧打来电话，杜宇打来电话……后来叶穗打来电话，黎昊终于接了起来。

"黎大师，我们在酒吧就差大师没到了。"

黎昊听见嘈杂的喧闹声，杜宇的话也传到听筒里了："大师快来，今天是真正的狂欢。"

"在欢乐时光，大师不要走错了。"叶穗匆匆说完，电话突然间就挂断了。

黎昊笑起来，掉转车头直奔欢乐时光。进入酒吧，首先映入眼帘的是叶穗那张心花怒放的笑脸，然后是与关翎腻在一起的他的老朋友钟丁山。曲姗和陆梓坐在角落里窃窃私语，黄蔓殊与军官高谈未来的人生。

黎昊还未走到酒桌前，耳边响起的声音令他的心像大钟一样跳起来。

"大师喝了这一杯酒，毕业庆祝会正式开始。"

不知什么时候，叶穗手里拿着一杯法国灰雁，已经站到了他面前。黎昊接过酒一饮而尽。其实在法国时他早已戒酒了，酒滑进咽喉时，他想起了另外一个女子的脸。

"老弟，重操旧业了。"钟丁山指着酒说道。

"人生难得一乐。"

叶穗毕业了，顺利进入到建筑设计院。曲姗如愿回到家乡，关翎被分配到建设局的建管科，黄蔓殊进入研究生院继续深造。

"叶小姐好大的气派，能让黎昊这样喝酒。"钟丁山离开关翎说道，"黎昊可没为任何人如此豪饮，叶小姐再接再厉。"

叶穗高声辩解着："这可是我跨入社会的第一杯酒，怎么可以不喝。"

黎昊浅浅一笑。叶穗也喝了杯中的酒，然后跟着鼓点扭着腰肢跳起迪斯科。黎昊见机，立刻与她互动地跳起舞来。

周越按捺不住激动的心情，抓起身边的阳子加入到跳动的行列。

阳子大笑道："这是我们的毕业季，狂欢季。"

"毕业万岁。"关翎喊到。

"大家跳起来，唱起来。"谢子尧拉过赵雪梅的手舞起来。

杜宇在吧台向服务生要了一杯玫瑰柠檬露，不过这杯尚未送到陆梓手里的饮料，很快就被阳子抢走了。

"不劳你的驾，我拿给叶子姐。"阳子嬉皮笑脸地说道。

"尽做没谱的事。"

周越则侧身挡住想要反扑的杜宇，把杜宇气得吹胡子瞪眼，然后又在阳子的瞪视中将手中的饮料一饮而尽。这下，阳子不高兴了，她生气地朝着关翎走去。

阳子把关翎拉到一旁说道："从未来的发展来看，黎昊要比钟丁山更有前途，你这是放着西瓜不捡要去捡芝麻。"

"青菜萝卜各有所好，你想要的未必是你的。"关翎神秘地一笑说，"阳子呀，要透过现象看本质。"

"人生何必要弄得那么累！"阳子说道。

"我们拭目以待，静观其变。"关翎讥笑地说道。

阳子撇开关翎又去拉陆梓，但她的话还未出口就遭到陆梓的拒绝："黎昊如此优秀，你怎么不收入囊中？我的目标没那么远大。"

"这是为了叶子姐。"阳子郑重其事地说道。

"为了叶穗？"陆梓吃惊地问道。

"让黎昊不要缠着叶子姐，她有喜欢的人了。"

"叶子姐喜欢谁了？"

阳子还未答话就被杜宇赶到角落里，他清楚，阳子又要说出令人哭笑不得的话来。如果是平时也就算了，今天他可不能让阳子坏他的好事。

"陆梓，这是给你的。"杜宇的手里拿着另一杯新点的玫瑰柠檬露。

这时台上也响起更加动感的声嘶力竭的音乐声，每个人都在狂欢。但谢子尧却躲过众人到外面接电话去了，一会儿他返回歌厅里找到了叶穗。

"我先行一步，梅子要与我谈论流水别墅的方案。"谢子尧快乐地说道。

"谢师，现在是娱乐时间，把方案丢到一边去。"叶穗笑着说道。

"叶穗，这正是我想做的快乐事呀，何况是梅子要求的。"

叶穗觉得谢师语气中饱含的深情有点奇怪，但她不想随便猜测，便让谢师赶紧去忙了。目送着谢师离开，叶穗一回身就看见黄蔓殊她们都在舞池中飞旋，只有黎昊一人安静地靠在门柱上等着她。

似是被黎昊的目光感染了，叶穗向黎昊走过去。她还未走到黎昊面前，就被黎昊带着来到远离灯光的背光面。他久久地凝视着叶穗，直到叶穗不好意思时才轻声道："叶穗，你……"

"叶穗！"黎昊的话被阳子打断了。

"我们去跳舞吧。"说着，阳子拉着叶穗向狂舞的人群中挤去。

黎昊愤怒了，他等了一晚上就为了说这一句话，阳子怎么可以这样横插一脚。沉默地看着舞池中的叶穗，这一晚黎昊坐在阴影中再没有跳舞。

施工图的设计最终没被修改，张局长在令人难堪的尴尬中做出了英明的决定，保持原方案的设计意图。院长知晓此事倒有一丝的快乐，如果每个建筑作品的设计者都能坚持原则也许省城会有更多的艺术作品。

"有时不能保持设计方案的原貌，责任不在一方，设计者一味地迎合投资方也许不是件好事呀。"院长意味深长地说道。

"连自己的主张都不能贯彻一致，不会有好的建筑作品。"黎昊小心地说道。

"机场的改造还需要大师的协助。"

"尽力而为。"

黎昊建筑事务所的接待室在一进门的最左边，仅仅用屏风隔开。黎昊的办公地点在最里面也是用屏风隔开，与他一板之隔的就是叶穗的办公地点。这种开放的办公环境，叫叶穗有不适之感。她想躲到一个角落里，不引人注目的角落。

叶穗侧过身来正遇见黎昊饱含深情的目光。她的手停在空中，近来她时常会遇见黎昊如此莫名的眼神。黎昊却并没有移开目光，反而迎向叶穗的目光，浅浅一笑，接着欠身从窗台旁的那株幸福树前离开了。

"怪人。"叶穗嘟囔了一句。想到学校的事情，她陷入了苦恼之中。

学校下令三天后全部搬出宿舍，叶穗想抓杜宇的差，让他回宿舍帮忙搬家，杜宇却溜了一个时辰了，对面办公室里的周越亦不见踪影，闺蜜阳子倒是打来电话问是否需要帮忙。

"要改日了，杜宇不知道去哪了？"

"这样呀，那我就去办自己的事了。"

叶穗刚挂上电话就看到黎昊从隔壁走来，嘴角还挂着愉悦的笑容。

"我恰巧要去省大拜访老师，车借你一用。"

"我是要搬家呢，恐怕要弄到很晚，明日再搬也不迟。"

"我不是魔鬼，你也没必要躲着我。"黎昊看了一眼叶穗说道，"快走吧。"

宿舍里只有叶穗的物件。曲姗前两天就走了，关翎昨天暂时搬到建设局的单身宿舍里，黄蔓殊搬到研究生院了。

"我整理行李，大师去办事好了。"

"我刚打了个电话，老师外出了。"黎昊随口说道。

"大师饿了吧？来体验一下学生时代的伙食。"叶穗看了看手表笑起来说道。

"有何不可，踏入社会才体会到学生时代的生活最美好。"

黎昊一进到餐厅就听见有人喊他，原来是钟丁山，他和关翎吃完饭正要出去。看见黎昊和叶穗在一起，他立即凑到黎昊的耳边小声说道："人不错，不要马失前蹄。"

"管好自己的事吧。"

"那可是我未来的弟媳，我不管还有谁管。"

"自己的事都焦头烂额的，还有心管他人的事，有事再联系。"

终于赶走了钟丁山，黎昊舒了一口气，却不想这时叶穗却被阳子缠住了。

"叶子姐，杜宇呢？"

"杜宇不知藏到哪里去了。"

"黎大师怎么在这里？"

"他来帮我搬家的，不要添乱了。"

叶穗引着黎昊往打饭口走去，一边走一边说道："学校的餐厅没什么好吃的，但沙葱却值得一吃。"

"这里有地道的家乡菜。"

"大师在法国时常吃什么？"

"法式面包，法国的面包太普遍了，不过我最想吃的还是烤土豆。"

"哈哈，从小吃惯的不易改。"

等到他们慢吞吞地吃完时，餐厅里没剩几个人了。回到宿舍，叶穗把物件简单地归拢后就开始往黎昊的汽车里搬。待他们锁上门来到汽车旁时，叶穗还想去图书馆看一看，她不知道这次离开后什么时候才能够回来。

黎昊陪着叶穗来到图书馆。在二楼的自习室，叶穗从敞开的大门看见了杜宇，那个正与陆梓调笑的杜宇。叶穗还看见正冲杜宇挤眉弄眼的阳子，但杜宇没看见阳子的搞怪却看见叶穗了，他大方地走来说道："叶穗什么时候搬家，说一声。"

"叶子姐今日就搬家。"阳子三步就冲了过来。

"谢谢你的好意，一切就绪，我只是想再看看陪伴我五年的地方。"

叶穗转身时瞥见从疏散口走来一个人，像极了她心中所珍藏的那个人，但她没回头而是快步地走了。黎昊也一言不发地跟着叶穗离开了，他还在气恼阳子每次都坏他的好事。

杜宇对着目瞪口呆的阳子说道："看清楚了，那才是叶穗的护花使者。"

阳子气的要上前打杜宇，却被一只手拦住，那是她的表哥岳子明，他刚从疏散口进来，只来得及看见叶穗的背影。

"杜宇说的没错，你就不要瞎掺和了。"

"总算有明白的人了。"杜宇不饶人地说道。

"表哥，你亲疏不分。"想起自己做的那些可笑的事，阳子并不愿意这样败下阵来。

岳子明说："你的事我还真不担心，你要动心了，任谁也不会让你改变主意。"

"若不是为叶子姐，我也不会看走眼的，谁知道叶子姐并不喜欢杜宇。"

陆梓笑起来，就因阳子的误导差点把杜宇赶跑："给叶子姐打个电话吧。"

坐到汽车上，叶穗始终不说一句话。黎昊再次看了看叶穗，然后故作轻松地说道："在我们学习的过程中，以为每个问题都会有答案，但真正的生活中有许多是未知的，有时要到最后一刻方能揭晓答案，甚至是没有答案。"

"答案就在眼前，只是我熟视无睹。我的震惊不是看见不该看的，而是心中的风筝断了线，图书馆已不再是我最留恋的地方。"

"图书馆的爱情故事?"

"结束了,都结束了。"

《寂静之声》的音乐响起来了,阳子在电话里想要解释对叶穗和杜宇的误解。叶穗笑起来说:"我现在才知道你为什么总把我和杜宇扯到一起,红娘不好当吧?"

"叶子姐,我成了天底下最大的傻瓜。"

"吃一堑长一智嘛,不可能总做傻瓜吧。"

挂断电话,叶穗却沉静在刚才的一幕中。那个人是岳子明吗?唉,他还在美国呢。看着叶穗沉思的目光,黎昊一直静静地开车,他知道女孩子总有不能言说的秘密。汽车最后静悄悄地停在叶教授的院门前,黎昊想要把行李送进门却被叶穗阻止了。

"谢谢大师,我不想让我父亲误会。"

黎昊浅浅一笑,大方和叶穗道别,"再见。"

汽车驶入黑夜中。

叶穗把简单的行李放到门厅里的储物间,推开门就看见正倒茶水的薛诗雯和看电视的父亲。叶穗不知该喊什么,愣在那儿。薛诗雯却放下茶水,赶过来接过叶穗手里的脸盆、水壶。

"叶教授正说穗子毕业了,这两日就要回来,这就回来了。"说完薛诗雯进了卫生间。

"吃点草莓、水蜜桃。"叶教授说道。

水果肯定是薛诗雯买的,父亲很少吃水果,不是不爱吃而是想不起来吃。

"老叶要喝降压药了,血指高把这个吃上。"薛诗雯从卫生间出来后说道,她手里拿着一瓶深海鱼油。

"我先上去洗个澡，一会儿就吃。"

"穗子，我要跟你说件事。"父亲叫住了她。

薛诗雯这时转身上楼进了卧室，似是故意给他们父女俩留下交谈的空间。

叶穗看看薛诗雯消失的背影若有所思，父亲想说的不外乎就是他和薛诗雯结婚的事。

"爸，您要和我说什么？"叶穗装出高兴的神情说道。

"她们母女俩搬来这里住了。"

"母女？薛姐还有个孩子？"叶穗震惊得以为听错了。

"薛懿有六七岁了，她是你的妹妹。"

叶穗听见从楼上的卧室里隐约传来小孩读书的声音，她急忙奔上楼，一踏入走廊就感到了变化。休息平台那儿的竹木花架换成了花瓶，放在书房的钢琴不见了，取而代之的是整体式书柜和书桌。叶穗推开卧室的门，看见钢琴正挤在衣柜与梳妆台之间，她感到家中最后一块容身的地方被侵占了。

"这不是我的家。"叶穗大喊一声。

她摔上门从楼梯上奔了下来，连父亲在身后叫她都没听见。冲入黑夜，叶穗朝着碧江跑去，滔滔的江水并不能平息叶穗心中的怒火。她在江边徘徊了很久，看景、散步、锻炼的人陆续走了。

起潮了，冰冷的雾气无处不在地包围着她，此时叶穗方感到无处可去。她向西走去想要做车回学校，好歹宿舍里还有一张床板。突然间，叶穗看见扶摇的紫薇花、盛开的海棠以及透过枝叶的点点灯光。她走了过去又转身回来。院门没锁，叶穗走了进来，再走进近些她听见了英格玛的音乐。门厅同样没锁，她推门而入看见正浇花的黎昊。

叶穗扑过去时腿碰到了茶几上，但她不管不顾地抱住前来扶她的黎昊，眼泪"哗哗"地流下来落到黎昊洁白的衬衫上。她感受到来自他的温暖，来自他的宁静，来自他的关怀。

黎昊看看怀里梨花带雨的脸笑了。那灵气的眼睛里正含着热泪，秀气的鼻子即便哭泣还是不管不顾地骄傲挺拔，好看的嘴弯起无限的委屈。任性的小女孩的哭泣更令人怜爱，黎昊任她哭泣什么都不问。他的手轻抚她的黑发，另一只则揽住她的肩头。等她哭够了，他把她扶到沙发上坐下来，给她倒了一杯茶后也在她的身旁坐下来。

"喝点茶，有什么大不了的事还能难倒叶穗。"

"无家可归，这是不是大事?"眼泪释放出叶穗积聚心中的痛苦。

"这可是很大的事，先住在这里，找到住处再搬出去。"

"男女授受不亲，我也哭够了，还是回学校睡床板吧。"

"太晚了，你睡楼上，我睡楼下，绝不打扰你。"

"我要离开这里。"

"要走也行，我去送你。"

叶穗看了看玄关上的时钟，十二点了。

"黎昊，来回要一个小时，要不……"

这句称呼把黎昊叫的心花怒放。

"去吧，去睡吧，楼上有浴室。"

"把大门锁上，东西丢了倒是小事，大师丢了就是大事了。"叶穗哈哈大笑。

"门是为你留着的，现在可以锁上了。"

楼上的卧室干净整洁，那些新巧的摆设都没法吸引叶穗，因为她太累了只想睡觉，匆匆洗了澡就躺下了。

叶穗离去后黎昊拿出手机，犹豫了一下又放下了。听着楼上的声音归于平静，他在沙发上坐了很久方才去洗漱。

第二天清晨，黎昊在叶穗起来之前给叶文雨打了个电话。从老师的话中，他听出了事情的来龙去脉。他让老师放心，时间是净化一切情感的过滤器，时间一到叶穗的怒气自会烟消云散。叶文雨在电话那边松了一口气，他让黎昊多费心指导叶穗。

"本想昨晚打电话又怕老师会找上来，事情会更麻烦。"

"穗子的母亲去世得早，她被我宠坏了，我也有责任应当早点告诉她的，这毕竟不是小事。"

"这是自然之情，生活中发生这么大的变动总要经过一段消化的时间。叶教授你放心，有了消息我会通知你的。"

"让你多费心了，替我好好劝劝穗子。"

黎昊挂了电话，从院子里的丁香花丛走向通往石山的小区道路。他要去跑步，他喜欢跑步，这种调动全身的运动常常令他精神焕发。回到别墅，他已出了一身热汗，原本散漫的思绪也集中起来。他精神饱满地来到屋子里，听见楼上有了动静，嘴角的笑容便扯开了。

叶穗起来时，黎昊已做好了早饭。

"多少吃点，一日当中早饭最重要了。"他对精神萎靡的叶穗说道。

"我的人生不需要科学的计算，不用精确到要吃几两米饭要喝几杯葡萄酒。"

"想吃多少就吃多少，没有人限制你。"

"今天我不想吃。"

"一天不吃不会得胃病，走，上班去。"

黎昊开车出车库时看见叶穗正在吃桃子。他笑了笑没说话，下车打开车门请叶穗上车。

"美女的早餐一定要吃水果，"叶穗笑着说道，"法国女性如何保持美丽和苗条的？"

"那是法国女性的秘密，就像你是如何保持漂亮的容貌一样，那是你的秘密。"

"我天生丽质。"

黎昊大笑起来说："回去把咖啡喝了，我看你还能再吃一个鸡蛋。"

"咱们还是去上班好啦。"叶穗吃了一口桃子继续道，"说到美丽，《长恨歌》里写得好，就为了三千宠爱集一身也要把美丽带到坟墓里。"

黎昊哈哈大笑："王婆卖瓜，自卖自夸。"

"要不怎么夺人眼球呢。"

汽车开上主道汇入车流，路上的车比平日要少些。车停入建筑设计院的后院，停车位已经很难找了。今天有点晚了，杜宇已经坐在电脑桌前。黎昊很快走过杜宇来到里间，叶穗则意兴阑珊地跟在他后面。杜宇见到叶穗大方一笑说："昨晚过得很快乐吧。"

"我可没什么快乐的，无家可归了。"叶穗苦笑着说道。

"无家可归？"

"一言难尽，知道哪里有要出租的房子吗？"

"大多的房子都是合租的，独立的房子出租租金高的离奇。"

"怎么都行，只要能有住的地方就好。"

"去网站上找一找，那里的信息一般比较全。"

杜宇接个电话出去了，叶穗打开电脑想要完善最后的收尾工作。一会儿杜宇来到正在审图的黎昊面前说："我一朋友点名要你全权负责开发区的总设计师的工作。"

"近期恐怕脱不开身，再过几日就闲了。"

"可以先谈合约，合约定下来再接手。"

"好，先定个时间见一面。"说完黎昊的目光已移到蓝图上。

他还未看清大剧院化妆间的详细说明，就被来访的人打断了。来人是菲斯文化公司的李总，他们又有新的想法了。黎昊把李总请到接待室坐下，他喜欢在做方案的前期与顾客更多的交流，更细化甲方的要求。通过沟通与协调，方案的功能与用途就明确化了。这种事黎昊非常认真，从不需让他人代劳，他对甲方的每一句话都仔细了解，甚至打破砂锅问到底。

"我想把南面的放映间调到北面，放映间不常用，而画面的制作与剪辑通常会在小型的制作间内。"

"没问题，会议室和放映间可集功能于一体，这样多出两百平米的区域。"

"这块区域还真不知做什么？"

"把北侧的立面悬挑出去做成倒锥体，立面采用玻璃幕墙，这片区域就可做温室花房并可加强立面效果。"

"会不会有点浪费？"

"无需顾虑，日后若有其他用途隔起来就可，这片绿色的区域吸引的不仅仅是顾客的目光，而是更多的生意。"

"那个像飞翔的翅膀的高度是否再降一降？"

"降是可以降，但不成比例了，会让人联想到那些飞不起来的家禽。"

"好，就这样吧。我再问一句，图纸什么时候能出来？"

"下周五，李总静候佳音吧。"

送走李总后不久，杜宇过来说，寰宇房地产开发公司的见面会定在周日。

"好，把周越叫来一下。"黎昊忽然间像想起什么事说道，"寰宇房地产开发公司？碧石湾就是这公司开发的。"

"寰宇这两年势头很猛，大有超过盛大房地产公司的趋势。"杜宇说道。

黎昊见周越进来了就对着隔断叫道："叶穗来一下。"

周越是结构图纸的设计者。黎昊在审图时发现，后台的进深建筑装修图与结构图不一致。周越轻松地进来了，一脸的自信。

"再查一下建筑平面图，看看是否有出入。"黎昊指着图纸说道，"叶穗也核对一下平面图，也许大样图有误。"

周越就着叶穗的电脑查看起来，他打开了不同标高的平面图，后台的进深与他的图纸尺寸是一致的。而俯身看图纸的叶穗知道是自己错了，她不可避免地要改图。

"黎大师，不是我的错，叶穗的平面图要改。"周越得意地说道，"设计师最关键的一点就是要仔细，看来小学妹还要再修炼一番。"

叶穗的忍耐快要到极限了，恨不得删除电脑里的所有图，她瞪着周越说道："有你这样幸灾乐祸的吗？也不知道帮忙，就在那儿取笑别人了。"

"不要急，我陪着你改图，一定要从源头的平面图开始修改。"黎昊悄悄走来说道。

叶穗有些不好意思地对黎昊笑了笑，好像每次她遇到麻烦时都是黎昊帮她解决。

下午六点时，设计人员陆续走了，叶穗着急了。她不是担心多画一会图，而是因为黎昊陪在旁更令她不能静心。

杜宇在外面大喊一声："叶穗我先走了。"

这一声叫喊像催化剂，心急的叶穗丢开那张尚未完全改好的图就去修改下一张图。

"这张侧立面图要缩进去的，你看这张图就很好。"黎昊不疾不徐地说道。

张弛有度、低沉的噪音起到了舒缓人心的作用，叶穗一下就不急了。再一看只有两张图没有修改了。三十分钟后，叶穗修改完了图纸。黎昊又检查了一遍确认无误后，他直接关了电脑。

"走，回家去，请你吃我做的家乡菜。"

叶穗面有难色地看着黎昊，脚步却迟迟不动。

"没找到住处暂时住我那儿，走吧，拿出建筑师的豪爽来。"

叶穗开心地笑了，起身收拾桌子上摆放的图集、规范手册。

"不要摆到柜子里了，明天还要用。"黎昊拉着叶穗的手就走了。

或许是心中有什么被触动了，叶穗对黎昊拉着她的手并不反感，反而有一种喜悦的心情。

汽车在超市前停下来，黎昊说要去买点菜。一会儿他拿着大包小包的纸袋子回来了，手里还拿着一束玫瑰花。他一上车就把花递到叶穗跟前。

"喜欢吗？送给你的。"黎昊开心地说道。

"大师在法国时也是这样吸引女孩子的？"

"那时为了创业没有时间去追求爱情，如今再不追求来不及了。"

"我认识一位急需爱情的女孩子，可否介绍大师认识？"叶穗认真地说道。

"中国的爱情早已不是媒妁之言了吧，不必劳烦叶小姐了。"

叶穗尴尬地笑了。

黎昊很会做饭，自父母去世后他就学会了照顾自己，他觉得如果在家里吃方便面还不如不吃。这一顿饭叶穗吃的最开心，她想起父亲做的饭菜。吃完饭，叶穗要帮忙收拾碗筷却被黎昊阻止了："别和我客气了，去客厅看电视吧。"

从厨房走来，黎昊就看见叶穗正在网站上寻找出租屋，他沏了两杯茶，慢慢地走到沙发前坐下来。

"喝茶，找到合适的房子了吗?"他把茶递给叶穗说道。

"有三处区域还可以，都是合租的。这一位是银行职员，男性，喜好娱乐；这一位是位工厂的员工，女性，爱好交际；还有一位是软件设计者，男性，经常熬夜。"

"第一位会把你们的房子变成地狱，第二位会把你们的房子变成客栈，第三位会把你们的房子变成极昼的天气。"黎昊说道。

"这里还有一处单独出租的房子，不过租金高昂。"

"是有点高了，而且地方有点远，找房子不能着急，明天再看看吧。你先喝点茶，累了一天了。"

茶里加了蜂蜜，极好喝。叶穗开心地笑了，突然间她呆住了，黎昊眼中的某种神情打动了她。然而，她心里却很害怕，她现在还不想让自己再爱上什么人。

"我先去睡了，谢谢你的茶，真好喝。"说完，叶穗几乎是逃着上楼的。

第二天醒来时，叶穗对父亲的怨恨消失得无影无踪，心里只有父亲的好，但若是让她回去和薛诗雯母女同住，心里却还是万分不愿意的。下午黎昊让她去建设局取文件——文化公司规划用地的审批图。叶穗很高兴地走了，为能见到关翎而高兴。

钟丁山成了建筑事务所的常客，他为文化公司的方案而来，同时他还带着浩然公司的财务人员苏慧。建筑事务所的财务业务，黎昊委托浩然会计事务所来做，苏慧被派驻这里了。苏慧拥有美女型的 V 字型脸，香肌清瘦，笑靥微开。

黎昊请苏慧先看看近期的几笔业务往来合同和一些支出票据："有什么问题可以随时提问，这是全部的票据。"黎昊拿出一个信封袋交给苏慧说道。

"你们谈，我要工作了。"苏慧说着坐到了预备好的椅子上。

看见苏慧的工作顺手后，黎昊冲着钟丁山笑了："月底了也不能挡住你的脚，大剧院的施工图还未完成，不会耽误老兄的事。"

"你当我为方案来的，我可是为美女而来的。"钟丁山大笑着说道，"另外老弟还不知道吧，建筑设计院也是我的客户。"

"忙正事去，不要捣乱。"黎昊一边做方案一边说道。

"我就是来说正事的，我的前妻在省大当教授呢。"

"去找她呀。"

"七八年不见心里发慌，其实我心里还是忘不了她，当年我们心高气傲，不肯低头而错失了彼此。如果我和她再重来一次，我会更加珍惜这段感情。"

"告诉她，你对她的感情，只有用真心才能挽回你们的爱情。"黎昊的目光离开了电脑，看着钟丁山说道。

"也许在我们的一生注定要失去些什么，否则不会知道在彼此的生命中有多重要。"

"有时爱可以重来的。"

"我会去找她，这一次不会再犯错了。"钟丁山若有所思地说道。

"过两天就让苏慧来上班，还有一大堆的事要做。"

钟丁山带着苏慧走后，黎昊愉快地想起了叶穗。他就这么呆呆地想着叶穗，连赵雪梅进来说，苏慧是人造美女都没在意。

叶穗来到建设局，先到规划科拿到文化公司规划用地的审批，接着就去建管科找关翎。她看见的是埋头复习建筑师考试的关翎，今年是赶不上了，她想着关翎一定是在为明年的建筑师考试做准备。关翎穿得花枝招展，浑身飘散着闲适自得的神情。她看见叶穗，当即就放下手里的书跳起来拉住叶穗的手笑个不停。

"怎么样，一切都好吧。"还是叶穗先开口说话。

"什么都好除了工资低，你那呢？不用说，看着就是高薪、高职位，真是令人羡慕的职业。"关翎说着，拉叶穗的手坐下来。

"很累，并不能时时待在办公室，要常下工地查看地形和周边环境。"

"收入高，累点也值得。"

"设计院可穿不了你这么好看的衣装。"

"这些都是样子货，年轻就是女人的美容膏，再过几年可不能这样穿了。"关翎看了看身上的衣裙说道。

"你不会屈就于此的，也许我们几个你最有成效。"

关翎忽然间笑起来说道："前两天见到黄蔓殊了，她与军官刘若力谈恋爱了。要说黄蔓殊多高傲的一个人，当初有多少人追求她都被她拒之门外，却被不起眼的军官俘获了。"

"萝卜青菜，各有所爱。"

"金牌建筑师黎昊……你可是近水楼台。"

黎昊的名字被关翎提起时，叶穗的心猛地动了一下，这个男子已经闯到她的心里了。当这个名字在心里被叫出时，她的心立刻急速跳动起来。

"信息化时代可不在于距离的远近，说说你和钟丁山的事呗。"

"钟丁山避而不见我，无论短信还是电话都不回。"关翎无计可施地说道。

叶穗从关翎无奈的口气中听见，她为能见钟丁山一面而用尽各种手段。当然关翎很懂得如何俘获男人的心，她的手段会极其巧妙而不易觉察。

"好事多磨，改日再聊。"叶穗及时地结束了与关翎的会面，她感到再说下去会陷入一场阴谋之中了。

黎昊的遐想被回来的叶穗打断了，他想重整旗鼓，无奈脑海里偶尔飘过的灵感遁迹潜形了，他关了电脑准备回家。

杜宇正等文件要用，一见文件就抢过去，引来叶穗不满的大叫。她索性不画图了，就想早点回去好寻找出租的屋子。今天不用黎昊劝说，她跟着他回家，一路上她一直催着黎昊开快点。汽车却四平八稳地行驶在道路上，任叶穗再催还是那个速度。

一到家，她便打开笔记本电脑上网寻找出租的房屋，等黎昊做好饭时，她又找到了四套房子。黎昊让她先吃饭，吃完饭再联系。

叶穗吃着土豆泥说："这个比快餐好吃，好久没吃麦当劳套餐了。"

"快餐文化很流行，但还是那些私房菜好吃。"

"年轻人偏爱快餐就是因为快。"

同昨天一样，黎昊去厨房洗碗筷，待他清清爽爽地从厨房出来后，手上也多了两杯 MIX 饮料。他大方地在叶穗身旁坐下来，把饮料递给她。

"这一处不要联系了，地域太远，上下班时在路上就要花费两个小时。"

"东关离这儿可不远。"

"东关的住宅区在新城区。这一位也没必要联系，大学老师，刚逃出学校又要跳入火坑。"

"最合适的是西关这一套住房，合租者是一位文工团的。"

"每天要吊嗓子，吵得不得安宁呀。"

"碧石湾有一套别墅要出租，租金还不高，爱好摄影是一位建筑师……"叶穗说不下去了，她突然感到那间别墅就是她现在所住的房子，而黎昊可不就是建筑师？

黎昊的眼睛正静静地看着她，想要从她的目光中看出答案来，见叶穗低下头去，他便主动说道："我看就这套了，又安静还是同行，住在一起可以切磋建筑艺术，再好不过了。"

"同行是冤家，我可不想与他交恶。"叶穗嘻嘻哈哈地说道。

"喝点饮料，明天再继续寻找。"黎昊喝了一口饮料说道，"我要去书房看招标文件。"

他起身要离去时，突然俯身亲吻了叶穗。在甜蜜的亲吻中，一股甜蜜的气流冲到叶穗的心中。她暗自想这就是法国式的浪漫一吻？这可是她的初吻。叶穗还是赶在他把她抱紧前推开他了。她想起岳子明了，他从没吻过自己。

那天晚上，叶穗再没看见黎昊却感到很高兴。

第二天清晨，叶穗刚走下楼梯，黎昊就过来亲吻她的嘴。她自然地将两手揽住他的肩，迎了上去，她现在明白了电影中那些坠入爱情的女郎为什么迷恋亲吻了。她听见他俯在耳边说道："今天有你爱吃的蛋花米酒。"

叶穗愣一下，忽然想起有一次喝咖啡时说过，蛋花米酒要比舶来品好，那时她故意气他的。她开心地笑了，生活如果像这样也堪称完美了。

"不考虑那位同行吗？"黎昊俯下身子凑到叶穗的耳边说道。

"暂时不考虑，也许明天……"叶穗喝着蛋花米酒说道。

"不会是明日复明日吧。"

"终朝等候郎音耗，捱过春光。烟水茫茫，梅子青青又待黄。"说完她哈哈大笑。

叶穗从碗上沿看过去时，目光忽然间遇见了黎昊意味深长的眼睛，她的心也像窗外灿烂的阳光一下绽放出五彩的光芒。

透过百叶窗，叶穗看见谢子尧和梅子还在讨论流水别墅的方案。近来他俩总是成双入对地出入建筑院。谢子尧更是一改散漫之态，精神焕发，他把所有的时间都投入到这个项目中了，那张标注了每棵楝树的白纸已经变成电脑中的一张图。

梅子端着茶水优雅地与谢子尧说着什么，引来谢子尧的大笑。谢子尧的回话更带来梅子欢乐的笑声。赵雪梅想要打趣谢子尧，却怯于梅子举手投足的魅力。搞技术的女人在优雅的有钱阶级面前总要矮人一头。

"赵姐，你来看一下把这棵树留下好呢还是移走好？"梅子大方地说道。

赵雪梅尴尬地走到梅子身边，她看见在画满了楝树的图纸上简单勾勒出的初步方案。梅子把那棵树指给她看。赵雪梅刚看见那些树就明白了，谢子尧想要把树留下来，因为这张图上能看出的全是谢子尧的良苦用心。

"借树取景，谢大师不能为你在窗下移来一棵梧桐树，但可以利用一棵楝树呀。"赵雪梅聪明地说道。

梅子笑起来说道："寡不敌众，留下那棵树吧。"

"朝饮木兰之坠露兮，夕餐秋菊之落英。"谢子尧说道，"院子里种上秋菊就可以过上那样的生活了。"

"诗情画意的生活。"

谢子尧开心地笑了，开始绘图。赵雪梅得意洋洋地走了，为自己的妙语如珠而窃笑。但走到隔断门框柱那儿，赵雪梅又停下来。

"谢师，马拉松项目完成了？"赵雪梅笑着问道。

"完成了，现在手里只有这个项目。"谢子尧无视赵雪梅暗含的嘲讽之意，和气地说道。

叶穗听着这三个人的谈话，目光还未从赵雪梅和梅子妖娆的身姿移开，就看见姬超轶出现在门口。如同以往，美女建筑师的服装依然统领潮流，一袭洁白简单却时尚得体的衣衫，更加衬托出姬超轶诱人的朱唇皓齿，姱容修态让她有鹤立鸡群的优势。

叶穗微微一笑，示意美女建筑师进来。姬超轶对叶穗点了一下头，大方地向黎昊走过去，但黎昊的注意力全集中在文化公司的方案上，竟然没注意到姬超轶的到来。

"想要成为第二个贝聿铭？"姬超轶靠在隔板上说道。

对具有攻击性的声音黎昊竟然有点喜欢了，他快乐地一笑，笑容中透漏着对她的欢迎。

"又有方案要竞标了？"黎昊问道。

"黎大师高看我了，闭门造车不会有好作品。"

"此来有何贵干？"

"想向大师借《CONSTRUCTION MODERNE》杂志。"

"只有去年的,还在我的家中。"黎昊故意把"家"字加重了语气。

"我不怕麻烦,可以去你家取。"

"下班一起走吧,先坐一会儿,喝点茶水。"

叶穗泡了茶端了过来。姬超轶接过茶水喝了一口说:"好茶,像大师的茶。"

"你并不了解我。"

"了解一个人要从他的建筑方案上而不是那些闲言碎语中。"

"我只从美貌上了解女人,姬大师的方案就像你的美貌一样。"黎昊调侃地说道,"我所见到的女性若有姬大师的美貌,我会第一时间坠入爱河。"

姬超轶笑了,把这当成对她漂亮的赞扬。她回头看了一眼正走出去的梅子和谢子尧,说道:"建筑院美女如云,连委托人都赛过西施。在美女身边工作,谢师的青春活力都恢复了。"

"先去那边的沙发坐一会,等我忙完最后的工作。"黎昊哈哈一笑说道。

黎昊笑起来,他有点喜欢这位秀外慧中的女子了。他抱歉地对她笑笑,又俯身电脑前,项目压得他喘不上气来了。几秒之后,他就忘了美女建筑师正坐在一板之外的地方等着他呢。

让美女建筑师等待可是件受苦的事,姬超轶很快翻看完手边的建筑图册,便无所事事了。这是她第六次把目光移向腕上的梅花表了,她笑了笑,再有十五分钟黎昊就要下班了。这时,姬超轶接到一个电话,她的声音立刻变得温柔,一副小女人的模样。叶穗暗自一笑,设计院之间流传着姬超轶爱上一位一穷二白的学弟。

"黎昊，抱歉有点急事要先走了，改日再来取杂志。"姬超轶挂了电话，走过来说道。

她的话再次惊醒了沉浸在方案中的黎昊，他大方地说道："明天给你送过去，定个时间？"

"还是我来取吧，几点？"

"几点都行，为美女我会留守一整天的。"

"一天的时间不够做什么，更何况众目睽睽之下呢。"姬超轶直爽地开着玩笑。

说完，两人都是哈哈一笑，接着姬超轶便匆匆走了，而黎昊的思绪再次陷入到方案中。

第二天，姬超轶并没像她所允诺的来取杂志，而是派了一位刚毕业的小伙子取走了杂志。黎昊想要看见美女建筑师的乐趣没有得逞。

第三天，姬超轶专程赶来感谢黎昊，黎昊却去了工地上。

看来两个人总是要这样玩着彼此欣赏而又彼此错过的游戏。

故　人

　　从工地回来的黎昊被谢子尧堵在了走廊里，流水别墅的方案完成了。谢子尧郑重其事地把黎昊迎到自己的电脑前坐下，方案已完美地展现在电脑上。黎昊只看了一眼就知道，谢子尧的全部心血都在方案之中了。

　　方案巧妙地利用了地界中的那面石山。谢子尧用悬挑起来的平台把山别墅连接起来了，平台之上顺着山上蜿蜒的小路则修建了蘑菇亭；平台之下设计成别有洞天的花园，临溪水面则会建成垂直的植物墙；别墅的立面错落有致，凸伸的平台、回旋的楼梯、延伸的山路以一种诡异的空间秩序紧凑地结合在一起；地界中的每一棵树都为别墅增添了光彩，有一棵临窗的楝树更是神来之笔。

　　不得不说，方案的建筑造型和内部空间达到了建筑艺术的沉稳、坚定的效果。这种从容镇静的气氛、力与反作用力相互集结之气势，都弥漫在整个建筑内外与陈设之间。材料的选用更是独具匠心，粗犷岩石的水平性与支柱的直性，产生一种明显的对比；水平的混凝土构件，贯穿空间，飞腾跃起，赋予建筑以动感与张力。

黎昊被眼前的方案震慑住了，只能用两个字形容这个方案——完美。他有点后悔为了挣钱而放弃了实现自己建筑理念的机会，流水别墅曾经也是他一心想要设计的建筑形式。他的目光从电脑前移开时，看见了谢子尧期待的目光。

"无与伦比，再没人能做更好的方案了。"黎昊说道。

谢子尧抓住黎昊的手重重地摇了三下，他太高兴了，为自己的创意而高兴。他以为再也不能设计出满意的作品，流水别墅让他再次找回十年前的自己。

"太好了，我要感谢你把……把机会留给我了。"谢子尧有点语无伦次地说道。

"你会有更多的机会的。"黎昊大声地说道。

谢子尧的电脑前已聚集了杜宇、叶穗和赵雪梅三人，他们挤在一起看流水别墅的方案。从建设局回来的周越也挤过去了。黎昊和谢子尧退出隔间，让他们尽情欣赏方案。

"精致、完美，谢师再接些大工程，鸟屋可以换成别墅了。"杜宇调笑地说道。流水别墅的方案让他对谢师另眼相看了。

"一个人住鸟屋足够了。"谢子尧高兴地说道，"大房子我也住过，眼下更适合住鸟屋。"

"谢师赢得了方案，在股票上却失利了吧。"赵雪梅不满地说道，"我听了谢师的话，损失一两万了。"

"又不是我让你买股票的。"谢子尧说道。

"你不说我能买吗，放心好了，我不会让你赔的。"赵雪梅故作大方地说道。

杜宇第一个笑起来，他嘲讽地对赵雪梅说道："谢师当时可不是这么说的，再说你挣钱的时候怎么没分给谢师一半？"

"流水别墅就是金钱呀。"赵雪梅大言不惭地反击着。

"谢师以后不会缺钱的,项目会带来美女和金钱。"周越调侃道。

这次连叶穗也被逗笑了,她看见谢师竟然脸红了。在大伙的笑声中,叶穗再次闻到了兰蔻的香气。果然,梅子出现在走廊上,她礼貌地对大家点头微笑,接着,目光就定格在谢子尧的脸上了。她一来,谢师就撇下众人把她迎到座位上。

"你没说要来呀。"谢子尧低声说道。

"想来就来了,有什么不方便吗?"梅子回答。

谢子尧微笑不语,只把打印出来的图纸拿给梅子看,脸上情不自禁地流露出期待的表情。

"林间松韵,石上泉声,静里听来,识天地自然鸣佩;草际烟光,水心云影,闲中观去,上见乾坤最上文章。"梅子看后评价道。

谢子尧还是笑,不说话,但那目光任谁都能看出来是充满着无限温情的。

杜宇见到谢子尧过分殷勤的态度,不免吐了吐舌头,这样的谢子尧让人觉得很陌生。

"看见没,触电了。"他把叶穗拉到一边说道。

"小心你的嘴坏事。"叶穗悄声地警告。

杜宇嘟囔着走了,其他的人也散了。叶穗回到电脑前却无心画图,杜宇的话在她心中激起了好奇,她想起那晚在欢乐时光的酒吧里,谢子尧也有着这样奇怪的表情和话语。

叶穗透过百叶窗向外看去,梅子正与谢师热烈地谈论什么。梅子的一往情深,似乎不在方案上,而只在谢师本人身上。谢师情有独钟的好像也是梅子本人。一会儿,谢师和梅子就像一对陷入热恋中的人，拿着量尺和图纸有说有笑地走了。

自那日叶穗拒绝了黎昊后，他再没提起过租房一事，但对叶穗依然很亲密。至于叶穗，虽然一直在关注着租房网站，却仍然没有找到理想的出租屋，暂时还住在黎昊的别墅里。她已抽空把简单的行李从家里取出来，放到别墅的二楼上。

办公室里人来人往，许多人来洽谈项目的，叶穗渐渐习惯了这样嘈杂的环境。看着黎昊认真倾听客户对建筑功能和用途的描述，她再次动心了，她觉得认真的男人最有魅力。黎昊记录下客户的要求，归纳出十点注意事项，并与客户再次核对，直到把每一个细节都确认后，他才送走了客户。叶穗把心收回来，认真画平面图的细部构造。

这时黎昊接到电话，是杜宇打来的，与寰宇房地产开发公司的见面会改到了今天。

"叶穗去开会。"黎昊边穿西服边说道。

"要换衣服吗？"

"不用了，直接走吧。"

黎昊出了大门就拉着叶穗的手向轿车走去，上车后他亲吻了她，用力地捏了一下她的手。

"虽说天天在一起，却像第一次见到你时渴望你。"

"是不是有种久别重逢的喜悦？那是你的头脑都被创意占满了，我只是你暂时休息的避风港。"

"你是我停靠的港湾。"说完，黎昊笑起来。

汽车向城东驶去，那里是新城，有许多高科技公司坐落于此。汽车在汇金大厦停下来，黎昊率先走在前头，身穿新衣的叶穗轻快地跟在后面。走在十二楼无声的地毯上，黎昊越走越快，叶穗跟不上了。

"黎先生，还差五分钟三点。"

听见这个声音，叶穗一惊，猛地转过身来。这个声音她永远都不会忘的，那是岳子明浑厚的嗓音。岳子明西装革履地站在走廊上，看见叶穗转过来的脸，也僵在那里。

黎昊闻声转过身体的时候，先是看见三步之外的叶穗脸色苍白，再看见合约人岳子明正盯着叶穗发呆。叶穗似乎站立不稳，伸手扶住走廊的墙壁，却依然摇摇欲坠。两个男子都向叶穗跑去，黎昊先到了。

"叶穗，身体不舒服？"黎昊的目光移向岳子明说道，"岳总，合约改日再谈。"

"不要紧，只是有点头晕，现在没事了，我们继续谈合约吧。"叶穗看着黎昊说道。

黎昊见叶穗的脸色红润了一些，便转身对着岳子明点了点头，那意思不言而喻。

"黎大师、叶穗，这边请，会议室在这里。"岳子明绅士地向前一指。

黎昊也绅士地向后退了一步，让叶穗先进。他看着叶穗进去有一会儿，方走进会议室。聪明如他，早已看出岳子明和叶穗不仅相识，而且相爱过。

会议室里有一位男子正在整理合约，这位男子是寰宇房地产开发公司的工程部经理邓昌博。他们坐定后，邓昌博开始分发合约。合约很清楚，寰宇将在海棠湾对面的世纪金都，开发三十万平方米的住宅小区，其中包括一个高档会所和带地下停车场的五星级酒店。

"如果黎大师认可合约的话，我有个要求，规划设计要由我公司指定的人完成。"

"请问是哪位高手？"

"黎大师认识，一会就到，她在路上耽误了一些时间。"

叶穗抬起头去看岳子明，她想知道他葫芦里卖的到底是什么药！黎昊浅浅地一笑，静静等候。这时，门被大力推开，冲进来一脸热汗的阳子。

"表哥，我来晚了，被陆梓叫去帮忙了。"

"刚开始，没错过什么。"岳子明转过脸对黎昊说道，"大师，这就是此次项目的规划设计者，这将是阳子毕业实习的作品。"

黎昊和叶穗吃了惊，他们从岳子明脸上只能找到冷静的神态。

"请岳总慎重考虑一下，这关系到贵公司的利益和口碑。"

"阳子是董事长亲定的人选。"邓昌博说道。

"如果是这样，我拒绝这个合约，对不起了，阳子小姐。"说完，黎昊站起就走。

叶穗跟在黎昊后面一起走了，来到电梯前却被追出来的岳子明叫住。

"叶穗，你我之间再没什么可说的吗？"

电梯门打开了，黎昊示意先下去等。于是，电梯在叶穗的面前又关上了。

"你我的关系在四年前的不辞而别后就结束了，今天没有什么可说的。"

"叶子姐等等我。"阳子从后面追来。

"我一直忘不了你，我曾经以为远隔重洋，那份爱情就会淡漠，但在校园里看见你的第一眼就重新燃烧起来了。"

"刻舟求剑吗，我已经不是当年的叶穗，毕竟年长了四岁。"

电梯再次开了，叶穗和阳子走进去，门关上却没把伤痛关在门外。

"叶子姐，岳子明是我表哥，你们什么时候相识的？太意外了！"

"记不清了，忘记那段岁月了。"

"寰宇房地产公司是家父一手创办的，这个项目……机会难得。"阳子犹豫地说道。

"机会对任何人都只有一次无论成功与否，隐瞒的很深呀。"

电梯的门开了，阳子看见黎昊在大厅里等叶穗。阳子想说话又咽回去了，她对叶穗做了个打电话的手势，转身走回电梯。阳子出了电梯，便直奔岳子明的办公室。

岳子明正打电话。阳子听出来他是在请示自己的父亲，好像是父亲让步了。果然，岳子明挂断电话，就转身交代邓昌博去另约黎昊商谈。

屋里只剩下阳子时，岳子明走过去把门关上，他缓缓地走到窗前，遥看对面的金水湖。

"我知道你要问什么？去美国留学前，我发现自己爱上叶穗了，但箭在弦上不得不发。"

"回国后为什么不去找叶子姐？"

"那时她已有新的男友了。"

"黎昊与表哥前后脚回国的，四年中叶子姐一直没有男朋友。"阳子说道，"记得吗，你回国的第一天我问过你为什么喜欢图书馆，因为有一个人与你一样也喜欢图书馆，那个人就是叶子姐。"

"我和她已经错过了，她现在喜欢的是黎昊。"岳子明痛苦地说道。

"爱情上没有对错，重要的是对爱的感受，叶子姐未必已经爱上了黎昊。"

"无论叶穗爱上谁都是她的选择。"岳子明推门说道，"走吧，做好准备，这个工程还需你苦干两个月。"

"我要是你就把叶子姐抢回来。"

"选择权不在我手里而在叶穗手里，与其抢来抢去，不如让叶穗的心选择。"

"你要知道，再美好的也禁不住回忆，再悲伤也抵不过遗忘。"

"我只是跟着自己的心走。"

"今天我不想回家，要在西关的房子里过夜。叶子姐正找出租屋呢，表哥的机会来了。"

岳子明大笑起来："皇帝不急太监急。"

两人说着一起向电梯走去，阳子看着岳子明问道："表哥你现在倒是有心情说笑了，我爸对这个项目到底是怎么想的？"

"姑父让步了，方案由黎大师出，你只做细部工作。"

"黎昊有什么好的，不能换一家设计院？我不想与他合作。"

"金牌建筑师就是售房广告，意气用事可是商人大忌。"岳子明说道。

"总不能金钱至上。"

"这是双赢，吃亏的买卖没人做。"

"说到底还是为了钱。"

"为了情就不做生意了？"

"不是有句古话：'问世间情是何物，直教人生死相许？'事业可比爱情重要多了。"阳子嘲讽地说道。

这句话真正地伤到岳子明的心，在美国他从没有一天忘记过叶穗。

叶穗曾经以为忘却的感情，此时却生动地在她的心里流淌。她对岳子明的感情卷土重来的速度出乎她的意料。她有什么可埋怨的呢，当初岳子明从没说过爱她，告别的那天晚上，他只是说要到美国改学商学，是她自己一直忘不掉岳子明。

叶穗失魂落魄地坐进汽车里，她眼前呈现的影像始终是她和岳子明在图书馆一同翻看勒·柯布西耶的建筑图册的画面。他曾经说要像柯布西耶一样为建筑艺术献身，但如今哈佛商学院的高材生却摇身一变，成了房产公司的经理。这个世界变化太快了。

汽车缓缓驶入碧江路，令人感觉不到在行走。看见滔滔的江水，叶穗方才明白黎昊这是要直接回别墅了，若是在以往，她一定会追问黎昊，但今天她没有心情。

叶穗的魂不守舍傻子都能看出来，更何况是精明的黎昊。

"今天不去院里了，想吃什么？"黎昊假装没有发现叶穗的情绪波动。

然而，叶穗却沉浸在对往事的回忆中，没有听见黎昊的问话。

"你的心是丢了吗？这可不容易找回来。"他等了等，不见叶穗回话，又径自说起话来。

"不必找了，我的心跳跃在我的胸腔里。"

车停在车库里，黎昊打开车门请叶穗下车。这时夕阳染红了天空，他让叶穗抬头欣赏江边的晚霞。

"夕阳中的碧石湾最美，叶小姐住在这儿的几天还没好好地欣赏晚霞。"黎昊边往门厅走去边说道，"晚餐做好了叫你。"

黎昊刚准备往厨房走，电话响了，是一个陌生的号码。黎昊把手机往茶几那儿一放，转身走了。

"不接电话？也许是重要的事。"

"能有什么重要的事？工程尚未开工，有事也不是十万火急的事。"

"让他人等候可不是绅士的行为。"

"我只做到不让你等候。"说完他走进厨房。

黎昊很会照顾自己，冰箱里的半成品在他的手里都变成了美味佳肴，这是他在法国时从一位合租者那里学来的。水晶虾仁与蔬菜拌好了，羊排在烤箱里里烤好，清蒸鳜鱼端上桌了，蔬菜羹熬好，餐后的甜点也摆放好了。黎昊拿出两个高脚杯，倒上香槟，关了灯点上蜡烛。

他来到院子里，在观赏晚霞的最佳位置并没有看见叶穗。他向屋后走去，一眼就看见了坐在丁香树下沉思的女神。

"来吧，吃完饭再想，没人逼迫你现在拿主意。"

叶穗笑起来，黎昊也开心地笑了。

来到餐桌边，叶穗看见烛光下精致的晚餐不禁开心起来，她感到有一种浪漫温馨的气流飘向她的心扉。她闭上眼再睁开眼，原来不是做梦，这是她从小到大最浪漫的时候了。

黎昊举起酒向叶穗示意一下，就喝了杯中的酒。叶穗亦端起酒杯一饮而尽。

"慢慢吃，今夜有大把的时间谈古论今。"黎昊给叶穗的酒杯里倒上酒说道，"我并不擅长照看女孩子，这些菜是从我合租者那里学会的，她可是美食家。"

"也许我们都不清楚自己擅长什么，有时，人的特长被工作掩盖了。在我们要为生存奋斗时，其它的仿佛都微不足道了。"

"揭开表象看本质，男人往往优于女人。"看见叶穗想要反驳的样子，黎昊话锋一转，说道，"我知道，女人的见微知著却更优于男人。"

"黎昊，你的另一面就显现出来了，也许你更适合做外交官。"

"从这样的逻辑看来，擅长说甜言蜜语的人都是外交官。"

"偷换概念。"

黎昊笑了笑说道："叶穗，其实我想说的是，你的心是自由的，要有勇气追求自由。"

叶穗的眼泪忽然间就流下来了，她觉得四年的委屈仿佛不值得，把自己的心禁锢在没有任何承诺的男子身上太可怕了。她并不希望黎昊来安慰她，果然他只是静静地等候她发泄心中的怨气。待她平静下来，黎昊才起身递给她一张抽纸，然后撤下餐盘，端上甜点。

叶穗摆摆手说："我想睡了，把我的心释放出来。"

"睡个好觉，以后工作会更加忙碌的，很难有大把的时间来睡觉的。"

叶穗站起身，黎昊也跟着站起来了。他向前走了两步，叶穗以为他要亲吻自己了，但他却在快要碰到她时停下来。叶穗的心空落落的，不知是希望他不顾一切地亲吻自己，还是希望他给自己选择的机会。叶穗很好的掩饰失望之情，转身走上楼梯。

看着叶穗的背影，黎昊恨自己的迟疑，有时女人不需要过多的选择而只需要从背后推她一把。他收拾好餐具，关了电视来到书房。还有许多的工作要做呢，他却无心做任何事。他的心被楼上的女孩子偷走了。

叶穗睁开眼方意识到今天是周六，她翻了个身，接着便蒙头再睡。周六往往是设计师补觉的时间，一周缺的觉要在这时补上。

十点钟下得楼来，她看见黎昊留的便条和早餐。黎昊去建筑设计院了。叶穗感到心情愉快，这样的生活太舒适了，她平展地伸个懒腰坐下来吃早点。叶穗刚把咖啡喝到嘴里，阳子的电话就来了。

"叶子姐，我和陆梓在香草园，陆梓看上一件灰蓝色的外搭，我看上一件波西米亚长裙，快来帮我们拿主意。"

"我没时间。"顿了一下，叶穗继续道，"有我穿的吗？"

"可多了，快来挑吧，我开车来接你。"

叶穗对好衣服没有免疫力，穿衣服的品位和选衣服的目光自然也是异于常人的犀利，因此，陆梓、阳子买衣服时常要她来拿主意。

她冲到楼上脱下身上那件银灰色的裙装，换上烟灰色的淑女裙。听见汽车的喇叭声，叶穗从门厅里冲出去却看见黎昊刚从保时捷车里下来，一只手里拿着一个纸袋子另一只手里拿着一束鲜花。

"要出去吗？"

"阳子要来接我去香草园。"

"中午了，吃了饭再去吧。"

"我刚吃过早餐。"叶穗正说着，余光便看见阳子那辆尚酷跑车飞快地驶来。

阳子三短一长打起喇叭，似是催着叶穗赶紧出发。叶穗对着黎昊笑了一下，便向阳子跑过去，经过黎昊身边时她看见装着麦当劳套餐的纸袋子。她已经冲过去了，又转过身跑到黎昊的身边。

"这是给我的吗？"

"拿去吧。"

叶穗拿上纸袋子就跑开了，边跑边回头喊着"谢谢"。这时，阳子又打了三声喇叭。叶穗只能加快步伐，她刚上车，汽车便飞快地开跑了。坐稳身子后，她打开纸袋子，原来袋子里装着两份不同的套餐，足够两个人吃的。叶穗开心地笑了。

"叶子姐，你太好了，不仅人来了还带来的午饭。"

"黎昊买的，也不知道他中午吃什么都被我拿来了。"忽然间叶穗看见阳子正穿着一件波斯米亚的长裙。

"买上了？"

"我怕离开时被别人买走了。"

"不是所有的人都像你那么有钱。"

"叶子姐，你是在寻找合租房吗？西关那套房我一个人住太大了，搬来和我住一起。"

"是你家的房子吗？租金多少？"

"不要租金，全当陪我。"

"亲兄弟还明算账呢！不说清楚我可不去。"

"我还真不知道租房的行情，你看着给吧。"

"大约要这个数。"叶穗说着右手伸出两个指头。

"一言为定，今晚就搬。"阳子指着不远处那辆帕萨特轿车说道，"杜宇来了。"

等叶穗和阳子进到香草园时，陆梓已买下灰蓝色的外搭。叶穗有些失落，但见陆梓穿上很好看又高兴起来。这时杜宇拿着饮料从门外进来，一见叶穗就喊道："服装顾问来了，大师呢？"

"叶子姐与大师有什么关系？快看有没有你喜欢的？"

一进门叶穗就看出这些衣服里没有她喜欢的，但导购员一直跟在身后不停歇地推荐新款。她走到最后一款夏装前站住了，那是一件淡黄色的针织外搭。叶穗记得在电影《蓝色茉莉》中，茉莉穿过样款式的衣服，它在电影中起到了百变外搭的效果。叶穗瞄了一眼价签，价格不菲，她想看看包里有多少钱时才发现走的急，竟然连包也没带。

"小姐，这件衣服特适合你。"见叶穗要走，导购小姐急忙说道。

"下次吧，"叶穗转过身对陆梓说道，"我们去吃套餐。"

"叶子姐，你和阳子吃吧，我和杜宇要去看电影。"

阳子正打电话，听口气是打给周越的。看见叶穗走过来，阳子放下电话说道，"去看我们的房子，那里以后就是我们的聚会地点。"

"我和陆梓改日再去，明天学校就放暑假了。"

阳子爽快地答应就此分别，没死缠烂打这比较少见。杜宇感激地看了阳子一眼，带着陆梓走了。

西关的房子是阳家初入房地产时自留的一套住房，格局是紧凑型的三室两厅。尽管阳家已有好多套高级住房，还有临江的别墅，但这套最初开发的房子阳董事长却怎么都不舍得卖掉。房子虽小却居市中心，优点不言而喻。

房间为全西欧化的装修，豪华、舒适；客厅和卧室的木地板上铺着新疆手工地毯；红木家具挤满了房间的各个角落，水晶的吊灯垂落在茶几和餐桌的正中央；各种小物件摆放在不显眼的犄角旮旯里。屋子给人一种快要挤爆的感觉。

"这是你家的房子？"叶穗俯瞰着客厅上方的吊灯说道。

"这是其中之一，以后会看见我家的全部房子。"阳子从卧室里出来说道。

叶穗笑了："你家的房子与我有什么关系？再好也是你家的。"

"也许有一天会成为叶子姐的。"

"那点出租金怕是不够住这样的房子。"

"提租金就俗了。"阳子大笑着拉拄叶穗的手跳倒在真皮沙发上。

平时这套房闲置，阳子和表哥岳子明偶尔会留宿在此。那间临时的客房成了叶穗的卧室，选定房间后她和阳子坐在餐厅吃套餐。

叶穗吃着手中的汉堡突然就有点伤感，她想到了黎昊。他在做什么呢，吃了吗？阳子吃完了去卧室里休息了。叶穗想喝热茶，手边却只有可乐，她又想起黎昊家里加蜂蜜的茶了。

另一边，黎昊看着骤然离去的叶穗，觉得心都被带走了。他茫然地看着空气中那一缕烟尘，一动不动。后来他走回客厅，坐在沙发上再也不想起来。

突然，黎昊被电话吵醒了，他坐在那儿竟然睡着了。钟丁山打电话让他过去，他找到前妻的地址了。

"你们夫妻团圆，找我去当电灯泡吗！"

"毕竟八年未见，有个中间人会更好。"

"那是你的事，我还有烦心事呢。"

"就当是成人之美，留洋了可不能把中国文化忘了。"

"老兄，今天我真没这个心情，改天吧。"

"我等了八年了，不想再多等一天……"

黎昊经不住钟丁山软硬兼施的纠缠，终于答应了，他开车前往钟丁山所说的世纪金都。他到达时，钟丁山已经到了。钟丁山新做了发型，换上了新装、新鞋，脸上展现出一副毛头小伙相亲的紧张。黎昊看到这样的钟丁山，似是忘记了烦恼一般，大笑起来。

"上去吧，还等什么？等着前妻出来迎接你？"

"少废话，你走前头。"

"我连地址都不知道，又不是我去相亲！"

黎昊的话还未说完，钟丁山已走进电梯里按了十六楼。电梯门开了，他又犹豫着不想出去。黎昊把他拉出电梯门说道，"怎么跟大姑娘上花轿一样。"

钟丁山走到南面那户人家按响了门铃，这时黎昊后退了两步以免被主人第一眼看见。开门的是一位四十余岁的女子。

"你找谁？"

"请问薛诗雯在这儿吗？"

"薛教授搬走了，搬到碧江湾了。"女子往回走了两步说道，"等一下，她走时留下一个地址，我拿给你。"

女子再回来时手里拿着一张便笺。钟丁山看了两眼放入上衣的口袋里，他谢过女子后便转身往电梯前走去。

"没见着人？"

"去碧江湾，搬到那儿去了。"

钟丁山的宝马车箭一样飞出去了，黎昊紧跟在后。来到碧石湾的别墅区，等钟丁山按响门铃时黎昊方注意到这是叶教授的家。他意识到薛诗雯原来就是钟丁山的前妻，他想拉着钟丁山离开这里，却看见叶教授出来开门了。

"黎昊来了，为穗子的事吗？"叶文雨一边让他们进去一边说道。

"叶教授，叶穗一切都好。我来看看你，这是我的朋友钟丁山。"他转过身对着钟丁山说道，"这是叶教授，也就是叶穗的父亲。"

他们随着叶教授进屋。黎昊看见薛诗雯不在屋里松了一口气，然而，他刚坐下，叶教授就喊道："诗雯来客人了。"

黎昊竟然比钟丁山还要紧张，紧盯着旋转楼梯。楼上答应了一声后，薛诗雯缓缓走下楼梯。这时黎昊感觉到身旁的钟丁山身体都僵硬了。

薛诗雯走到一半时看见了钟丁山，她停下来想要退回去，迟疑了一分钟后又往下走。她来到楼梯的底部了，佯装轻快地说道："黎昊和朋友来了，我当穗子回来了。"

"叶穗让我代她问候你们，她正做文化公司的建筑方案，过几日闲了就回来看望你们。"

叶教授苦笑着说："穗子的脾气我了解，难为你还想着我。"

薛诗雯并没有特意看向钟丁山，她与叶文雨交换了一下眼神后过去沏茶。不一会儿，黎昊闻见茶的清香，接着薛诗雯端着茶水走来，她沏的是普洱茶。

"夏天倒喝普洱茶了。"叶教授笑着说道。

"我喜欢普洱茶淡淡的干爽味。"钟丁山说道，"其实不同的季节喝普洱茶味道均不同。"

"也许是我老了，现在已经被各类的条条框框限制死了，好像是进入了一成不变的生活。"叶教授的声音透露出淡淡的忧伤。

"青春年少总想弄出些花样，碰出些声响，终归是要回到一成不变的生活。"钟丁山恍惚地说道，"我就想要一种相对平静的生活……"

"喝茶，夏天喝普洱茶的确与冬天不同。"黎昊打断钟丁山的话说道。

"黎昊你告诉穗子，我们随时欢迎她回来。"叶文雨喝了一口茶说道。

"叶穗赶上好时机了，刚毕业就遇到创作的机会，下次我和她一起回来看你。"

黎昊注意到钟丁山时刻想捕捉薛诗雯的目光却没有成功，他只想快点脱身却苦于没有借口，这时他听见楼上薛懿在喊："妈妈，我要到院子里看紫阳花。"

还未等薛诗雯上楼，薛懿已走到楼梯口了。看见薛懿，钟丁山一下子站起来，他在判断女孩的年龄。同一时间，薛诗雯快步走过去一把搂住薛懿，想回到楼上。

"诗雯，让薛懿出来玩吧，总守在家里不好。"

"她昨日受凉了，还有点潮热。"

"孩子总是两天热三天冷，跑一跑发发汗就好了。"

黎昊看见钟丁山死寂的脸，随时准备上前的冲动。

"叶教授，我的朋友还点事就此告辞，再见薛教授。"

"不远送了。"薛诗雯站在楼梯上说道。

从叶教授家里出来，钟丁山一言不发，开上车就走了。黎昊怕他出事，一路紧跟着，却发现车停在自家的门前。

"她还爱着我！普洱茶只有我爱喝，无论春夏秋冬。"

"老兄睁开眼看看，薛诗雯已经为人妻了。"

"为什么不告诉我你认识薛诗雯？"

"冷静一点，我怎么知道她是你的前妻，不要无理取闹了。"

"那是我的孩子，我却从未尽过做父亲的责任！"

"现在尽父亲的责任也来得及。"

"当初只怪我太骄傲了，如今木已成舟，我的孩子却只能让他人养育。"

"再找机会与薛诗雯谈一谈，没有不能解决的事，孩子总归是你的。"

"仅有爱情不能维持一个家，宽容和责任更重要。"钟丁山边走边说道，"我走了，有事再打电话。对了，明天苏慧去建筑事务所办理财务报表、报税、签约合同等事。"

黎昊推开门后就发觉家里不一样了，那束被遗忘的鲜花已经枯萎，一切都是他走后的样子却完全与他走之前不一样了。他来到二楼发现叶穗的箱子和用具全搬走了，他感觉到就像心被人偷走一样，茫然失措。

陌生的电话又打来了，黎昊直接关机了。他要好好睡一觉赶走眼下的烦恼，但躺在床上眼前却满是叶穗的身影。

午睡后的叶穗从一片明亮的阳光中醒来，阳子进来拉开了窗帘。

"周越打电话说不来了，我们去拿你的行李吧。"

"住在这儿租金就不是那个数了，我要再考虑一下。"

"屋子再大你只有这间，小事不要弄成大事。"阳子笑着说道，齐肩的短发都随着她的头部甩动。

叶穗笑起来，有时阳子人小主意大。不由分说，阳子拉着叶穗出门了。西关的街道非常拥挤，尚酷的车速像脚踏车一样慢，任阳子左转右拐就是不能开快，干扰因素太多了。来到碧江路时车速上来了，阳子憋在心中的怒气终于消失。

打开别墅的院门，叶穗没看见黎昊的跑车松了一口气。一进门她看见被遗忘在玄关上的鲜花，她想黎昊出去的时候一定很着急。她径直走向楼梯，用具都在二楼。只用了五分钟，叶穗打包好行李。当时她搬到这里时，许多的物件没有拿出来，等着搬家。如今真的要搬家，叶穗却有一种不舍之情。叶穗拎着行李逃一样地出了黎昊的别墅，也没有勇气打电话告诉他。

阳子从汽车上下来，打开后备箱把行李放进去。盖上后备箱时，阳子说道，"这里从此与叶子姐再没关系了。

听见这句话，叶穗的心猛地动了一下，她不知道自己为什么会如此失落。车再次飞快地跑起来，一路上阳子不停地讲着笑话，但叶穗却怎么也开心不起来。

行李拿进那间长期闲置的客房，叶穗打开行李想要把衣物和用具拿出来。她来来回回转了几圈才发现大多数的物件依然放在箱子里。她心里有一种感觉不会在这里长久居住，这里只是她人生旅途中众多的驿站之一。

难得的宁静被打破了，从客厅里传来 Bon Jovi 乐队的歌。叶穗感到曾经在黎昊那儿享受到的安静再不会有了。阳子在厨房里想要做西餐，沙拉、奶油、蔬菜、鱼子酱、虾仁、牛排、香草全都被摆在餐柜上，她一边摇头摆尾地听音乐，一边忙乎手下的活计。叶穗要帮忙却被赶走了，阳子说要独立完成这顿爱情大餐。

"吃是一种乐趣，为爱的人做饭更是一种乐趣。"

"听你如此说，那我出去看电影好了，不打搅你的爱情盛宴。"

"爱情要热热闹闹的才好，只有我和周越还真不知道要说些什么。"

"爱情理论我可不懂。"

阳子还想说什么，她的电话响了。阳子擦干净手接过电话时已挂了，她未回过去就听见汽车喇叭声在门外响起。叶穗从落地窗看过去，周越的越野车停在院子外。阳子一个箭步冲了出去，门被掼的吱吱响。只见她俯在车上与周越说笑，达成一致后，她打开车门想上车却又退回来冲进屋里。

"叶子姐，我要出去，厨房的菜你做上吃吧。"

阳子拿了一件针织外搭旋即冲出大门。叶穗还未回过神，汽车就已经绝尘而去，她回到厨房就看见餐柜上的食料足够三个人吃的。她苦笑着收拾好餐柜上多余的食料，待她把一切收拾清爽时她已失去了食欲。她想起黎昊做的那些可口的食物，突然间她想学会做饭，做一顿可口的饭。但身为父亲的乖乖女，她只会做简单的食物，最终也只做了简单的中餐，胡乱吃了。

房间里的电话响了，叶穗拿起电话听出是岳子明的声音，他要找阳子。叶穗告诉他阳子出去了，但岳子明说想过来看看她。

"不必了，只要不是有意为之，你我永远不会见面。"说完叶穗挂了电话。

她想起在天桥上看见的那个人一定是他了。他回来了却不来找她。那时她的心还像一泓湖水一样平静，如今她的心为黎昊掀起波澜，他却想闯进她的心里。

叶穗靠在沙发上边看电视边想着如何向黎昊说明搬出去的事，她总觉得说不出口。十点钟时，她以一个短信结束这件难缠的事。十一点她被阳子回来时的声响吵醒，半夜两点被隔壁房间冲厕的声响吵醒，再一睁开眼就晚了。她匆忙地洗漱着，未顾得上给睡梦中的阳子留言就冲进街道上班的人流中。叶穗到达建筑院时，上班的时间已过去半个小时。她以为会看见一张脸色铁青的脸却看见一张平静如常的笑脸。

难道那些亲吻都不曾发生过？或是西方式的文明礼仪？叶穗不禁为自己的多情而失落。

事实上，叶穗却是误会了黎昊。前一天晚上，黎昊一直等不到叶穗的电话，竟然又在沙发上睡着了。第二天清晨，他打开手机就看见叶穗发来的短信：我找到了房子，谢谢大师近日对我的照顾。那时候的难过没有人能够懂得，他心不在焉地做着不甚丰富的早餐，却没有任何口腹之欲。

吃完饭前他来到院门外的信箱把信和晨报取来，想着一边看信一边吃早饭。顾承遗来信说，事务所承接了迪拜五星级酒店的设计任务，让他有空回法国确定方案设计，而晨报上没有他更感兴趣的新闻。黎昊草草地吃过早饭，收拾好厨房就去建筑事务所。走在路上他发觉比平日早走了半个时辰。

坐在办公室里，黎昊透过百叶窗看见苏慧笑盈盈地进来了。

"苏慧，这是文化公司的合约，要注意付款方式。"

"大师，我改好后再请你过目。"

苏慧接过合同即刻投入到工作。办公桌上的电话突然响了，是一位女士打来的。苏慧看了一眼在电脑前忙碌的黎昊说："大师有人找。"

黎昊伸手接过电话，尚未问候就听见电话里具有攻击性的声音说："大师真难找，比孟姜女寻夫还要难。"

黎昊瞥见苏慧的目光移向叶穗空无一人的电脑桌上，故意面向她接电话。苏慧反而不好意思，转身工作了，她以为那是叶穗打来的电话。

"一天的时间走不到长城。"黎昊讥笑地说道。

他昨天手机关机了，今天早上才看见姬超轶的未接来电，又因叶穗迟迟未到而忘记回美女建筑师的电话了。

"季布一诺值千金。"

"还未到世界末日，不能算我失约，不如就在今日为市政厅的改建方案中标庆贺。"黎昊说道。

"同喜，我还未向大师祝贺。"

"想去哪里？我对省城还不熟悉。"他一边说话一边翻转手中的绘图笔。

"订在阳光大酒店，那是我的作品。"

"好，不见不散。"黎昊说道。

"我不希望只为方案而喝酒，喝酒的形式很多，也许我们可以为别的原因喝酒吧。"黎昊正要放下电话时，听姬超轶如是说道。

"为男人和女人的约会喝酒。"黎昊调侃地回应着。

姬超轶在电话里笑了。黎昊知道姬超轶找他不单单为了吃饭，一定还有别的事情，也许失恋想找他喝闷酒，也许方案又中标了想要炫耀，也许想向他借建筑图册，也许是为了出国一事想要他帮忙。放下电话，黎昊瞥见一脸宿醉的谢子尧神情迷蒙，同时还看见苏慧再次瞟向叶穗办公桌的探究目光。

昨晚上谢子尧和梅子在他的鸟屋里喝醉了。谢子尧从梅子的口中听说，她的老公常年在国内外做生意而冷落了她，一年之中俩人见面不到两三个月。

酒后的梅子显出一脸有哀怨，但谢子尧希望与梅子谈天。没有梅子在流水别墅项目中的出谋划策，就不会有如此完美的方案，有时他觉得与梅子的相识而成就了流水别墅。梅子和他成双入对地出入石山，也像半个建筑师了。家居装修上，梅子还提供了众多建议，她对色彩和家具的搭配有着天生的敏锐。

当然，谢子尧也是一心扑在流水别墅上，他甚至为流水别墅拒绝了两个项目的方案设计。不论是设计还是施工，他都要求完美，目前也已经退了两家施工单位，还专门请了业界著名的李总监来把质量关。以至于工程还未建成，已经吸引了许多的人前来参观了。

"流水别墅开工了?"黎昊问道。

"动工了，地基都起来了。"谢子尧揉了揉脸颊说道。

"浇筑混凝土的时间不会比画一条线更快，眼下院里有一些项目可以接。"黎昊好意地说道。

"我也有过大师现在的状态，不想再这么做了。"谢子尧低头抚弄领带。

"流水别墅项目的收费不足以支撑谢师过一年呀。"

"若成了挣钱机器，挣的钱花着也不开心。"谢子尧无奈地说道。

黎昊感到谢子尧说到心痛之处了，但不画图又能做什么呢?爱情的追求岌岌可危，抓在手里的人儿竟然又逃离了。

暗　流

　　黎昊不带希望地向外瞥了一眼，见到了有些狼狈的叶穗，她的头发不像平日顺滑地披在身后，而是扎成学生式的马尾，衣服亦未熨烫就随便地穿在身上。这也难怪，叶穗起晚了，又没有现成的汽车载她。黎昊沉思了一下，叫正在看合同的苏慧去买两杯拿铁咖啡。

　　叶穗的准备工作完成后，来到黎昊的办公桌前，她觉得自己似乎已经能坦然面对黎昊了。黎昊抬起头静静地看着叶穗，只等她说话，他以为她会说起岳子明的事。

　　"黎昊，文化公司的方案不再变了吧?"

　　"温室花房布置些山石水榭要更好一些。"黎昊有些失望，他的目光移到桌上的效果图上说道，"细部大样图要等合约签订后再画。"

　　"这个方案，如果把两翅中的脊柱再凹下去更好，这样倒不像要奋力飞翔而像被外力胁迫。"叶穗把她对方案中的疑点说了出来。

　　"那样要更好但结构设计无法解决，不过……"黎昊还未说完就看见苏慧拎着咖啡回来了，还附带一包甜点。"咖啡提神，给你们的。"

"我恰好没吃早饭，太有运气了。"叶穗大叫道。

苏慧只是看着叶穗笑。

"怎么，苏慧不喝吗？"看见苏慧将咖啡放到黎昊桌前，叶穗有些不解。

"拿去吧，还有一包甜点。"苏慧把甜点递给叶穗再次笑了。

三人正推让着咖啡，杜宇突然过来说："大师，寰宇房地产开发公司把会议定在九点钟。"

"搞突然袭击，我们不是纸老虎。"

叶穗想着又要去见岳子明就想打退堂鼓，她看看起皱的上衣和裙子，理了理纷乱的长发更不想去了。黎昊从她的表情中看出她的想法。

"不是去相亲，即使去相亲，叶小姐也能过五关斩六将。"

"天生丽质难自弃，后天虽好总不如天生的协调。"叶穗得意地说道。

杜宇偷偷地乐了，苏慧则侧过脸去，而从走廊上走来的赵雪梅故意高声笑起来，并以夸张的声调说道："男人只喜欢漂亮，哪管天生还是后天的。"

叶穗终于从苏慧尴尬的神情上看出端倪，吐了一下舌头。眼看这里的女人就要上演一出戏了，黎昊招呼大伙走了。他们在门外碰见谢子尧，最近股市持续走低，即使指数在涨却不见账户里钱增加，那么谢子尧的外快收入也不会有多少了。

黎昊再次好心地向谢子尧提出了建议："寰宇公司的项目里有二十多种户型，谢师做上两个户型的方案？"

"只当养家糊口吧。"谢子尧笑着说道，"但不做公建，只做户型。"

"按期拿出图就行，我去谈合约，再聊。"黎昊高兴地说道。

再次来到寰宇公司的办公楼下，叶穗的心不可遏制地急跳起来，为能见到岳子明而激动。黎昊显然瞧出了叶穗不自然的状态。

"前两天才见过面，没必要弄得像十年未见般地激动。"黎昊讥笑地说道。

"也没必要闹得对面相逢不相识吧。"叶穗生气地说道。

黎昊轻轻一笑走上了台阶，他喜欢看见叶穗被激怒的样子，叶穗也只有生气时才会注意到他。这一次他们直接走向了会议室，在那里，穿着一身熨贴休闲装的岳子明正等着他们，而邓昌博和阳子分坐在他的两侧。双方沉默中，工作人员进来沏茶倒水。

"沏天目山白茶。"岳子明看了一眼叶穗说道。

叶穗的脸一红，目光迎向岳子明。黎昊看见岳子明的目光第一时间落在叶穗的身上，心里升起一股怒火。他看看身旁喜形于色的叶穗，虽然她人在他的身边可心却飞到对面那个人身上了。现在他认定岳子明就是叶穗心目中念念不忘的人，叶穗的心是为岳子明而丢的。

"阳董事长考虑了大师的提议，整体规划的方案由大师出面设计，阳子只做细部工作，寰宇房地产公司要培养自己的人才。"岳子明打开联想电脑，气定神闲地说道。

黎昊清楚，说到底投资方有权力选择自己的设计师，寰宇公司的让步也是给他面子。

"一言为定，阳子是叶穗的朋友，也是我的朋友。"

"黎大师可要想好，朋友并不总是朋友，还有分道扬镳的时候。"岳子明讥笑地说道。

"那是我的事，不管朋友也好敌人也好，后果都由我来承担，贵公司只需要对方案满意就行了。"黎昊转身对苏慧说道，"付款方式清楚吗？"

"很清楚，按出图量分三次结清。"

黎昊接过合约。合同中的规定很细致，配套一期的住宅公建第一批图纸就要，但合同却对公建的方案没有详细的约定。对于建筑师来说，宁愿设计公建而不想设计几栋住宅楼，因为真正体验设计师创意的工程在公建上。

"公建的方案没有约定。"黎昊放下合约说道。

"阳董事长尚未想好，也许会招标，也许由大师来设计。"

"我并不担心公开招标，岳经理心里清楚公开招标会更好。"

"一期住宅楼的户型够你们忙了，当然大师也是潜在的投标人。"

"好，签约。"

黎昊在法人代表上签下姓名就走。

"大师，晚上在江南春庆祝我们的合作。"

"说时间是金钱就太庸俗了，但如果不及时拿出图纸，你我的损失同样大。"

岳子明尴尬地愣在那里，黎昊却不管这些，甩下岳子明就走了。等杜宇、叶穗还有苏慧赶出来时，他已扬长而去。杜宇拉着叶穗的胳膊站住了。

"真看不出阳子的家庭背景如此之大，竟然是寰宇房地产公司的千金。"杜宇唏嘘不已。

"岳子明不是你朋友吗？"叶穗随口说道。

"我只是个中间传话人，我那朋友认识岳子明。"

"你现在后悔可来不及了，爱情不会像蘑菇一夜之间就冒出来。"叶穗哈哈大笑。

"我不做背信弃义的人，陆梓快回来了。"杜宇大声地说道。

"要我陪着去吗?"

"不用你来做电灯泡。"

叶穗笑起来，想当初杜宇为了约见陆梓，什么时候都要拉上她。如今恋情明朗后，恋人之间根本不需要第三者。

杜宇很高兴这么早结束了合约谈判。他要赶去车站接陆梓。学校开学了，陆梓返校，当然陆梓为着杜宇的请求提前了几天到校。

临到下班时叶穗接到杜宇的电话，他和陆梓在酒吧一条街，要她和阳子赶去喝酒。叶穗大笑，严词拒绝了。

"我可不想坏你的好事。"

"陆梓想你们了。"

"今天是你和陆梓的日子。"

叶穗放下电话，想到了岳子明，也想到了黎昊。

其实黎昊只是不想与岳子明再待在一个屋子里，不想看见岳子明和叶穗眉目传情。他开车从碧江路驶向了桃园，落英之后的桃树静静地缀满了果实。黎昊一脚踩住油门，继续向前开到戈壁滩上的薰衣草海洋中。如血的残阳与地平线上的薰衣草交相辉映，景色非常怡人。黎昊下车走向紫色花海，在这片壮美的紫烟里，黎昊的烦恼全消失了。

电话响了，黎昊以为是苏慧打来的，行驶的途中他关了苏慧的两次电话，但这一次却是姬超轶打来的。黎昊的确是在等电话，不过是等叶穗的电话。他看了一眼手机上的时间，六点钟。从这里赶回阳光大酒店最快也要七点钟能到，看来他最终成为失约的人了。

"时间刚六点，美女不会已经到了吧。这让绅士的脸往哪里放？"黎昊先发制人地说道。

"怎么说呢，我要晚点到了，如果大师还未启程就再晚半个小时过去。"

"太巧了，我这边也有点事要晚点过去。"

"不会杳如黄鹤吧。"姬超轶说道。

"放心，不见不散。"

黎昊挂了电话，赶紧往城区里赶过去，紫色的海洋很快就不见了。来到阳光大酒店，他刚好看见姬超轶从车上下来。姬超轶显然是经过精心装扮的，那张细致描绘的脸和那件紧身的衣裙以及蓬松的鬈发都表明她的意图。黎昊站在丁香树下等姬超轶走近，她窈窕有致地走来时，像极了风中赏心悦目的丁香。

"Dior 香水正适合姬大师这样的强者。"黎昊调笑地说道。

"大师对香水也有所研究，还是对女人有所了解？"

"兼而有之，不过我对建筑作品最有钻研，眼前这座阳光大酒店就体现出美女大师的品位。"

"说说看？还没人说中酒店的主题。"

"突出的是开放性和多样性，这不正是美女大师的写照吗？"

"果然不同凡响，一语中的。"

黎昊哈哈大笑，他只不过胡言乱语几句，没想到美女建筑师这样给面子。这时，姬超轶把坤包换到左手上，握住黎昊的大手。她没再放开他的手，拉着他走进酒店。来到预定的包间，姬超轶并没看菜谱随口点了些菜就把服务生打发走了。

"喝什么酒？"

"我不喝酒，你请便。"

"无酒不成席，米酒吧，这里有省城最好的米酒。"姬超轶侧着头对他说道。

柔和的灯光下她的脸闪着奇异的光彩，一双大眼睛满含笑意。不得不承认，她的自信无时无刻不写在笑靥如花的脸上。

黎昊却不为眼前的美丽触动，只想到叶穗那张不掺和杂念的张扬的脸。设计师们都很自恋，为自己所从事的职业沾沾自喜。设计院中有许多从事设计工作的夫妻，他们不会到其他行业去寻找自己的另一半，宁可一天二十四小时守着作为同行的伴侣。

黎昊从姬超轶闪烁着光彩的眼睛里看出她的喜悦。他知道她想让他提起省文化艺术团的扩建工程，绅士最不缺的就是成人之美，早晨黎昊放下电话到电脑上查了一下，果不所料，姬超轶的方案又中标了。

"恭喜，省文化艺术团扩建的创意来自哪里？"

"来自北方的山水，更来自五千年的传统文化。"美女建筑师矜持地说道。

"太广泛了，我不想做云游诗人。"

菜上来了，姬超轶示意侍者点燃蜡烛关闭枝形吊灯。屋子里只有他们两人时，她往酒杯里倒了些过滤后的米酒。青烟伴随着鼠尾草香气冉冉升入上空，洒下了朦胧的光彩。

"为我们的幸运庆贺。"姬超轶举起酒杯说道。

"建筑作品没有幸运只有实力。"

黎昊的酒还未喝到嘴里又听见姬超轶的话："大师为什么回来？为了这些粗制滥造的建筑艺术？快速建设期不会有精品艺术产生，设计人员只会在意图纸数量，往往忽视了作品的生命力。"

"总要有个理由吧，既然不为艺术，也许可以说是为了金钱吧。"黎昊调侃地说道。

"大剧院的方案一亮相，我就知道大师不是为金钱而来的。"

"并没有特定的缘由，可能连我自己都说不清楚，另外我想说艺术没有国界。"

"所言极是，外界的干扰过多，粗暴的干涉下许多的作品成为东施效颦。"姬超轶说道。

"原因是两方面的，不能撇清设计师的原因，像流水别墅就完全体现出了设计师的艺术魅力。"

"谢子尧的流水别墅？十年磨一剑，人生能有几个十年？"姬超轶若有所失地说道。

"也许我们都是固守成规的美罗普斯，做不到这一点。"黎昊像是自言自语。

"如果我想到国外发展，大师可否帮我？"姬超轶微笑着说道。

"这是我的荣幸，一周后我要回法国，或许姬师可以一起去。"黎昊笑起来，果然被他猜中了，姬超轶向来都不会闲着

听见黎昊的话，姬超轶被含在嘴里的茶水呛了一下，她没想到机会来得竟是这样快。

"什么项目？"

"迪拜的五星级酒店项目，姬师可以去看看，也可以留在那里。"

姬超轶嫣然一笑，喝了杯中的米酒。黎昊却暗暗地笑了，眼下姬超轶不会留在法国的，规划院还有好几个项目等她做呢。

黎昊从菲斯文化公司回来，就看见杜宇还在电脑前画图。杜宇平日里嘻嘻哈哈，却能吃苦耐劳，他对建筑造型和立面效

果均有很好的把握，而且时常能一眼看出方案中的不足之处并提出可实施的建议。此外，杜宇对开间的布置也技高一筹，曾琢磨过开间与进深之间的比例，力求使房间的设置既舒适又适用。

"还没走？不需要明天交图。"黎昊随口说道。

"男人嘛，就是要养家糊口。"

"我看一下，画到哪里了？"说着他朝杜宇走过去。

黎昊快到跟前时，看见杜宇关闭了一张示意图，同时目光在另外一张图上搜索想要画的部位。他明白了杜宇并没画综合楼的图纸，但他只是笑了一下并未说什么，设计人员对接地下工程心照不宣。

黎昊往自己的办公桌走过去，注意到叶穗的办公桌空无一人。他不指望能看见叶穗，但总有一口气堵在胸口上，他明知叶穗此时不会在办公室里却还是急着赶回来。站在这里，他心头的焦虑一点没消失反而有一种抓狂的冲动。

似乎一刻也待不下去了，黎昊决定直接回家。他往外走时却意外看见苏慧还在电脑前忙碌。苏慧身上那件枯草色花边领的短上衣，把她衬托得楚楚动人。

"明天去文化公司办理合约，再查一下设计费是否到账了，另外寰宇房地产公司的订金这两天也快到账了。"黎昊的脚步停下来，对苏慧详细交代着工作上的事情。

"查过了，已到账，税也报过了。"

"苏慧有空吗？晚上请你吃饭，杜宇一起去。"

"我还要挣钱，你们去吧。"

"钱什么时候都能挣，但饭总要吃吧。"

"还要再等半个多时辰，不然我叫个外卖好了。"

"外面有什么好吃的！我来做饭，只是我那儿与人合租极不方便。"苏慧微笑地说道。

"去我那儿，足够苏小姐施展一技之长。"黎昊爽快地说道。

"我们先去买食料，杜宇忙完了就来。"苏慧开心地笑了。

"人多了热闹，我把叶穗和阳子叫上。"杜宇兴奋地说道。

"这个时间她们都吃过了。"苏慧侧过身对黎昊说道，"快走吧，大师的厨艺与建筑造诣一样深厚吧。"

"出门在外总要照顾自己，我们先走了。"

来到碧石湾，车越开越慢。黎昊的目光早投向叶教授的家，在院门口那儿他看见叶穗正要进入院子里。叶穗也看见黎昊的车了，她停下脚步，想向黎昊招手却又停下来，她看见坐在一旁的苏慧了。见黎昊要停车，叶穗反而挥挥让他走，不待汽车完全离开视线，她转身进了院子。

苏慧同样看见晚霞中的叶穗，她甜甜地一笑，向着黎昊看过去，温情脉脉。

"叶穗竟然在这里，怎么没见着岳子明？下班时他们一起走的。"苏慧装作无意地说道。

"那是叶穗父亲的家。"

"外面的世界要比家里的世界精彩，到处看看没坏处。"

"苏慧没来过这里吧，前面不远处就到了。"

下车后黎昊示意苏慧先走，他在后面拎着食材。

苏慧出生在西子湖畔，性格温和柔顺，她随着黎昊在房间里观摩一圈后，便将物件的摆放位置弄得一清二楚。她主动为黎昊沏了龙井茶，让黎昊休息，然后独自到厨房里准备晚饭。

黎昊人坐在沙发上休息，脑子却快速运转。寰宇房地产公司的娱乐会所和综合商场的方案已经在他脑海里初步成形了，还在做最后的定夺。

正在思索的时候，他被杜宇的来电惊了一跳。杜宇不来了，画图量比他预期的要大。黎昊笑了笑，干地下工程总要比单位的成本更低，回报却要高，设计人员接下地下工程就意味着钱来了。

厨房那边静悄悄地，他只看见苏慧忙碌的身影。苏慧果然如她自己所说的那样是个厨艺高手，仅从她切菜的姿势黎昊就看出来了。他想再接点水却发现茶杯里的水满着呢，苏慧什么时候过来倒水他竟然不知道。

"请大师过来品尝吧。"

听见苏慧的声音他才知道饭已做好了，餐桌上摆放着精致的四菜一汤。吃到嘴里，味道比菜的色泽更加诱人。

"怎么样，能吃惯我做的饭吗？"

"实在比我的厨艺好得多。"

"吃点紫角叶，只放了点盐炒出来的，而它的清香完全保存下来了。"

黎昊尝了一口，正如苏慧所说的，清香柔嫩。

"再尝尝蛋花羹，它的鲜美就在一个香字，香油不要多，三滴足够了。"苏慧温柔地一笑，"虽然味道浓厚的菜令人有食欲，不过菜的清香是什么都不能比的。"

"不是人人拿上炒勺就是厨师，厨艺也是门学问。"

吃过饭苏慧麻利地收拾了餐具，打扫餐厅和厨房。黎昊坐在那儿喝茶，自父母去世后黎昊第一次感到被照顾的快乐。

苏慧将一切都整理好后走过来，仿佛忽然才想起似的说道："哎呀，忘了给杜宇打电话。"

"他不来了。"黎昊淡淡说道。

"你看我，一忙起来就忘记了。黎昊，与其在家里开着空调不如到江边走走，江边气温低而且空气极好。"

黎昊笑起来，十几年来他独自照顾自己，今天倒被这江南女子照顾得无微不至。他们刚走出院门外二十米，钟丁山的汽车开过来。黎昊看见钟丁山的脸布满怒气，便猜到他和前妻的关系闹得很僵。苏慧这时客气地迎上去，带着下级见上级的恭敬问候了钟丁山。

"苏慧先回吧，我要与黎昊谈点事。"

苏慧被眼前的风云突变闹得莫名其妙，但很快镇静下来。她本想找个借口留宿在大师的别墅里，却被钟丁山惊飞了好事。但机会总会有的，想到这里，苏慧微笑着拒绝了黎昊要送自己的好意，她可不想在钟丁山面前表现出恋恋不舍的样子。

宝马车开进院子里，钟丁山一进屋就要酒喝，而且要喝白兰地。黎昊拿起酒瓶时立马觉得他的角色转变成苏慧的角色，伺候人了。

"今天见到我女儿了。"喝了一杯酒的钟丁山说道，"薛诗雯更有魅力了，更有女人的温柔，我真的想与她在一起。"

"你们把话谈清楚了吗?"

"诗雯与我离婚时我并不知道有了孩子。当初只是为了赌气而离婚的，那时我们双方太骄傲，都不知道认错，如果我遇到今天的薛诗雯一定不会放她走的。可惜现在与孩子建立感情为时太晚。"

"木已成舟，放眼未来吧。"黎昊劝说道。

"我不再奢望爱情，只需要善解人意、懂得忍让就行……生活终将教会我们一切。"钟丁山喝了一口酒说道。

"生活是最好的老师，孩子对你不陌生吧。"

"要谢谢诗雯，她对孩子一直灌输着我是一位好父亲的形象。薛懿并不知道我和诗雯那些不堪回首的往事。"

"老兄毕竟有了自己的孩子。"

钟丁山举起酒杯一口喝了，他还想再要一杯酒，酒瓶却被黎昊拿走了。人已经醉成那样，黎昊显然是不会再他喝的，他趁钟丁山还有意识时扶起他来到车里。宝马车只能暂时停放在院子里，他开上保时捷驶入夜色里。

阳子的身世经过杜宇的宣传，人尽皆知了。赵雪梅羡慕的目光昭然若揭，但周越对阳子反而疏远了。此时的阳子一改平日里没心没肺的生活状态，开始认真画图了。她对毕业设计的态度并不向多数人想的那样是一时心血来潮，而是始终如一的认真仔细。

这两天，阳子无论在画图时还是躺在沙发上，都不停地说她爱上了周越。叶穗想起阳子的爱情就想笑，三年中她见证了阳子好几次无疾而终的恋爱。阳子在入学的三个月后就对叶穗说她爱上了机械学院的学长了，后来这份爱情不了了之。再后来她说爱上了土木建筑学院的学长了，当然也是不了了之。这与周越见面还不到三个月，就又爱得死去活来。

"周越忙哪个项目？"阳子问道。

"不知道，自顾不暇。"

"好几天没见他了。"

阳子去院里几次都未见着周越。叶穗有种感觉，周越在与阳子玩猫捉老鼠的游戏。

"你的爱情也像朝露般地易聚易散。"叶穗调笑地说道。

"说明我有爱的能力，这是爱情力强的表现。"

"喜新厌旧可不是爱的能力。"

"叶子姐你一定爱过什么人而且很深。"

"睡吧,没爱过的人是不知道爱情的,反而会把爱情常常挂在嘴边。"

"谁说我没爱过,我都爱过好几个了。"阳子不服气地说道。

"快睡吧,明天还要上班呢。"叶穗不再恋战息事宁人地说道。

"我要跟你睡。"

叶穗丢下阳子去卫生间洗漱。她关了走廊、客厅的灯,查看门锁后才轻悄悄地走回卧室。阳子已经睡着了,身体随着呼吸声均匀地起伏。她关了台灯躺在阳子的身旁。

叶穗睡不着,在想父亲,她已经很久没看望父亲了。经过一个多月的时间,叶穗已能把那个漂亮的小女孩看成妹妹,也慢慢地接受了薛诗雯现在的身份。但叶穗要看父亲的计划还是被推延几次了。每次临到要去时,她便打退堂鼓。有一次她都来到碧石湾别墅区却又跑开了,还有一次她看见父亲在薛诗雯的陪伴下在院子里散步,后来薛懿从屋里出来,他们三个人一起说笑着,她看出来父亲很快乐,可是一旦薛诗雯进到他们圈子里,叶穗就高兴不起来了。叶穗睡着时想着明天一定要去看望父亲。

清晨起来,叶穗看见阳子坐在梳妆镜前摆弄头发,她把刘海梳下来想要弄个学生式的清纯装扮。但她坚硬、不听指挥的头发始终往中间聚集。

"怎么弄得跟虎妞一样?"叶穗笑起来,"自然最可爱了,还有什么比天然的最美?正所谓清水出芙蓉,天然去雕饰。"

"叶子姐不要说了,快来帮我梳好。"

叶穗哈哈一笑,走过去把阳子的刘海分梳至两侧,把她本身自然顺滑的头发披下来。

"好啦，这样最好。"

阳子不满意地瞅了瞅镜子中的脸，无可奈何地穿上外衣。叶穗再次笑了起来："爱情中的女人最美。"

这一天，叶穗觉得过得非常的慢。她心神不定，抛开手中那些要画的图等着下班。黎昊几次想要问她话却最终什么都没说，杜宇倒是讥笑她是不是又想接大活计了。对杜宇的话，叶穗置之不理，她知道自己的能力，大剧院的方案也她是借黎昊之名小小地出了一把风头。

周越过来找阳子，这两天他忙得几乎顾不上阳子，当然只有他内心知道他其实是在躲着阳子。但阳子却不明白，她一看见周越就从椅子上跳起来。

"现在就走吗？"

"晚上我有事不能陪你看电影。"周越抱歉地说道。

"什么事？怎么总是有事？"阳子的脸黯淡下来。

"明天晚上好吗？明天一定去。"

"快去吧，这次不可再毁约了。"阳子笑了，对周越的怠慢就这么原谅了。

时间刚过六点，叶穗和阳子就来到院子里。岳子明的车停在老地方，他是来接阳子的。阳子一个劲地问叶穗要去哪里，并要岳子明把叶穗捎过去，但叶穗没说话，更没坐岳子明的车而是坐公交车去看望父亲。

叶穗下了公交车，从过江大桥那儿慢慢地向家走去。刚到院门外她就看见了黎昊的汽车以及车里的苏慧，她有点惊奇，显然黎昊是带着苏慧去他的别墅。苏慧到建筑设计院不过一周，两人就这样不分彼此。她觉得黎昊不过是个寻花问柳的风流男子。

叶穗走进院子，对父亲的爱卷土重来。只有父亲在家，薛诗雯带着孩子见朋友去了。家里并没太大的变化，楼上的卧室还保持着她离开时的格局。叶穗看见父亲的气色是十年来最好的，父亲正坐在沙发上看电视，他的脸上洋溢着一种诸事皆定的悠闲。叶穗突然间觉得父亲再婚是再好不过的事了。

"爸，你要喝什么茶？"

"随你喜欢，你喝什么我就喝什么。"

叶穗体会到父亲息事宁人的和顺，以及只想安稳过日子的单纯。往日父亲对自己的爱都涌入的脑海中，她体会到了父亲的不易。人到中年并无更多的追求了，只想平平安安度过以后的几十年岁月吧。

"夏天就喝龙井好了。"她知道这是父亲最爱喝的茶叶。

"住在哪儿？"

"我租住在阳子家在西关的房子里，一切都好。"

叶教授拿起手帕擦汗。屋子里闷热，窗户开着却依然不能令气温降下半度来。他有风湿，基本上不开空调，这时他看见叶穗一脸热汗，便疼惜地说道："把空调打开吧，不碍事的。"

"爸爸，我们出去走走吧，到江边去。"

他们来到小区主要干道时，叶穗看见黎昊与苏慧正往江边走去。她和父亲还未拐入被紫阳花簇拥的青石板路，就看见钟丁山拦下了黎昊，而苏慧独自一人离开。叶穗将脑海中不好的猜测挤出去，陪着父亲在凉爽的江边散步。待消了汗往回走时，叶穗又看见黎昊开车送钟丁山走了。

叶穗对自己的好奇心有点厌烦了，也失去了去远处观赏碧江风情的热情。等他们回到家，薛诗雯和薛懿已经回来了。叶穗努力排除对她们母女的排斥，尝试着像朋友一样的接受她们。

"给姐姐背诵一首古诗吧。"薛诗雯似是在讨好叶穗。

薛懿一本正经地摆开姿势手舞足蹈地背诵起来："竹外桃花三两枝，春江水暖鸭先知。蒌蒿满地芦芽短，正是河豚欲上时。"

叶穗大笑，这一定是薛诗雯教的，也只有她能教出如此有生活情趣的诗歌。

"会画月亮吗？"叶穗问道。

"月亮最好画了，姐姐你看就像这样。"薛懿拿出彩笔画半个月牙。

"为什么不画满月呢？"

"半个才代表月亮，圆的代表太阳。"薛懿认真地说道。

叶穗笑了，学校里肯定是这么教得好，区分太阳和月亮。

"月亮也有圆的时候，十五月亮十六圆……"叶穗说着唱起来了。

薛懿笑起来，画了一个圆月。

吃过水果后，薛懿被打发到楼上写作业去了，叶穗也告辞离去。

薛诗雯送叶穗到院门外，她看着叶穗说道："穗子，一个女人带着孩子生活很艰难，遇到你父亲是我的福气。我只想照顾好你的父亲，过相对平静的生活。谢谢你接受了我们母女。"

"爸爸独居多年，若不是为了我早有了新的生活。我祝你们生活幸福。"

"我和你父亲没有刻骨铭心的爱情，但却有手牵手慢慢变老的温情，这对于生活这足够了，也许你不理解，但等爱情消失转为亲情时你会懂得。"

"我只想看见父亲快乐，别无他求。"

"常回家看望你父亲，他时常记挂你。"

"我会的。"

叶穗走了。她现在倒是真心地想感谢薛诗雯，父亲有薛诗雯照顾，她放心多了。回到西关别墅，家里只有她一个人。阳子的父亲从美国治病回来，她回海棠湾的家了。叶穗做了个梦，梦见父亲带着薛诗雯和薛懿快乐地走在海南岛的沙滩上。

第二天叶穗一进办公室就体会到繁忙的紧张感觉。她看见大剧院的李总监坐在待客室，原来辅助用房的排练室地基下挖出一根未知的管道。黎昊听完李总监的话，翻看规划科提供的总平面图，距建筑红线的不远处的确有那么一根不引人注意的消防管道。由于叶穗的疏忽，管道的改造没有考虑在工程范围之内。

"不是大事却带来不便，对此深感抱歉。"黎昊歉疚地说道。

"工程建设总是这样，千头万绪总有盲区。"

"叶穗，八点半去现场，把赵雪梅叫上。"黎昊大声说道。

"赵雪梅请假了。"杜宇说。

苏慧把咖啡拿给叶穗。苏慧已掌握了黎昊的习惯，上班路过星巴客总是顺带买上咖啡。

"快八点半了加紧点，黎大师可不会等人。"苏慧小声说道。

"我以后在家里吃早餐，不喝咖啡。"叶穗说完喝了杯中的咖啡。

等叶穗穿戴整齐时，黎昊和李总监已等在门外。她走过走廊时听见苏慧小声说："怎么弄得跟村姑一样。"

"谁穿工作服都不会好看到哪里去。"刚走出电梯的阳子说道。

"我不用穿工作服。"苏慧嘲讽地说道。

"当然了，你也不可能成为建筑师呀。"阳子讥笑。

叶穗对阳子心领神会地一笑，并不去理会苏慧的嘲讽，直接走进电梯。

李总监上了等候在外的工程车，黎昊的车缓缓开过来停在叶穗的身旁。待叶穗坐稳后，黎昊启动汽车，他看她一眼，想说什么却最终什么都没说。

叶穗注意到汽车正行驶在凤栖路上。到了施工现场，她和黎昊跟着李总监来到场地的东北角，消防管赫然出现在叶穗的视野中，管道穿越了辅助用房的整个区域。黎昊仔细看了周边区域的建筑物、道路、临时用地的相对位置，他看出管道改造还有极大的线路空间，不需要修改大剧院的图纸。

项目经理潘时明走来，他让那位漂亮的质检员把测绘图拿给黎昊。果不出他所料，管道改造的空间还有富余。

黎昊对走过来的李总监说道，"明天去事务所拿管道改造图纸，把开挖的土方堆放到南面以便下管。"

"明天？好，只要不耽误工期就行。"李总监说道。

"这已经是最快的速度了。"

李总监笑起来了，他与黎昊打交道两次就清楚，这是个从不推诿、避事的人。

叶穗从东北角转过来时看见周越与女质检员有说有笑，她想与他打个招呼，周越却背转过身去，女质检员则狐疑地望了她一眼继续与周越调笑。叶穗心里暗笑，远离他们走向黎昊。

"女质检员叫什么？"

"戴瑞娟，要给阳子通风报信？"

"这种事早知道早好，何必让她继续陷下去。"

黎昊微微一笑，告别李总监后，他便对叶穗说要去另外一个现场。

叶穗记起在碧石湾看见他和苏慧的事，看了一眼黎昊笑着说："大师工作之余不忘采花吗！"

"蜜蜂采花时不忘进食，人也不例外，七情六欲总要得到满足。"黎昊面无表情地说道。

"人毕竟不是动物，即便觅食也要有选择性的。"

"我的选择并未得到回应。叶穗，你想要什么？"

"这与工作无关吧。"叶穗回避地说道。

"却与我有关。"

"但与我无关。"

"昨天看你父亲了？叶教授还好吧。"黎昊换了一种口气说道。

"我父亲很好，新婚时的男人总是最幸福的。"

这句话让黎昊记起自己的第一次婚姻，及新婚之夜他得知的可怕消息。柳含烟得到了想要的绿卡，他得到的却是满心的痛苦。离开那套租住的小公寓后他再没见过柳含烟，因此常常以为自己没结过婚，就连后来的离婚协议书都是律师转交。

汽车向郊外开去，离开市区很远，要进入戈壁滩了。城市二级路上的广告牌上到处都是紫色的薰衣草和马鞭草的宣传画，新上任的市长要把省城打造成紫色的海洋。

远远地就看见紫色的海洋，广阔无垠。黎昊停车下来，张开双臂跑入薰衣草中仿佛要拥抱什么。叶穗被眼前的壮阔所震撼，痴痴地站在飘着醉人香气的薰衣草中。这时，黎昊返身跑回来把叶穗拉到怀里，用力地吻住她的嘴唇。叶穗心醉神迷般地眩晕在神奇的香气中，感到她的心就要从胸口飞走。然而，黎昊的激情却被一个电话铃声扰乱了。苏慧打来电话问黎昊几时回去。

"昨天我的包忘在别墅了，身份证在包里要办理银行开户。"

"几时办理？"

"现在就要办。"

黎昊挂了电话，拉着叶穗慢慢地走出薰衣草地。叶穗颇为失落地跟着他回到车上。汽车快到市区时，黎昊打电话问苏慧："到哪里接你？"

苏慧却说："我在办公室，我的朋友直接帮我办好了。"

黎昊气恼地挂了电话。

"既然已到了这里，去吃点饭再回办公室吧。"黎昊说道。

"我请你吃烧烤，路边的烧烤。"

叶穗麻利地点了各色的烧烤，就着摊位边上的盘子毫无顾虑地吃起来，手里那串还未吃完又去拿另外一串。黎昊微微一笑说："没人跟你抢，不够吃可以再要。"

嘴里塞满了食物的叶穗只是笑，还未吃完她就急着交了钱。黎昊还是第一次吃这些烧烤，就不可能像叶穗那般喜爱了，但他看见叶穗吃的香甜，便也伸着头吃了几串。叶穗还想再点些烤蘑菇却到上班的时间了，他们便匆匆忙忙地起身离去。

回到建筑设计院，黎昊直接来到赵雪梅的办公桌前，把测绘图交给她。

"这是现场的实测资料，管道的改造图明早就要，没问题吧？"

"大师都发话，怎么敢有问题！"赵雪梅调笑地说道。

阳子一见到叶穗就问她上午去哪里了，她还要向叶穗打听周越的行踪。

"去工地了，还能去哪里？"

"这么点事还要一上午？是不是看见周越……"

"大小姐，现在是办公时间，不过现场倒真有一位美女质检员。"

"难道周越猫在现场是因为……"

阳子气得转身移向电脑开始画图，一下午都不与叶穗说话。快下班时，阳子接到岳子明的电话了。岳子明正办理新开发住宅小区的相关审批手续，没法来了。阳子要回海棠湾看望父亲。叶穗让阳子放心回家，她坐公交车回去，接着阳子便急急地走了。

叶穗站起来收拾图纸看见黎昊依然在电脑前忙碌着，苏慧也没走。她清楚苏慧大可不必加班，她是拿固定工资的。

"苏慧还不走？"

"我要去大师家里取我的包，你先走吧。"

叶穗笑起来了，她想起影视剧中女主角常用的手段就是故意把物件拉在男方家里，借故就可以常来常往了。她临走时回头看了一眼，却见黎昊微笑的双目正注视着自己。叶穗浅浅地一笑，走了出去，在门口她听见苏慧的声音："大师还不走吗？今晚要做醉虾。"

"走，太诱人了。"黎昊低沉着声音说道。

短短的一周内，苏慧看出刚毕业的叶穗总吸引着黎昊的目光。虽然叶穗一副没心没肺的样子，黎昊却不能舍弃对叶穗的喜爱。她为自己的话取得如此的功效而得意，却不知道黎昊只是故意气叶穗的。

黎昊开车走出设计院时，看见叶穗站在公交车站牌下等车。他缓缓开过去停下来，放下车窗玻璃问道："捎你一路吧。"

"叶穗要去哪里？"苏慧也抢着说道。

"我去西关。"叶穗看着苏慧淡然回答，然后将目光投向黎昊说道，"不，谢谢。"

"唉，南辕北辙。"苏慧叹了一口气。

黎昊笑了笑，一踩油门将车开走了。进入大门后，苏慧拎着大包小包，一失手把坤包掉到门厅前的台阶上。黎昊看见不慎从包里滚落出来的洗漱用具，微微笑了。他看见苏慧的脸红了，但他装着没看见地上的物件，开了门进去了。

这一次苏慧不用黎昊招呼，热情洋溢地张罗起来。黎昊再一次品尝到了精美的菜肴，他感到在法国吃了十年的饭都不如今晚的好吃。为了诱使黎昊喝酒，苏慧喝了不少的红酒。她也像盛开的玫瑰一样娇艳可人，醉眼迷离地打开班得瑞的音乐，拉起黎昊跳起了三部曲。

美酒佳人，黎昊也被蛊惑了，他闻着苏慧身上传来的体香渐渐迷失了自己，然而，当苏慧要亲吻他时，他猛然意识到怀里的人并不是任性倔强的叶穗，便将头扭开了。

第二天清晨，黎昊来到建筑院时看见了等米下锅的潘时明。管道改造的图纸尚在审核中，还未打印。赵雪梅打印出平面图用于放线，到了十点钟加急弄好两份图。

"现场就这样，遇到点事就窝工了，不得不麻烦设计人员加班加点画图。"潘时明说道。

"设计服务也是设计内容之一，我全力支持你们。"

"谢谢，有事再联系。"

潘时明拿上图纸走了，黎昊也不远送，但赵雪梅却追上黎昊要增加计件费用。

赵雪梅的话一出口，杜宇、周越、叶穗的头都伸长了。设计费的分配是设计人员最关心的事了，谁都不愿少拿。一个锅里就那么些钱，多拿了就意味着会有少拿的。

黎昊知道此时大伙都等他表态了，他看了一眼赵雪梅说道，"外网的费用单独核算，整个项目结束后会有一个设计费用分配表，会发到每个人的邮箱里。"

大伙包括赵雪梅都松了一口气，黎昊清楚最终的分配结果，会让每个人都满意的。

叶穗和苏慧都外出办事了，整个区域里只有黎昊一个人。他点燃了一支烟，一边抽烟一边全盘考虑寰宇公司的规划方案。户型种类多，户型的套数数据来自市场调查，但如何把它们分配好却是个难题。黎昊抽了第五支烟了，总体规划也有雏形，他的思绪却被电话打断了。

"黎昊，快来看我的新车，我在车城提车。"姬超轶在电话里说道。

"什么车，用设计费换来的?"

"哈哈，看了就知道了。"

"稍等片刻，我一会到。"黎昊挂了电话就冲了出去。

汽车拐进东新路不久，黎昊看见姬超轶靠在路边的一辆红色小跑车上。来到近处，他认出来是辆 TT 跑车。黎昊走下车来到美女建筑师面前，俯身亲吻她的脸颊。姬超轶笑了笑，半开玩笑似的说道："我不需要西方式的文明，想要象征爱情的亲吻。"

黎昊笑了起来，姬超轶的坦率让他感到很舒服，但他却并没有回应她。

"这里人烟稀少，开上车试一圈?"黎昊转移话题道。

"都开了三圈了，我是为了让你开车疯狂一把，建筑师总要有机会发泄一番。"说着姬超轶打开了车门。

黎昊想起，在法国时他和顾承遗常常在各城市之间的高速路上飙车。黎昊开车加足了马力，然而省城边界区域的路况无法达到他想要的等级，汽车只能在可接受的速度范围内颠簸行驶。坐在一旁的姬超轶看出，黎昊行驶的速度还是超出她行驶时速度的一大截。

"什么时候去巴黎？"姬超轶问道。

"快了，再要等等，手头上的事太多了。"

"再过两周，我的事就能办完了。"

"为了这辆车还要再干几项工程吧。"黎昊调笑地说道。

"何止几项工程，在国外也许可以吧。"姬超轶大笑。

绕着东部开发区的四周转了两圈后，黎昊把车停在自己的车前。快下车时，姬超轶神秘地说道："也许……很快我们又要在投标会上见了。"

"什么项目？"

"到时候就知道了，我不想再输给你。"

"这是你下的战书？挑战的魅力永远不过时。"黎昊毫不在意地说道。

"暂且是吧。"姬超轶微微一笑。

"女士优先。"

黎昊做了个手势让美女建筑师先行一步。等姬超轶的跑车不见踪影后，他才缓慢启动了车子，他暗自想姬超轶不是那种故弄玄虚的女人，一定是听到什么风声了。

较 量

　　万盛投资公司再次找到建筑院设计五星级酒店项目。万盛公司的老总和赵院长是同学，他们不计上次的失利，依然把橄榄枝递给了建筑院。赵院长考虑再三，最后请黎昊做此次的方案设计。其实赵院长最初也考虑让谢子尧做方案，却被谢子尧拒绝了。

　　此次参与投标的设计师中有来自总院的李院长，有具有迪拜五星级酒店设计经验的陈大师，当然投标人员中少不了美女建筑师姬超轶。黎昊觉得有些焦头烂额，但他并不是因为这些声名烜赫的大师们参与投标，而是他的创作灵感枯竭了。

　　在法国时他也遇到过类似的情况，就像主持人突然间失声了。接连几天他没好好睡一觉，而两个时辰过去了电脑上还是一根孤零零的线段。后天就是开标日子，黎昊心急如焚。他再次翻开刚合上的建筑图册，却依旧没有任何灵感。

　　电话响了，又是姬超轶打来的。她已经打过两次电话了，似乎想要探听什么。

　　"大师，方案完成了吗，象征意义是什么？"果然，姬超轶张口就询问方案的情况。

"还没动手画呢。"

"大师开玩笑吧？我不会剽窃你的作品的。"

"信不信由你，或者把姬大师的方案讨论一下，给我点灵感？"黎昊调笑说道。

"大师太谦虚了，开标会见吧。"

黎昊笑笑挂了电话，美女建筑师近来时常造访建筑院。他不知她来做什么，却总是礼貌接待，这引起了苏慧的不满，女人之间总是充满着戒备，想要貌压群芳。

重新投入到工作中，黎昊才发现今天真奇怪，连叽叽喳喳的阳子都不说话了，叶穗更是听不见一点动静。黎昊正想站起来看看叶穗在忙什么，却接到电话。李总监打来电话说，现场的基础防腐设计作法不明确。

"叫施工人员在那等着，我们一会到。"黎昊说完就挂了电话。

"要去现场吗？"阳子问道。

"叶穗去现场，看看周越在不在，叫上他。"黎昊吩咐道。

不等叶穗站起身去叫周越，阳子已经跑出去了，但转眼阳子便一脸怒气地回来了。

"周越脚底抹油溜了。"

叶穗故意低下头不去触碰阳子的目光。她一上班就听见阳子说晚上与周越约好去看电影，这好像是阳子第三次约周越了。不仅叶穗，连黎昊都看出，阳子是剃头挑子一头热。

"阳子跟我去现场吧。"叶穗说道。

"不，我要等周越回来。"阳子固执地说道。

"周越不会回来了。"

叶穗苦笑着扔下阳子走了，她为阳子觉得不值，谁曾想到周越的心竟是变得这样快。

坐到车里，黎昊笑着对叶穗说道："周越一定是在工地上。"

黎昊不说，叶穗也知道周越借口去现场，跑去和戴瑞娟约会了。果真，叶穗还未走到基坑，就看见周越同戴瑞娟正站在独立柱基础边上与李总监讨论着什么。周越选用了图集中的做法却未明确是 I 型作法或是 II 型作法。建筑工人未经请示直接按 II 型作法施工了。

周越看完图集后，明确了要按 I 型做法施工，这样一来施工方就要返工了。黎昊仔细看完基础地质条件，认为此处的土壤条件按 II 型做法施工也可保证工程质量。民用建筑不像工业建筑，腐蚀性环境较为复杂。

"按此处的土壤，II 型做法可以达到预期的质量要求。"黎昊说道。

"省城的地基防腐常用 I 型做法。"李总监倾向于返工。

"按 I 型做法施工吧。"周越看了一眼戴瑞娟，松了一口气说道。

李总监让周越在图纸中注明按 I 型做法施工，周越爽快地标注了作法形式，然后李总监拿着图纸去找潘时明了。

黎昊到现场不会只看一点而是全面走一圈，叶穗跟在他后面装模作样地东张西望，却不知要看什么，当然，走在最后的周越和戴瑞娟也是一脸茫然的表情。黎昊又发现几个问题交代给施工人员，让他们仔细核对图纸中的标高和坐标。

回到起点，周越主动说："你们先回，我随后再走。"

"不要忘记晚上的约定，总让别人空等着算是怎么一回事？"叶穗提醒周越道。

周越想要辩解什么却被黎昊打断了："我们走了，你自己看着办吧。"

从工地上回去，黎昊没有上楼，他把叶穗送回院里又开车出去了。汽车行驶在碧江路上，他却不知要去哪里。这几日为着酒店的方案他多日未睡过安稳觉了，出现在脑海里的方案都是些建筑图册中经典案例，全然没有自己的创意，无论他怎么努力都只是一些作品的翻版。黎昊很害怕成为第二个谢子尧。

汽车漫无目的行驶在城郊的二级公路上。香风从田野中吹来，黎昊麻木的神经却毫无感觉。路边的麦地里是参差不齐金黄的麦茬，它们被遗忘在麦地里，而在风中摇曳的零星的浅黄色燕麦却呈现出生机盎然之势。麦田过去后就是套种果树的马铃薯区域和鲜花种植基地。

黎昊的目光从田地收回来，望向不见尽头的公路。他拿出手机打给钟丁山，要请他喝酒。他想用酒精来麻痹自己快要断裂的神经。

在钟丁山的印象中黎昊因喝酒误过事，因此黎昊请喝酒的诱惑不言而喻了。他很想看看喝醉酒的黎昊是什么样的。他是个吃货，很快选定了喝酒吃饭的隐秘之所，那是去飞机场途中专门做羊肉的一家农家乐。主人是当地人，只做羊肉，在圈子内颇为有名。

黎昊的车还未停下来就看见钟丁山的车停在农家乐的院子外面。钟丁山从家里带来一瓶江南春酒，既然黎昊要喝酒，钟丁山一心想把他灌醉。他积极主动地张罗着喝酒，却只有黎昊一人将酒喝下肚了。建筑师喝酒不外乎为了两件事，一是情感，二是创作灵感。据他的观察，黎昊是为灵感喝闷酒了。

"清规戒律不是为咱们这样的人存在的，人生如果被条条框框限制住了还有什么活头。喝吧，总要有破例的一次。"钟丁山开心地劝说道。

"有我一个醉鬼就够了，不要再来一个教唆犯了。"

钟丁山哈哈大笑，"我只负责把你送到家，其他的不负责。"

"你只负责把我灌醉，其他的不用你管，你也管不了。"

"看来酒还没喝到家呀，还挺清醒的。"钟丁山笑着说道。

"举杯邀明月，对影成三人。"黎昊举起酒杯看了看窗外的月色说道。

"不要在那里缅怀诗人了，建筑师要是诗人更不得了。"

"不服气，改行呀。"

钟丁山笑起来说："看你现在愁的，我可不想当建筑师。"

黎昊苦笑了，人们只看见建筑师的光环却看不见灵感尽失的可怕。一瓶酒喝完了，黎昊还想喝却被钟丁山拦住了，他可不想弄一个烂醉如泥的人回去。黎昊喝醉酒却相当的安静，脚步不稳却无半点的吵闹。钟丁山结了饭钱，这种情况下他不指望黎昊还能记起结账一事。

从屋里出来，黎昊看见一株向日葵孤零零地立在院子里，被风干的葵花盘牢固地附在杆上。有什么形象在脑海里形成了，他却不知具体的样子。这时风中的麦穗闯入脑海里，那被遗忘的燕麦在他心里荡起了层层涟漪，他突然间明白了这就是他想要的创意。

黎昊拍拍钟丁山的肩膀大叫道："喝醉了好啊，我想到一个不错的方案。"

"这酒喝得好呀。"钟丁山说道，"记得明天来取车。"

回市区时，钟丁山满意地笑了，把这一切功劳都记到了自己的头上。

第二天黎昊取回汽车时风中麦穗的主题方案已初步成形了，他回到办公室便全神贯注地伏案工作，许多创意像流星一样闪过，当脑子里的想法变成了图纸，这让黎昊放心多了。他合上笔记本电脑，伸了一个懒腰。

"方案完成了？"杜宇一见到黎昊的神态就知道事情进展得如何。

"改天请你吃饭。"黎昊点点头，拿出一支烟递给杜宇。

"大师还有吃饭的时间呀。"杜宇调笑地说道。

黎昊大笑起来，从清晨忙到这会儿，他确实连支烟都没来得及抽。黎昊越过隔断看了一眼正画图的叶穗，便对杜宇指了指外面。杜宇会意地笑了，跟着黎昊走到疏散楼梯边上的吸烟室。黎昊吐出一口烟圈后轻松多了。

"寰宇公司的项目还要抓紧，公建由你和叶穗做设计。"黎昊说道。

"没问题，要想养家糊口就要有一技之能嘛。"

"我担心寰宇公司变卦，公建的设计没有明确的约定，可能会公开招标。"

"我并不怕公开招标，也许这样更好，要想在建筑行业站稳脚跟就要参与招标。"杜宇吐出嘴里的烟说道。

黎昊笑起来了，为杜宇的野心而笑。建筑师也是大浪淘沙，没有谁能长久屹立于不败的绝对优势，但如果没了梦想，那一切都无从说起。从敞开的门外吹进来 Dior 的香气，黎昊知道美女建筑师来了，他对杜宇一招手就走了出去。

来到办公室，黎昊就看见姬超轶正想打开他的电脑，他不客气地制止了姬超轶的行为："这就等不及了，想要提前开标吗？"

"哪能呢？即便打开了也进不去呀。"姬超轶巧笑嫣然地说道。

美女建筑师向来引领时尚，她身穿时下流行的紫色衣衫，美得让人不能呼吸。但黎昊看了一眼专心于图纸的叶穗，还是倾心于不食人间烟尘的叶穗。

黎昊想说什么，却不经意间看见从姬超轶脸上流露出的急切。啊，她太想赢得此次方案了，狐狸的尾巴总要露出来。

"最近去过哪里，看见过什么？"黎昊想要探知美女建筑师的警觉。

"没去哪里，大师呢？"姬超轶反问道。

"去的地方可多了，东部开发区、乡下和飞机场等，为了找灵感真是找遍了省城。"

"哈哈，真不容易呢。"姬超轶知道黎昊在绕弯子。

"建筑师就不是容易，别的专业学四年，建筑学却要学五年。"

"好了，不打搅大师了。"姬超轶快速地想结束令人窒息的谈话，在离开前她也向黎昊许下约定，"开标大会后无论谁赢得了方案，我们庆贺一番。"

黎昊把美女建筑师送走后又回到电脑前，他深知细节决定成败，于是将方案从头到尾又检查了一遍。觉得再没有可修改的地方，黎昊才将注意力从电脑前离开，下班了，设计人员陆续走了，他感到一板之隔的叶穗还没走。

"叶穗，今晚去哪里？"黎昊问道。

"回西关，大师呢？"

"咱们去吃烧烤吧，我不用加班了。"

"大师，叶子姐已经有约了。"阳子说道。

"岳子明一会来接我和阳子。"叶穗笑着解释道。

"大师请苏慧或者美女建筑师去吧。"阳子又加了一句，她可不想让表哥的爱情流产。

明眼人都能看出，觊觎黎昊的人大有人在。众所周知，建筑大师的身边总是吸引着美女，留法归国的黎昊自然是各路美女首选的对象。

"阳大小姐，用不着急着安排我的生活。"黎昊说完径自走了，到了门口大叫道，"谁要去打球？"

"我陪大师打球吧，谢师自接下流水别墅就很少打球了。"杜宇来到走廊理说道。

见黎昊和杜宇进了电梯后，阳子大笑，但她没有笑多久，便陷入黯然神伤之中。建筑院最后一个设计师都走了，周越还没回来。

叶穗开始收拾资料准备下班，再过一会儿岳子明的车就到了。阳子有车却从不开车上设计院，每次都要岳子明来接。岳子明第一次出现在建筑设计院时，叶穗就知道了阳子的一片苦心。她觉得岳子明未必像阳子所猜测的真爱自己，从这个神态如常的男孩身上她并未看出爱慕的迹象。

五星级酒店开标前一日，建筑院如临大敌。

先是综合科的张主任来看方案，然后是赵院长过来说要评审一下方案。黎昊一向认为相对于单位，方案对本人更重要；单位与个人虽然相辅相成，但荣誉带给本人的光环要比带给单位的大多了。

"如果不信任我，可以不用我的方案。"黎昊说道。

"院里内部评审也是完善方案的一种形式。"赵院长说道。

"这些细致的活等到制作施工图时再考虑也来得及，我不想发生意外。"

"建筑院没有意外发生。"

"建筑院屡屡中不了标就是意外。"黎昊轻松地说道。

"若能中标，大师也不会回国。"赵院长哈哈大笑。

见黎昊坚持已见，赵院长转身走了。事实上，在赵院长的前面，杜宇刚溜出去。杜宇也想看大师的方案，见赵院长碰了一鼻子灰，杜宇自然避免踩雷区。

"杜宇，陆梓叫你回电话。"叶穗大声说道。

"如此麻烦，为什么不打我的手机?"杜宇说道。

"丢三落四，你的手机未开机。"叶穗笑了。

杜宇拿出手机，果真关机了，便笑嘻嘻地到疏散楼梯那儿打电话去。

叶穗开始忙碌着方案设计说明书的排版，这时负责工程造价的闫相印来了，估算费用出来了。黎昊看了工程总费用，略为低于投资方限定的金额。

"投资额刚好，不用调整方案了。"黎昊高兴地说道。

"这就好，不过取费很低，若遇见不可预见的情况费用会超投资。"闫相印说道。

"放心，只有老城区频发不可预见的情况。"

闫相印走了，叶穗继续装订建筑图册和方案说明书。黎昊又把方案中各方面的细节仔细考虑一遍，抬头却看见赵雪梅急急地走来，她一见到方案说明书装订好了就大叫起来。

"大师，设备表中漏了两套消防加压系统设备，工程费用可能要增加。"赵雪梅说道。

"费用大约多少?"黎昊问道。

"不超过三十万元。"

"把设备清单重新提给闫工，估算费用重做。"

赵雪梅一脸歉疚地自嘲道："实在抱歉，老马也有失前蹄的时候。"

叶穗笑起来，她想安慰几句，但赵雪梅唯恐有人讥笑她，立马转身走了。一会儿闫相印来了，估算费用接近投资了。她已经估计到投标方案中黎昊的费用恐怕是最高的，这极不利于方案中标。黎昊看了一眼没说什么，吩咐装订新的估算表。

还有两个小时才下班，黎昊再也坐不住了。他拿上车钥匙走了，想出去走走。等来到五星级酒店拟建地时黎昊方明白，这正是他想来的地方。他围着场地走了一圈，努力地想把方案中的细节与周边环境相协调起来。他发现方案中有两处还需要改动，才能融入环境中。黎昊从早期废弃的水塔走过来时看见吴翔鸿。

"黎大师，好久不见。"吴翔鸿说道。

"昨天还在电视里见过，恭喜吴大师获得殊荣。"黎昊笑起来说道。

昨天省电视台播出了吴翔鸿的专访，他设计的作品飞天艺术展览馆获得省优秀设计奖。这是他刚回国时的作品，代表着省建筑艺术的创作水平。

"那是早期的作品，如今没有当年创作的冲动了。"

"吴大师谦虚了，我觉得作品完美地展现出建筑师的苦心孤诣。"

"过奖了，建筑创作并不是轻松的行业，很容易沦落为画图匠。"吴翔鸿说道。

黎昊沉默了，创作灵感的枯竭将是每一个建筑师会遇到的问题。

"趁年轻，多创作些作品吧。"黎昊自嘲地说道。

"省城能称作作品的并不多呀，粗制滥造不能称之为作品了。"

"建筑艺术不能被金钱所收买，并不是所有的建筑师能理解的。"黎昊说道。

黎昊虽这么说，可是就连他自己常常身不由己地为了更高的设计费而挑肥拣瘦。吴翔鸿开上车走了，黎昊又看了别处的地形地貌。待他从开发区回来时，建筑院的人都走光了，而装订整齐的方案说明书、建筑图册和估算费用表放在他的桌上。他打开电脑修改图纸。

等他从建筑院出来时，华灯初上。

第二天清晨，西装革履的黎昊走进开标大厅时，吴翔鸿和王丹宇等设计师们早已严阵以待，不免让人想到大战前夕。他文雅地对认识的设计师点头微笑，算是打招呼。总院的一位女性设计师想急切地挤到同伴那儿，黎昊微微一笑，侧身让过。

找到建筑院的阵地，黎昊在叶穗的身边坐下来，他开心一笑，看见叶穗恐怕是今天最高兴的事。阳子凑热闹来了，有了她自然就有欢乐，黎昊原本的紧张就在阳子的说笑中消失了。

精心妆扮的美女建筑师姬超轶如往常一样临到开标时才走入大厅。她看见黎昊浅浅地一笑，风一样走了过去。人过去香气还留在身影经过的地方，黎昊的目光随着美女建筑师走了几步路程，他总觉得姬超轶的状态和往常不太一样。

"小心，眼睛回不来了。"阳子小声地说道。

"心能回来就行了。"杜宇调笑道。

"还有一心二用的说法呢。"周越坏笑地说道。

"一心一意都不够，还二用呢。"黎昊看了一眼叶穗自嘲地说道。

叶穗装作没看见黎昊意味深长的目光，低头翻阅图册。阳子带头笑起来，现在是她最快乐的时候，看来她并未识破心怀鬼胎的周越。

黎昊做了个噤声的手势，示意要开标了。

评委已经就座，新华招标公司的人做好了开标前的准备工作。开标人宣布了投标报价，建筑院的方案报价最高。黎昊瞥见姬超轶不经意流露出的欣喜之色，这的确不利于中标。之前黎昊考虑到投资额会较高却决没有想到会是最高的，他的心突然沉重起来。

"关键要看方案的好坏。"叶穗安慰道。

"现在看来，方案还可以再瘦身。"黎昊低声说道。

方案陈述人陆续上台讲解方案。众多的方案各有千秋，吴翔鸿的方案令黎昊刮目相看，姬超轶的方案也很不错，陈大师的定海神针方案也引来不少的喝彩，但宏达院的方案却大失水准。而黎昊的风中麦穗一经投影到屏幕上就招来不少人的尖叫，叶穗看着黎昊笑了起来，杜宇在台下热烈鼓掌。

黎昊雄辩的口才更是锦上添花，当然他明确表示方案还可以瘦身。

投标方案陈述完后，叶穗明白最终的中标方案会在定海神针与风中麦穗这两个里面产生。但风中的麦穗更加接地气，定海神针离大众的生活太遥远了。

评委们退到另一间屋子里打分了，等待评标结果令人难以忍受。

"是不是像宣判死刑一样令人焦虑。"叶穗感同身受地说道。

"我经历过多次了，免疫了。"黎昊笑着说道。

　　其实这是黎昊最担忧的一次，想要在省城立足，此次方案的中标举足轻重。建筑师想要吸引人们的眼球，就要推出不同凡响的设计方案。

　　"那就是久经考验了。"叶穗开玩笑地说道。

　　黎昊笑了，为叶穗单纯的幽默而笑。他想出去抽支烟，又怕会错过第一时间宣布的结果。黎昊忍着烟瘾和焦虑，面色如常地与设计师们闲聊。他注意到姬超轶完美的脸花容失色，陈大师的神情也焦虑不安。

　　评标结果迟迟未出，杜宇和周越偷空出去吸烟。第二支烟还未抽完，就见设计师涌出了大厅。大门口的人流少了点，这时阳子一头从里冲出来。周越把烟猛吸一口，掐灭烟头就要向阳子走去。

　　"不要那么快，你是要熄灭阳子的热情而不是点燃阳子的火。"杜宇一把拉住快步走的周越说道。作为好哥们，他早已看出了周越现在对阳子已经没有感情。

　　周越笑着停下脚步，杜宇则快步来到阳子身边，他等不及想要知道投标的结果。

　　"风中的麦穗最终赢了。"阳子不等杜宇问就说道。

　　杜宇高兴地笑起来，真心地为黎昊高兴。近半年来，他从黎昊身上学到不少的经验，他转过身与赶上来的周越击掌欢呼。

　　前来庆贺的设计师簇拥着黎昊出来，叶穗拿着建筑图册走在后面。杜宇和周越都不能近到跟前与大师握手庆贺，便绕过人群走到叶穗身边。姬超轶也在人群中，美女建筑师的失落显而易见，她隔着众人大声喊道："季布一诺。"

　　黎昊点点头，被人架走了。

　　此时人都走完了，只剩下建筑院的四个人回味着胜利的余韵。他们知道，黎昊的建筑大师地位在省城便是坐实了。

中午时吴翔鸿、王丹宇把黎昊拉到江南春大酒店。王丹宇和黎昊畅谈了建筑艺术的创作，建筑作品存在的价值，不过吴翔鸿谈的最多的却是建筑艺术难以实现。

"上古穴居而野处，后世圣人易之以宫室，上栋下宇，以待风雨。"吴翔鸿说道，"如今的人却只想建高楼大厦。"

"古人讲究'子之宅近市，湫隘嚣尘，不可以居'，还有'市井不可园也；如园之，必向幽偏可筑，邻虽近俗，门掩无哗。'"黎昊笑着说道，"但是当今的住宅都要建于闹市之中方能卖得好价。"

"哈哈，人越孤独就越想在闹市中寻求关爱，谁知更加孤独。"王丹宇说道。

"快速建设期对建筑师是一把双刃剑，被项目淹没的设计师不会有好的作品。"吴翔鸿说道。

吴翔鸿投标的方案多次未中标了。在大量的设计任务下，他的精力全在施工图设计中。黎昊何尝不知道呢，陷入制图机器之中创意会消失殆尽，即便有了好的项目也只会在惯性思维下机械地重复着一的画图程序。

"可以学谢子尧十年磨一剑，创作出流水别墅。"王丹宇说道，"大师们乐意吗？"

吴翔鸿和黎昊沉默了，也许从内心来说，他们根本不愿做被人遗忘的建筑师。

"不可否认，国内高速的建设期带给设计师们大量的金钱。"王丹宇再次说道，"不能实现创意，能赚钱也是不错的。"

吴翔鸿摇摇头却没有说话，黎昊同样如此。这期间黎昊接到许多的来电，姬超轶的、杜宇的、钟丁山的、苏慧的、阳子的、赵院长的，但就是没接到叶穗的电话。

谈兴渐渐弱了，王丹宇除了喝茶几乎不说话，吴翔鸿也住口了。黎昊接了电话回来说："还有点事，改日再聚吧。"

吴翔鸿爽快答应，其实他也想离开了。他们三人在江南春大酒店分道扬镳。

等黎昊赶到阳光大酒店时，姬超轶已等了半个时辰，若是平时，美女建筑师早走了，今天她却安静地坐在散发出玫瑰花香的桌子旁等人。

姬超轶的脸色完全恢复了，已经从失败中逃脱出来。她化了淡妆，杨梅色淡口红令她的嘴唇更显魅力。她一见到黎昊就笑了，优雅迷人。直到此时她才真心地佩服黎昊的才能，她是个骄傲的人，不会轻易地认输，但此时却被风中麦穗的创意完全俘获。

"难得脱身吧。"姬超轶笑着说道。

"再难也要来陪美女，何况还有季布一诺一说。"黎昊调笑地说道。

姬超轶笑起来："喝点酒吧，为胜利喝酒。"

"盛情难却，但仅限一杯酒。"

酒菜慢慢上来了，这些菜与上次完全不一样，有一道熏鱼子的菜味极鲜美，还有一道香干菜别有风味。

"黎昊，不担心灵感尽失的一天吗？"姬超轶喝完杯中的酒后说道。

听见这句话，黎昊笑了。美女建筑师终于说出了自己内心的担忧。建筑师的光环是美丽的，多彩的更像罂粟花的绚烂让人难以自拔。

"一直都在担心着，风中麦穗的创意产生之前我的脑海里一片空白。"黎昊苦笑地说道。

"那又如何有了风中的麦穗?"

"生活,不失去生活的本心就不会失去创作的灵感。"

"我们每时每刻都在生活,但许多人都失去了创作的动力。"姬超轶讥笑地说道。

"那不是生活而是活着罢了,害怕与担心是人类正常情感之一。"黎昊依旧轻笑着。

姬超轶大笑起来,她吃了一口菜后嘲讽地说道:"风水学是建筑学的一部分,哲学却不是。"

黎昊尚未答话,姬超轶的电话响了。她看也不看就挂了,这是她第二次拒绝接电话。

"也许有急事,接电话不会影响我用餐。"

"此时最重要的是与大师吃饭,还有什么比这更令人高兴。"姬超轶说道。

黎昊再次笑了,他从眼前这双漂亮的眼睛中看出了嫉恨。他明白了此时姬超轶的感情是复杂多变的。

充满火药味的聚会结束,黎昊先为姬超轶叫了出租车,并把她送到车内。美女的身影还未消失时,黎昊看见从阳光酒店出来的杜宇,不过站在庭院灯下的杜宇并没看见黎昊,他正殷勤地照看着小鸟依人的女友陆梓。

站在夜色下的黎昊,迟迟未动步离开,仿佛在等待着什么。然而,黎昊期待的并未来到,他依旧没有接到叶穗的电话,甚至是一条祝贺的短信都没有。

"叶穗,你的心是石头做的吗?"黎昊看着朦胧的夜空喃喃自语,他觉得自己快要抓狂了,他不知从几何时就再也难以忘记叶穗,即使当年和柳含烟热恋时也不曾有过这种感觉。

　　顾承遗来电话了，迪拜五星级酒店的建筑设计需要黎昊回去交流技术问题。近几日，黎昊整天都在忙着，他要安排好赶赴迪拜后的一些事项。

　　他把寰宇房地产公司的会所和五星级酒店的方案交给杜宇和叶穗，要从他们的方案中择优选取。而住宅区规划中的各户型根据市场调研大致有了各自的比例，技术层面上的事他全定下来了，就剩具体的设计方案和图纸。仔细斟酌之后，他把十二套住宅户型分别分配下去。当把文化公司办的公大楼图纸也交出去后，黎昊松了一口气。

　　这一日他和钟丁山从新悦酒店吃完饭出来。钟丁山要开车去接女儿薛懿过周末，他心里虽然放不下薛诗雯却终于接受了眼下的事实。他从薛诗雯平静的目光中看出，她放弃了他们的爱情，成功地建立了另外一种婚姻生活。

　　"回顾往昔的幸福或痛苦都是多余，把握现在方是首要的。"

　　"放心吧，我既不追忆往事也不展望未来。"

　　"此去法国不会久留，我走了。"

　　目送钟丁山走后，黎昊返回设计院。在院门口，他遇到几位刚打完羽毛球回家的设计人员，杜宇和谢子尧都在其中，他们相互招呼一声就此别过。绿化带上的树木、广告牌投影到人行道上，门厅那儿的四个大灯笼未灯亮，整个大楼笼罩在夜色里静悄悄的。此时黎昊的心情亦如这栋楼一样。他站在大楼的阴影中拨通了姬超轶的电话。

　　"我是黎昊，周四去法国。"

　　"太急了，不过够我安排手头的工作了。"

　　"九点钟的飞机，机场见。"

　　近来黎昊忙于画图，忽略了锻炼，他决定徒步走上楼梯。

设计人员最怕的就是颈椎和腰椎的疾病，但由于精力有限，体育活动中他们多数选择了体力消耗不大的羽毛球运动。在法国时，黎昊常打网球和高尔夫球，回到省城，便入乡随俗改打羽毛球了。

楼梯间越走越黑，黎昊却在黑暗中感到一种得到释放的轻松。他太累了，想要在黑暗中做出一些有违常规的事来，但最后还是忍住了，一本正经地往上走。

他来到接待室，坐下来拿出一支烟抽起来。他没有开灯，只是静静地抽烟。寂然无声中，只看见明灭不定的星火在黑暗中闪烁。接连抽了五支烟，他却依然没有停下的意思，他很少这么抽烟了。他本想再看一看初步设计文本，但心静始终不下来，今天他一直想在离开前与叶穗单独见一面，却苦于找不到借口。一下班，叶穗就被岳子明接走了。

电梯门打开的叮咚声响了，黎昊正疑惑谁这么晚会到院里来，却听见脚步声向着他走来。他吸了一口烟，心跳加快了。脚步声不会是别人的，只有叶穗有这样像兔子蹦跳的走路声。脚步在门外停下来了。他怕突然开灯会惊扰叶穗，便在黑暗中说道："叶穗，是我。"

"大师，这么晚了你在这儿做什么？"叶穗听出黎昊的声音，惊喜地说道。

"本想看看文本却只抽烟了，你来是为了……"

"我来拿招标要求，想在家里看。"说着叶穗打开了灯。

黎昊看见站在面前的叶穗已不是下午上班时的叶穗了。她换了一身休闲的棉质短上衣和短裤，披肩长发扎成了辫子。然而，就是这随意的休闲装，反而衬托出她青春的艳丽。他情不自禁地跟着她来到电脑桌前。

"一个人来的?"

"一个人，拿文件需要几个人?"叶穗一边从书柜上取下文件一边说道。

"你的身边总有一个小尾巴，难得能与你在一起。"

"上班的八个小时大家可都是在一起的。"

叶穗取上文件就想走了，她看了看立在身后的黎昊说道："我先回去了。"

"去陶然居喝杯茶。"

"太晚了，改天吧。"

"那我送你回去。"

"不顺路，我要去的地方与大师不在一个方向上。"

"有了车到哪儿都不远了。"

出得院门，黎昊请叶穗在院门前等他去把车开过来。车缓缓地驶来，黎昊要下车为叶穗开门却被她制止了。她熟练地坐上车，微笑着说了西关的地址。

汽车缓缓启动，一路上两个人都静默无语。车刚拐入左卫路，黎昊就看见不远处岳子明的车。岳子明开着一辆蓝色奔驰车，那是他姑妈赠送的，他为了工作便接下来了，否则他会挤公交车上下班。岳子明五岁时父母在登山时意外丧身，他的姑妈收留了他。

奔驰车拐入住宅小区的单行道上，黎昊也跟着往前走。

"大师来过这里?"

"没来过，有人来过。"

黎昊看见岳子明停下车走进一套住宅楼里，他猜测着叶穗一定是租住在阳家的房子里。他瞥了一眼叶穗，发现她并没有看见岳子明。

"要去多久？"叶穗临下车前终于问出了心中所想。

"你不会为我的离去而伤心吧。"

"请放心，我不会为任何人的离去而伤心。"叶穗气愤地说道。自从她知道黎昊去法国要带着姬超轶同行，她就莫名其妙地生起气来。

"那我就放心了，我明天就离开了，不说再见吗？"

车刚一停下来，叶穗从车上跑下去，连个再见都没说。黎昊看着叶穗跑开的背影，却始终没有离去，他不放心让叶穗和岳子明单独在一起。

叶穗回到家里就看见岳子明坐在客厅里，她尴尬一笑，把包放在玄关那儿。岳子明同样尴尬地笑了。这是他回国后第一次与叶穗单独在一起，双方都有些不知如何相处。那些曾经亲密的微笑都消失在时间的长河里。

"我不记得学长也租住在这里。"叶穗率先打破沉默。

"今晚只是借宿，夜里要写材料，明早到建设局办理规划审批。抱歉，打扰了。"

"阳子呢，回来吗？"

"她不会来的，姑父治病刚回来，她要做孝子。"

"阳董事长得了什么病？"

"肝硬化，若不是姑父的病我也不会学商科。"

"学长是阳家的继承人了。"

"那是阳家的事业并不是我的，我只报答姑妈的养育之恩。"

相比于父母双亡的岳子明，叶穗感到自己还是幸福的。她不禁对岳子明产生了怜惜之情，有一阶段她恨他，此时她希望他能得到全部的爱。

"学长要住那一间？"

"还住我原来那间卧室吧，如果还在的话。"

"这是阳家的房子，学长请自便。"说完叶穗走到玄关处拿包里的招标文件。

叶穗去卧室时看见岳子明在厨房里煮牛奶。她已经很久没喝牛奶了，记得最后一次喝牛奶还是与岳子明在一起时的夜晚。那一天晚上在图书馆，她久等岳子明而未果，所有的怒气都撒到那两袋牛奶上了。自与岳子明认识后，她去图书馆时总会买两袋牛奶带着。

岳子明端着一杯牛奶从厨房里出来，笑着说，"喝牛奶，热的更好喝。"

"我很久不喝牛奶了，都快忘了牛奶是什么味道。"

"喝吧，我也很久没与你一起喝牛奶了。"见叶穗犹豫，岳子明又说道，"凉了可不好喝。"

叶穗笑着伸手拿过牛奶，她仿佛又看见了四年前的岳子明，那时他们真的很快乐。这时，叶穗的电话响了起来，是黎昊打来的。叶穗对岳子明点了一下头，便侧身进了卧室。

"大师，您有什么事吗？"叶穗心里觉得奇怪，他们不是才刚分开。

"招标要求要仔细看，不能一边聊天一边工作，这样没有效率。"黎昊口不择言地说着，他担心叶穗和岳子明旧情复燃，却不知道要如何去阻止。

"我知道啊，正准备去看材料呢，那我挂了。"叶穗说着就要挂断电话。

"等一下，"黎昊有些着急地喊道，看见电话未挂断似是舒了一口气，"明天我和姬超轶一起去法国，她想到那边发展，我想着也就是举手之劳，便帮了她一把。"

"这些事大师不用向我报告。"叶穗虽然嘴上这样说,但她心里却很开心,原来是自己想多了,她还以为黎昊又和姬超轶勾搭上了。顿了一下,叶穗对着手机说道,"大师一路顺风,早日归来。"

有了这句话,黎昊的心便踏实多了,他开车调头离去。

等叶穗看完招标要求从卧室里出来,岳子明已不在客厅里。她看见对面卧室的门缝里散发出灯光,而屋子里则传来敲打键盘的声音。叶穗总觉得,岳子明和以前有些不一样了。

第二天清晨,叶穗起来时岳子明已经走了,餐桌上则摆着她爱吃的蛋花米酒和刚出炉的法式烤面包,她记得阳子说过东关那儿有一家法式面包店。

惊 变

黎昊去了法国，办公室里的气氛轻松起来，大家都觉得没有人在后面催图的感觉真好，虽然还是埋头画图，心里的紧张感却没那么重。叶穗来到办公室没看见苏慧，黎昊走了，苏慧也不用上班了，她上班只为黎昊一人。

杜宇埋头做方案，谢子尧依然优哉游哉。流水别墅的主体建好了，到了十月外围护结构就全部结束，来年的春天再做装饰。他和梅子在流水别墅的项目部里住了半个月，昨天才回到市区。在石山中的日子，他觉得才是真正的日子。

赵雪梅过来埋怨谢子尧害她赔了钱，投到基金的钱赔了一半了。

"我可没让任何人买基金，更没提供过任何建议，赔了与我没关系。"谢子尧慢腾腾地说道。

"只能怪自己了，没人拿刀架在脖子上逼我买。不过又不是我一个赔了，叶穗前几日购买的肯定是赔了，是不是叶穗?"赵雪梅说道。

"你就记得那么清楚，除了叶穗赔了，你还记得谁赔钱了?"

杜宇嘲讽地说道。

设计院的人都知道赵雪梅就是这样的人，自己做错事总想拉个陪葬的。

其实叶穗知道杜宇在基金上赔的更多，设计院大多数的设计人员都购买了基金或股票。他们都是跟风，听见人人都在买股票或基金就贸然跳入股市。眼看着股票一路跌下来却毫无反应个个成了哑巴，也许只有谢子尧能保本吧。

赵雪梅被杜宇气得一句话说不出来，悻悻地走了。

坐在电脑前，叶穗的脑袋里一片空白，会所和五星级酒店的建筑创意一丝一毫没进入大脑里。她想出去走走，更想去图书馆借阅建筑图册。从设计院出来，她直奔省大的研究院校区。在路上，叶穗给黄蔓殊打了个电话。黄蔓殊有课，让叶穗拿借书证直接去图书馆，课后再去找她。

叶穗再次走进省大，却并无依恋之情。她在这里度过了五年的大学生活，有四年是在思念中过来的，她在对岳子明的思念中并没有认真地看过省大的校园。

今日走在水泥路上，叶穗感到省大对她来说是陌生的。足球场四周种植着紫穗槐而不是她自认为的紫丁香，校园主道的松树曾几何时换成了海棠树，宿舍区前的树木也不是她自认为的桃树。但这些树木都有几年的树龄，枝繁叶茂。

叶穗来到图书馆门口碰见着急要走的学妹。这一定是黄蔓殊的主意，她难得有心急上火的时辰，这些鸡零狗碎之事自会有学妹自告奋勇来完成。

"你是叶穗学姐吧？"

"我就是，你……"

"蔓殊学姐让我把借书证交给你，再不来我就要走了，学姐让你等她。"学妹把借书证递给叶穗说道。

叶穗拿着借书证来到图书馆四楼的工具用书区域。她看见了最新的《建筑学报》和最新出版的各建筑大师的图书，当然，省大的图书馆少不了贝聿铭的《建筑作品集》。叶穗找到了弗兰克·劳埃德·赖特的作品《现代建筑名作访评》。赖特的出名固然是因为流水别墅，但叶穗更喜欢他所提出的自然简洁的建筑观。

在建筑艺术的徜徉中不知不觉过了两个小时，叶穗被黄蔓殊的电话叫醒。她已到了图书馆的门厅了。叶穗抱着《建筑学报》《现代建筑名作访评》和贝聿铭的《建筑作品集》走出来，这时黄蔓殊衣裙飘飘地走上前搂住叶穗。与黄蔓殊分开，叶穗也看见关翎从后面闪出来。

"猜还会有谁在这里？"关翎卖关子说道。

叶穗笑了，一定是曲姗来了。她四顾寻找曲姗的身影，抬头就看见曲姗正立在图书馆左侧的紫阳花丛中。她冲过去抱住娇小的曲姗。

"走，我们去吃饭。"

"叶穗请客，只有她挣钱最多。"关翎说道。

"尽地主之谊嘛，有何难的。"叶穗快乐地说道，"去哪里？碧江路那儿有一家极好的火锅，或者吃西关那儿的粤菜？"

"去省大吧，再想吃这里的饭菜可不容易。"

"真会替叶穗省钱。"关翎酸溜溜地说道。

叶穗向前走了两步却发现黄蔓殊不见了，她回头看见黄蔓殊正对着学校大门翘首以待。顺着她的目光，叶穗看见一身戎装的刘若力。这时她心里才明白黄蔓殊为什么会被刘若力吸引。英姿飒爽的刘若力步伐一致地走过来，文雅地向她们三位女士打过招呼后，就寡言地站到黄蔓殊身边。

黄蔓殊微微一笑，对着三人说道："下午五点钟我有陶艺课，然后若力今天也难得放假，我就不陪你们了，改日再聊。"黄蔓殊一边挽起刘若力的胳膊一边说道，"再见。"

"这真是爱情的魔力，谁能想到如今的黄蔓殊会放下身段爱上一位士官。"看着走远的一对恋人，关翎说道。

"爱过就懂了。"叶穗说道。

关翎不置可否，领头走向食堂，同时说道："把设计院的钻石王老五介绍给我吧？"

"钟老板家大业大有自己的公司，你还能看上为人打工的建筑师？"

"你去问钟总看上我没？"关翎气恼地说道。

"建筑大师都是白手起家，不到四十入不了你的法眼。"叶穗笑着说道。

"那是我的事。"

"谢子尧可是建筑大师？"叶穗故意问道。

"省省吧，过了气的建筑大师就像生锈的钢材不会再发光了。"

"流水别墅可让谢师再次发光了。"

曲姗和叶穗笑起来，关翎从不隐瞒想要找长期饭票的意图。

"来省城何事？你那位白马王子呢？"叶穗将目光转向曲姗，边走边问。

"为了省城的地铁项目，他不是建筑行业的不能陪同前来。"

"能呆几天？"

"两三天吧，地形、地貌了解清楚就走。"

叶穗和曲姗找到一处安静的角落坐下来，关翎则忙前跑后地买各种食物。叶穗看到关翎忙乎的差不多时，便起身去付款。

"还想吃什么？吃不完带回去，不要替叶穗省钱了。"关翎打趣道。

"想省也省不下来，叶穗的钱都被你作主了，这里全是你最爱吃的。"曲姗看着眼前的菜肴说道。

"若不是这样就不是我关翎了。"关翎自嘲说道。

她们哈哈大笑，笑声引来了周围男生的关注，但三人依旧旁若无人地聊天，黄蔓殊的不在场并未影响到她们的好心情。

"那不是杜宇吗？"曲姗突然指着前方说道。

叶穗转过头，看见杜宇正殷勤地围着陆梓转悠，他做了一个不要打扰他的手势，立刻转过身去挡住陆梓的视线。

"杜宇以为我们都是阳子。"关翎嘲讽地说道。

"阳子有什么不好，直来直去更让人放心。"曲姗打抱不平地说道。

吃过饭后，她们来到校园操场四周的丁香树林中。微黄的树叶随风而落，引来曲姗多情的眷顾，她跟着时而浮起、时而落下的树叶跑。如今只有曲姗还在追逐落英，大一时可是她们四个人都在追逐落英。

叶穗离开省大时看见杜宇的车缓缓驶来，他停下车探出半个身子说："今天我不回院里了，给我打个掩护。"

"没问题，这可是为了陆梓。"叶穗看着陆梓笑着说道。

"不画图挣钱了？房贷要从图纸中出。"关翎讥笑地说道。

"只有巢窠还不行，要有凤凰。"

她们齐声大笑，曲姗笑弯了腰。陆梓拉了拉杜宇的胳膊，示意让她们上车。

"上车，送你们。"

她们嘻嘻哈哈地坐上车。

"先送我，公务员可不能迟到。"关翎笑着说。

"远客来了也不谦让?"杜宇讽刺道。

"我是人民的好公仆，从不迟到。"关翎并不在意杜宇的语气。

汽车来到建设局刚两点钟，关翎飞跑着进了建设局的独院。曲姗和叶穗同时在建筑院大门外下车的，曲姗就住在对面的新悦酒店。不等陆梓对她们说再见，杜宇一踩油门就开车走了。叶穗大笑起来，这个杜宇就是在乎陆梓，恨不得一天二十四小时与陆梓黏在一起。

曲姗把从家乡带来的白茶递到叶穗手里："没什么好的，家乡的白茶，我知道你喜欢喝。"

"谢谢，这是我的最爱。"叶穗说着跑进大楼。

刚到走廊里，叶穗就听见赵雪梅尖锐的声音，还看见两个凑在一起的脑袋。

"大师带着规划院的姬超轶去了法国，我还以为他会在院里找一位红颜知己。"赵雪梅幸灾乐祸地说道。

"姬大师是为工作上的事出去的。"闫香印说道。

"目空一切只能人财两空，识取投机会，莫作等闲看。"赵雪梅说道。

"你少说两句吧，并不是人人都看好大师。"

"人造美女可不是这样想的，还有一时出了风头的叶……"

"还没说正事呢，上次帮我邮购的《满分作文》收到了，谢谢了。"闫香印打断赵雪梅的话说道。

"举手之劳，没想到晶晶明年就要高考了，时光似箭，日月如梭。"

"我开通了网银，以后试着网购了。"说完闫香印站起来要走。

叶穗快步退到疏散楼梯那儿，她听见闫香印进了电梯方走出来。虽然知道黎昊携美女建筑师赴法国是为了公事，她的心还是像窗外阴云密布的天空一样惆怅。路过赵雪梅的办公桌，她浅浅地一笑就过去了。对于赵雪梅在背后议论别人是非的行为，她早已见怪不怪了。

回到办公桌前，她看见阳子俯身在电脑前规划一期的住宅。叶穗把彩绘本的建筑图册和书放到桌子上，然后坐在椅子里随手翻开贝聿铭的《建筑作品集》。

"阳子，曲姗来省城了。"叶穗一边翻看图册一边说道。

"这么快就回母校了?"阳子果真直起身子，兴奋地说道。

"为了省城的地铁项目。"

"明晚咱们聚一下。对了，建设批文下来了，岳子明为这事可是跑断了腿。"

"不然改在今晚呗，曲姗就住在建筑院的对面。"叶穗避重就轻地答道。

阳子看了一眼玻璃那头的周越，语气非常坚定："今晚不行，我和周越约好去看电影。"

"你就那么肯定爱的是周越?"叶穗想起那位施工方的美女质检员。

"比任何时候都肯定。"

"我想周越也会是你爱情中的一滴露珠。"

"我已经过了学生式的迷恋。"

叶穗知道自己多说无用，便合上图册，打开电脑，同时拿出手机给父亲打电话。她告诉父亲自己中午回学校了，但她提出要回去看望时却被拒绝了。叶教授说下午有个讲座，他要整理讲义。叶穗的心落地了，却不清楚是因为欣慰还是解脱。

有好一阵子没听见阳子的动静，叶穗抬头向左侧看去，旁边的电脑桌前又空了。她透过百叶窗的缝隙看见阳子正与周越那儿谈笑风生。前期的建筑还未提交给他们，目前他们有大把的时间杯茶言欢。叶穗笑了笑，低头画图，一会儿又停下来了。她不知要画什么？方案还未在她脑海里成型。

六点钟，谢子尧大喊一声下班了。听见谢子尧的喊声，周越站起来要走。

"周越，今天不是约好要去看电影吗？"

"临时有事，改天吧。"

"改了三次了，今天是第四次，我可有证人。"

"不要把什么事都弄得像房屋的梁柱一样不能更改一丁点儿。"周越不高兴地说道。

"我最不喜欢变来变去，你到底去不去？"

"我真的有事与人约好的。"

"阳子，周越有事，我陪你去。"叶穗从电脑上抬起头说道。

"看不看倒没什么，只是他瞒着我。"

"非黑即白、非方即圆在当今社会可行不通了。"周越的语气更加不好了。

"周越快走吧，我会陪着阳子。"

周越像得了圣旨一样转身离开，无视阳子愤怒的眼神。

苦思冥想的叶穗，突然被一道开心的笑声吸引了，她看见梅子笑嘻嘻地走了进来。

叶穗从眼前的梅子身上再也找不到几个月前的阔太太形象了，梅子从悠闲的无所事事的少妇转变成了干练的工程师：蓬松的鬈发扎成马尾，身上穿着深蓝色的工装衣裤，脚登耐用的劳保鞋，兰蔻香水的香气变成混凝土特有的气味。她经过阳光暴晒、尘土浸染的脸也变得有些粗糙了。

但在谢子尧的眼里，梅子却更加漂亮了。他眼里的仙女降落到尘世中来了，她与他的距离更近了。如果梅子总是以优雅的、悠闲的太太身份出现，他和她不可能那么亲近。他趁梅子翻看建筑图册时，想把户型的方案做出来。

"叶穗，把寰宇公司户型种类的数据发给我。"谢子尧突然间大叫道。

寰宇公司几个字把叶穗吓一跳，一个下午她想的几个字中就有寰宇这两个字。叶穗从发呆的状态中恢复过来，手忙脚乱地找到谢子尧要的文件。

"发过去了，谢师要做的是 F、H 户型的方案。"叶穗完成了发送任务后说道。

"收到了，谢谢。"

谢子尧在电脑上设计户型，梅子坐在旁边的椅子上以女性的眼光提出中肯的建议。

"如果是我的家，厨房一定要大些，卫生间也不能小。"梅子指着图说道。

"这就是你的家，还有什么建议？"谢子尧不紧不慢地说道。

"窗户尽可能的大些，一楼的住户通过窗子能走到小院里。"

"金玉良言呀，还有呢？"

"开敞式的公用间，不要有隔墙，阳台与客厅之间无障碍地相连。"梅子越说越兴奋。

"是不是你的家了，你的意愿就体现在图纸中了。"谢子尧温和地说道。

"听说寰宇公司的总经理岳子明也在设计自己的家。"梅子随意地说道。

叶穗再次被岳子明三字惊醒，她的心狂跳起来了，耳朵支得更高了。

"岳子明本科专业就是建筑学啊。"

"不能学以致用太痛苦了。"梅子感慨一番后拿起建筑图册。

谢子尧忙着修改图纸，没注意到梅子的茶水喝完了。梅子若无其事地走到饮水机那儿接水，并给谢子尧的茶杯倒满了水。谢子尧看见后微微一笑，梅子则报之以微笑。

"谢师的家是什么样的?"梅子低声问道。

"你看见过了。"

"鸟屋吗?"

"就是眼前这个。"谢子尧开心地说道，"这就是我要订购的期房。"

听见谢子尧的话，梅子没有答话而是深情看向谢子尧的双目。谢子尧却放下手中的鼠标，抬头望向对面那张严肃的脸。梅子的频繁出入早引起了赵雪梅的注意。

"到建筑院上班吧，梅子快成谢师的顾问了。"赵雪梅讥笑地说道。

"借谢师的手设计我的家，出了钱就要满意。"梅子坦率地回道。

"流水别墅建设到什么阶段了?"杜宇似是故意要缓解一触即发的紧张气氛。

"主体快要完成了，场地和装饰要来年再干了。"

"梅子学什么专业的?"杜宇问道。

"景观学。"

"流水别墅应是你和谢师合作的效果了。"杜宇好奇地说道。

"主要是子尧的功劳。"

听见梅子把谢子尧叫的如此亲密，赵雪梅笑了，杜宇却装得没有注意到。

"哪个学校毕业的?"赵雪梅问道。

"南京大学。"

"不用问就知道，赵师以前一定是克格勃专业出身的。"谢子尧嘲讽地说道。

杜宇大笑，赵雪梅讨个没趣便回到自己的办公桌前。秋日的阳光照在她的脸上，她探身把窗帘向前拉一下，透过玻璃她看见杜宇的小恋人刚走进院子的丁香树下。

"杜宇，陆梓来了。"赵雪梅说道。

"来早了，图还没完成。"杜宇懒洋洋地说道。

"快去吧，人家在底下等你呢。"赵雪梅说道。

叶穗笑起来，她知道杜宇又接了地下工程。杜宇想着陆梓是不会上来的，收拾好用具慢慢腾腾地走了。赵雪梅则趁机跟着出去了。

一会儿梅子和谢子尧拿着安全帽走了，周越不知什么时候也溜走了。偌大的办公室里只有叶穗一个了人，她想集中精力好好想想会所的方案。一整个下午，叶穗没在电脑前画一条线段，却把自己整得头疼脑热。

突然间，她明白了她不是在想方案而是想黎昊，时刻不停地想着黎昊。

柳含烟站在门外寻问黎昊时，叶穗还以为这位异国美女是来委托合约的。打眼一看，仿佛是来自法国的美女，雅态轻盈。明眼人一眼能看出，她不是久居大陆的人。叶穗的目光移不开了，想要听一听她想说什么？阳子一反常态的平静，精力始终集中在规划图上。

令更多男士抬起头的却是浓烈的 Caron 香水，但谢子尧看了一眼就低下头去。他起初以为梅子换了香水的品牌。周越欣赏了一会儿后，望洋兴叹。杜宇却不依不饶地盯着美女，无奈柳含烟毫无赏脸之意。

第一个做出反应的是苏慧，月末了，她不得不来事务所做报表。柳含烟目光所极之处的女性中最关心黎昊的也要数苏慧了，此时最关注柳含烟的也是苏慧了。

"请问您是？"苏慧问道。

"我叫柳含烟，黎昊的朋友。"

"请进，黎大师去了法国。"苏慧一边说一边指示柳含烟坐在待客的沙发上，"柳小姐喝什么茶？大师有上好的绿茶。"

"在法国时，黎昊只喝西湖的龙井茶。"

柳含烟话语中与黎昊的亲密令苏慧正要拿茶叶的手停在半空中。她再次看了一眼柳含烟说："柳小姐，你喝什么茶？"

"我喝的与黎昊一样。"柳含烟笑着说道。

苏慧走过去看了一眼黎昊书桌前的茶叶筒站住了，随后她转过身说："不凑巧，龙井茶喝完了，只有三炮台。"

叶穗记得这盒三炮台是文化公司的李立群拿来的，这是他的一位客户送给他的。李立群说南方人喝不惯北方的茶，想着黎昊是当地人或许会喜欢喝。黎昊收下茶叶当即泡了一杯盖碗茶，但自那之后黎昊再没喝过三炮台茶。

"入乡随俗，黎昊什么时候回来？"柳含烟说道。

"说不准，也许一两天之内，也许一两个月之后了。"

"不急，我会在国内待一段时间，足可以等到他回来。"

"大师如果一两个月后回来，住宅小区的项目就要违约了。"阳子着急地说道。

"谁说得准？也许大师今晚就回来了。"苏慧轻笑着说道，"柳小姐回国有什么事？"

"我和黎昊的情义源远流长，只能为情回来。"

这句话一出，苏慧整个人都呆住了，黎昊可是她追求的目标。但在情感的博弈中，苏慧久经沙场，更见多了虚张声势的人。她笑了笑走到饮水机接上滚烫的开水，优雅地把茶杯放到柳含烟的茶几前。她却没注意到，柳含烟把她的惊异之色全收到眼里。

"你可以慢慢等，黎大师回来后我会通知你。"

"谢谢，这是黎昊的作品吗？像他的风格喜欢用蓝色调。"柳含烟指着文化公司综合楼的效果图说道。

"是大师的作品，我要做报表，你慢慢欣赏。"苏慧说完转身去做报表。

柳含烟被晾在那儿，浑然未觉。她走过去细细看完黎昊作品的效果图，自言自语说："有时我总觉得他蓝绿色不分。"

叶穗一惊，最初看见大剧院的效果图时她也有这种感觉，不过后来证明黎昊的用色极为精准。方案被选中之后，色调经过几次的调整日臻完美了。

"你这是在做方案？什么的方案？"柳含烟不知何时已站到了叶穗旁边。

"会所的方案。"叶穗说道。

"怎么看都不像会所，倒像是派出所，会所要体现出包容性、隐私性和时尚性。"

叶穗听见苏慧的笑声，但她并不作回应，这方案只是她的初步想法。

阳子忍不住说道："有的人还不会做方案呢！"

"拿出火柴盒似的方案也叫会做方案？"苏慧讥笑地说道。

"首战告捷不多……方案并不是初出茅庐的学生一毕业就能做出来的。"柳含烟若有所思地说道，然后走到茶几前端起茶水喝起来。

"柳小姐也是建筑学专业？"叶穗问道。

"我和黎昊一个专业。"柳含烟微微一笑说道。

柳含烟开口闭口的说着黎昊的名字，只能让人猜测到他们之间的亲密。叶穗再也找不出想说的话，抱歉地对异国美女笑了笑。

柳含烟放下茶碗说："不打扰各位，再见。"

一转眼柳含烟不见了，轻盈如燕。正如叶穗所料，杜宇一个箭步来到她的面前，身后则尾随着周越。

"那才是真正的美女，若不是我与陆梓如胶似漆了，我一定要把她追到手。"

"追求柳含烟并不比追求陆梓更难，收起这些没用的闲话吧。"叶穗调笑地说道。

"我心无旁骛，完全有追求美女的条件。"周越调笑道。

阳子的脸涨红了，竟然没反驳。

"想要来一个女大三抱金砖？"叶穗头不回地说道。

这句话引来谢子尧、阳子的大笑，当然还有苏慧夸张的笑声。周越和杜宇无趣地走开了。叶穗静下心来把柳含烟所说的派出所方案又改了几笔，使其不太像派出所了。接着叶穗叹了一口气，女性想要在建筑业中有一席之地可真不容易。

黎昊拖着行李箱走进办公室时，叶穗和阳子正挤在一处看美剧《越狱》。待叶穗看清黎昊身后的项目经理潘时明，方明白他从机场直接去了工地。叶穗关了视频，正襟危坐等待大师的诘问。

"西天取经回来了？唐僧取经还有九九八十一难呢。"阳子不合时宜地说道。

黎昊却没空搭理阳子，他快步走到绘图桌那儿展开大剧院的图纸，立即和潘时明查看地基的基础图。

图纸哗哗的声音扰乱了叶穗宁静的心，她想不出工地上出了什么事，但愿不是她画的那部图出问题了。阳子不关心大剧院的事情，她低下头专心致志规划着开发区的总平面图。她把这次设计任务当成毕业设计来完成。

"果真是定位有误，幸好垫层还来得及整改。"黎昊说道。

"多亏大师看了工地，否则酿成大祸。"

"放线后让监理复核再施工。"

潘时明见问题得到解决，当即就要离开，此时他已心急如焚。工期催得紧，重新放线、开挖、施工垫层会耽误三四天的。

"既来之则安之，喝了茶再走。"黎昊已走到桌前拿起摆在上面的龙井茶叶罐，

"时间不等人，下次再喝大师的好茶。"说完潘时明就走了。

黎昊泡好茶自己享用了，喝着茶时他的目光落到了叶穗身上。叶穗做好承受他审视的准备，早上她象征性地拿出会所的方案，当然那不过是从建筑图册中模仿的作品，这个时候让她设计方案实在有点困难。她知道杜宇憋着劲想让黎昊刮目相看，两天前就做好了综合楼的方案。她在等他问，他却在等她汇报方案的事，也在等她问些别的事情。

"大师，眼看就要下班了，今天不说工作，晚上去欢乐时

光。"阳子率先打破了沉默。

"好，杜宇呢？"

黎昊走之前把希望都放在了杜宇的身上。谢子尧不想做公建，叶穗刚出道不会拿出像样的方案。在法国他接到邓昌博的电话，会所和综合楼的方案要公开竞标，他急着赶回来就是想要竞标方案。

"他去了世纪金都。"

杜宇想要详细了解开发区周边的环境状况，他吸取了大剧院建筑方案中独立于环境之外的弊病，建筑作品若不能与环境融为一体将毫无价值。

"寰宇公司的公建方案要……"，黎昊想起阳子的话又停下来了。

"有位美女来找大师，来自法国的美女。"阳子随口说道。

"法国美女？我不认识法国的美女。"

"不认识当然好了，否则湘妃泪可要淹没碧江了。"阳子说完大笑起来。

"总比不流泪的人好吧，眼泪是情感宣泄的最好解药。"

"但眼泪往往带不来成功，只会让人厌恶。"

"有些人的成功却来自眼泪；一个从不流泪的人也许是一个冷酷无情的人。"

黎昊坦然自若地看着得意洋洋的阳子，其实他更是在看阳子身后快要落山的夕阳。在巴黎他常常怀念省城的夕阳美景，身处高楼大厦中他几乎看不到夕阳，而此时屋子里蒙上了绯红的夕阳之光，景色美不胜收。当屋里渐渐暗下来时，他才从玫瑰红的遐想中回到现实。

黎昊依然一脸的严肃，刚才的话让他想起来，他第一次获得成功的动力就是来自于母亲的眼泪。母亲临别时是流着眼泪走的。

"下班了，先填饱肚子。"阳子似是被黎昊说动了，主动转移话题。

"我换身衣服再去。"黎昊拖着行李箱走了。

杜宇打来电话，他和陆梓直接去欢乐时光。岳子明也打来电话，他不来了，阳董事长要了解小区的工作进程。叶穗松了一口气，阳子总是要撮合她和岳子明，可是岳子明对她总是不冷不热的态度，叶穗甚至有些想要逃避岳子明了。

倚在门框上的周越见到叶穗和阳子走来就笑了："杜宇的专车要接陆梓，坐我的车。"

"把戴瑞娟叫上吧，冷落美女的罪我可担当不起。"阳子讥笑地说。

叶穗笑起来，看来阳子总算从周越的恋情中解脱了。

"她另有安排了，走吧。"周越开心地说道。

来到大门外，叶穗看见早已等候在路灯下的曲姗。

"不能少了你，今天你是主角。"阳子对上车的曲姗说道。

曲姗哈哈一笑："隐瞒得好深呀，想不到你竟然是阳家的千金，以后可要照着我。"

阳子也笑起来，她喜欢曲姗的单纯和简单。

黎昊走出设计院大门，突然看见凤栖路上有一道熟悉的人影一晃而过。但路对面的人群风流云散，他想要再找那道人影却毫无头绪。黎昊以为自己出现了幻觉，便打车回到碧石湾的别墅，他住在这里只有短短几个月，却有回家的感觉。

此去法国，他和顾承遗在五星级酒店项目中达成了共识。姬超轶也看到了想看的，当然二十日内不可能学到更多的知识，也许以后她有机会去法国做项目。想到这里，黎昊打开行李箱，把衣物归类好就进了浴室。

躺在浴盆之中，黎昊整个身心都放松了。他笑起来，不知自己为何急匆匆地要去建筑设计院。办公室那一幕，他知道了还要再苦干两个月。如果杜宇的方案可行，他还能歇息一下。

黎昊从浴室出来换了一身干净的白衬衣和休闲西服，并在手腕处喷了些 Davidoff 香水。他在穿衣镜中把头发梳成向后飘的样子，并定了型。他看见镜中的人已没有了刚下飞机的疲惫之色，快乐地笑了。他打开冰箱看了一眼存放在里面的速食品，却没有胃口，索性出了门。

保时捷轿车在欢乐时光的后院里终于找到一个停车位。走到门口时，黎昊的心怦怦地跳了起来，他突然有点害怕，却不知为什么。

叶穗包了一间豪华的包间，昏暗的空间里挤满了她熟悉的人。陆梓和黄蔓殊分别被各自的男友搂在怀里跳舞，周越则像金秋的蚂蚱到处跳跃。

看到黎昊到来，阳子第一个跑过去把他拉到沙发中央坐下。等黎昊的眼睛适应了这里的光线时，他注意到叶穗正在唱《西海情歌》。此时黎昊方才明白，原来他害怕看见叶穗和岳子明在一起。他四处张望没看见岳子明的身影，心里顿时松了一口气，目光便也集中到手舞足蹈的叶穗身上，这是他第一次看见如此开心的叶穗。

待叶穗的歌唱完，下一首便是刘若力的《在那桃花盛开的地方》。刘若力已经手握话筒来到右前方，黄蔓殊则陪在一旁。

黎昊又继续查看屋内还有哪些人，他看见关翎却没看见钟丁山。他知道近期钟丁山为着前妻的事而冷落了关翎。

"大师想唱什么歌?"叶穗走过来大声地问道。

"我不擅长唱歌。"

"出来就是为了高兴,这里没有专业选手连业余的都没有。"阳子开心地说道。

"哈哈,那来一首 Scarborough Fair。"

"《因为爱情》唱完就是大师的歌。"阳子点好了歌跑来说道。

曲姗的一曲《因为爱情》把大伙都唱沉默了。不知是因为唱的太好,还是因为想起各自的初恋,空气中蕴含着一触即发的躁动。然而,下一首伴奏音响起来时却不是 Scarborough Fair 的前奏。黎昊正奇怪时,眼睛忽然被一双冰凉的手蒙上了,歌声也在同一时间响起:

我悄悄地蒙上的你的眼睛

让你猜猜我是谁

从 Mary 到 Sunny 和 Ivory

就是不喊我的名字

我悄悄地蒙上的你的眼睛

让你猜猜我是谁

从 Mary 到 Sunny 和 Ivory

却始终没有我的名字

为什么你的双手在颤抖

笑容凝结在你的眼中

难道你对我会有所改变

我不再是你的唯一

……

黎昊猜出了这双冰凉双手的主人,但他听见的更多的却是周越、杜宇、阳子等人的尖叫声。陆梓怯生生的声音也穿透了嘈杂的喧闹："大师的爱情好浪漫呀。"

谁也不道柳含烟什么时候来的，但她带来的戏剧性效果却令在场的人兴奋。阳子甚至为柳含烟的到来而庆幸，这样黎昊就不会一直缠着叶穗了。当然，柳含烟并没有等歌唱完就松开了双手。她大方地走到前台唱歌，后面的男声部则由周越唱了。柳含烟是有备而来，举手投足皆显示出女人的妩媚。她的手随着歌声在空中一扬，就征服了舞池里的男子。

柳含烟的一举一动，似乎都在向人们昭示她和黎昊的关系匪浅。黎昊从柳含烟举起话筒的左手上看见了自己送给她的那枚订婚戒指，但他的心思并未多做停留，目光立即看向叶穗，他捕捉到了叶穗的失望。然而，他却无从分析失望代表着什么，只感到跳跃的心落入深渊。

他的手无意中探向贴在胸口上那枚戒指，戒指的温度完全与体温融为一体了。他很久没想到这枚戒指，它已经成为了身体的一部分。

歌曲唱完，掌声雷动。伴奏响起的真空时段，柳含烟来到黎昊的身旁。

"你喷了 Davidoff 香水，这是我的最爱，最初的 Davidoff 还是我……"

她的话被音乐、笑声、起哄声湮没了，朋友们的起哄声却比乐曲更响。Scarborough Fair 的歌曲本是为黎昊点播的，此时倒真像烘托他们的爱情一样。

"含烟这不是谈话的地方，到外面去。"

黎昊扭头就走，再待一分钟他会颜面扫地。隔音门被关上时，他听见许多的喊声："大师好浪漫呀。"他出门时并不知道柳含烟是否跟着出来了，但他确定她一定会在出口处等着他，柳含烟可不是为了出风头回到国内的。黎昊把车开出来，停在稍靠后的出口处。

娇小的身影刚出现在昏黄的灯下，黎昊就把车开过去。柳含烟轻巧地坐上车，她想找黎昊说话，却从视镜中看到黎昊始终是面无表情，只好苦涩地一笑。车顺着碧江路向西开去，最后来到人迹稀少的碧江上游。黎昊把车停靠在江畔的紫穗槐下，径自下车。

北方的风从来不是温柔的，冷硬而强烈。南方女孩柳含烟无论是在巴黎还是在北方，深夜都受不了金秋的北风。她那身性感的洋服更是留不住一丝一毫的热量。

"把你的西服借我一用。"柳含烟用甜蜜的声音说道。

黎昊冷硬地笑起来，曾经在塞纳河边也有人向他借衣服一用。他以为与她是第一次相遇，她却观察他三个月了。为了能结识他，她常常去他经过的各个要塞。终于有一天，他在深夜看完《冬之心》后来到塞纳河边，她走了过来。那时他正俯身在栏杆上望着幽幽的河水，想着影片中的男主角。尾随他的柳含烟轻飘飘地走上来说："把你的西服借我一用。"

多么美好的相遇！黎昊当然没有忘记新婚之夜，她对他的羞辱。三年中他再没见过她，却常听见她的事情。两年前她成为另一家建筑事务所的合伙人了。

人们常说第二次被蛇咬就是愚蠢，但黎昊的绅士精神最终战胜了他对柳含烟的厌恶。他脱下西服递过去，不过也一直远远的隔着柳含烟站立。

"你我的相聚真不容易，看来只能在异地遥望天上的月亮来思念彼此。"柳含烟转过身说道。

"为什么要回来，巴黎无你的立足之地了？"黎昊讥笑地说道，"真不像你！你可是身兼要职的合伙人。"

"因为我爱你。"柳含烟对黎昊的讽刺无动于衷。

"你爱的是那张绿卡，你已经得到了。"

"我用了三年的时间才弄明白了，我爱的是你。"柳含烟的声音饱含着痛苦。

"难道你要把以前不择手段换来的一切都拱手相让吗？"

"如果能换来你的爱情也值。"

"我没有时间与你再来一次恋爱，也请你不要打搅我的生活。"他转身向汽车走去，快走到车那儿时又扭头说道，"住在哪儿，我送你回去。"

"黎昊，为什么不能坐下来好好谈谈呢？"

"三年前我们已经谈得很清楚了，住在哪里？"

"那时我利令智昏。"

"伪装得挺像的，住在哪儿，我送你回去。"

"新悦大酒店。"柳含烟叹了一口气说道。

黎昊打开车门请柳含烟先上车，随后他坐到驾驶座位上。汽车向东驶去，他们谁都没再说一句话。黎昊把柳含烟放在酒店宽阔的台阶前，扬长而去。他已经学会了把那些恼人的事情像丢垃圾一样丢到垃圾筒里。

这一天夜里黎昊上床的时间，要比回国后任何一天都要晚。柳含烟的到来，无疑在他心中掀起了滔天巨浪。

从欢乐时光出来时已经半夜了，叶穗留宿在曲姗的客房里。阳董事长旧病复发，阳子中途被岳子明接走了。第二天，叶穗在温柔的阳光中睁开眼睛，听见窗外的鸟儿欢快地鸣叫着。她披衣而起，来到窗边拉开布帘，她不仅看见迁徙的鸟儿，还看见金秋中的红叶。

叶穗洗漱后，看到熟睡中的曲姗翻了个身。叶穗一边用毛巾把头发擦干，一边看了手机上的时间，刚八点。她猜测此时苏慧一定是坐在电脑前等候黎昊，她把电话打到座机上，让苏慧转告黎昊，她早上请假送曲姗。

电话还未关闭，叶穗就听见敲门声，原来是黄蔓殊手拿火红的秋海棠叶子站在门外。曲姗这时也已经起来，飞快地走了过来。她们三人搂抱在一起大笑起来，虽然分别的时间不长，她们却有很多的话要说。

"北方的纪念，带回去吧，只有北方有这么热烈的色彩。"黄蔓殊把叶子递给曲姗说道。

曲姗的手尚未触到叶子，黄蔓殊的手又缩回去了，她来到窗边的圆桌那儿，翻开了曲姗的笔记本把叶子放进去了。

"不来北方看不见这样美的景色，想要忘记就更难了。"黄蔓殊有感而发。

曲姗笑了，带头冲出客房，大叫着去吃早餐。餐厅里的菜食几乎没剩下什么，只有两位晚起的客人在进食。她们草草地吃过早饭便回到客房。

"子明学长就是你心目中的白马王子？"一进门曲姗就笑着说道。

五年大学生活，曲姗看不透叶穗，就因叶穗对向她示好的男生无一笑脸。昨晚岳子明来接阳子时，曲姗当即就看出来岳子明对叶穗情意绵绵。曲姗也发现叶穗在岳子明出现的瞬间，眼里闪出不一样的火花。

"我以前很喜欢他，现在不知道了。"叶穗叹了一口气，她的脑海里想到了黎昊。在她难过和无助时，一直是黎昊在帮助她，只是黎昊的身边却不停有美女出现。

"哇，隐藏的好深呀。"黄蔓殊轻言细雨地说道，显然是没看出来叶穗在走神。

"我还处于想要弄清自己感情的阶段，而你已陷入热恋中了。"

黄蔓殊从进门到这会儿，她已接了三个电话了。从她温柔的话语中，曲姗和叶穗都听出是刘若力打来的。

"我并不以为爱情需要三五年的考验或是适应期，如果不能在陷入热恋时产生结婚的冲动还不如不要结婚。若我是四个人当中最早结婚的，我为此高兴。"黄蔓殊说道。

"为婚姻高举爱情的旗帜。"曲姗笑着起哄。

曲姗接了个电话，她的同事昨晚去了西区，直接从那儿坐火车走。曲姗快乐地笑了，这样她可以与叶穗她们多待些时辰，她快乐地把手机抛向空中，又娴熟地接住。

"在婚姻中，我觉得爱情之外的因素都不是最重要的。"黄蔓殊那双制作出精美瓷器的手象征性地抚摸在跳跃的心口上。

黄蔓殊的话被来到门口的关翎听见了。她终于找到机会溜了出来，留下她的眼线坐在办公室。关翎一边脱风衣一边说，"我的婚姻里最重要的是面包，不过那些长期饭票却只想要爱情。"

"你就给他爱情嘛，两全其美。"曲姗一边整理行李一边说道。

"怎么能拿出自己没有的东西？"

"会有的，日久生情。"叶穗打趣道。

关翎坐下来补了补妆。

"钟丁山不在这儿，你化妆干什么？"黄蔓殊轻言慢语地说道。

"我只为长期饭票妆扮。"说完关翎和黄蔓殊她们大笑起来。

"若是这样，长期饭票太多了。"叶穗笑着说道。

关翎挤过黄蔓殊要打叶穗，被曲姗挡开了。突然间叶穗大叫一声，火车快要开了。她们只顾玩乐，竟是忘记时间了，现在坐公交车显然是来不及的。叶穗拿起手机打给杜宇，让她们绝望的是杜宇远在寰宇房地产公司的开发区，从那儿赶过来再去火车站怎么都来不及了。

"给备胎打电话吧。"关翎调笑地说道。

叶穗狠狠地看了关翎一眼道："我可不像你总是预留几个备胎以备不时之需。"

"别斗嘴了，给黎昊打电话，也许他能帮上忙。"黄蔓殊缓缓地说道。

尽管心里有所顾忌，叶穗还是把电话打给了黎昊，这个时候或许只有黎昊能帮到她们。

杜宇确实在忙着，他一大早就把酒店方案拿给黎昊审阅。黎昊只是快速扫了一眼，就看出杜宇的综合楼方案完全达到了竞标的要求。杜宇很有创意，把他临走时说的金科玉律全吸收了。这次的方案摒弃了大剧院孤立于外部环境的弊病，不过美中不足的是，实际车道的入口与方案中的规划相悖，车流不畅通。黎昊看出，杜宇虽有些粗枝大叶却有自己的影子。

"方案很有创意，但车道的入口与实际不符。"黎昊高兴地说道。

"我实地再看一下现场。"杜宇说道。

"去吧，看清楚再修改。"黎昊爽快地说道。

杜宇拿上安全帽走了，黎昊接着审阅户型。那些发到邮箱里的户型都很不错，尤其是谢子尧做的两套户型方案更令人满意。

他坐下来慢慢地品茶，茶还未喝到口里手机响了，是姬超轶打来的。

"晚上请大师在阳光大酒店用餐。"姬超轶说道。

"手头上的事太多了，不要客气。"黎昊知道，姬超轶请他吃饭主要是为了感谢这次法国之行。

"再忙饭还是要吃的，投标方案并不会在一顿饭的时间内从头脑里消失。"姬超轶说道。

"哈哈，谢谢，但真的不能去。"

姬超轶从黎昊认真的语气中听出，她的好意他心领了，但他却不能出来。

黎昊挂了电话把手机拿在手上，若有所思地想着什么。电话又响了起来，他立即就接听了，是叶穗的来电。听到叶穗要找自己帮忙，黎昊的嘴角笑开了。他告诉叶穗，五分钟后在建筑院的院门外见。挂断电话，黎昊拿上车钥匙快速走了出去，他一个方向动作就把车准确停在停车位上。他刚停稳车，就看见楚楚动人的柳含烟来到车前。

柳含烟的到来并没有扰乱黎昊愉快的心境，他靠在车门上等着昔日的恋人主动开口。这时，他的目光却被后面的一辆车吸引了，那辆黑色轿车是钟丁山的宝马车。柳含烟自然受到黎昊目光的影响，向身后望去。

钟丁山从车上下来时，正碰上关翎挽着曲姗的手走来。从天桥下来的关翎一眼就认出了长期饭票，但她并没有飞奔过去，而是算准钟丁山从车里出来的时间，刚来到他的身边就假装不在意地笑起来。她洁白的牙齿在阳光的照耀下闪着引人入胜的光泽。不过关翎仿佛没看见钟丁山，直接走到大师的车前。果然，钟丁山的眼睛里不再只有黎昊，而是眼前的美女。

叶穗和黄蔓殊此时也过来了。关翎的那一招，她们见过很多次。她俩不得不承认，关翎的演技更上一层楼了。

黎昊才不管几个女生的小心思，他看见叶穗来了便径自笑起来，然后接过她手里的行李箱放进后备箱中，同时邀请几位女生赶紧上车。

曲姗先坐进车里，黄蔓殊也坐进去了，叶穗想往后坐被关翎赶到前面。汽车发动了就等关翎上车了。这时关翎的电话响了，她的眼线说："单位的领导正急着找东区规划的批文。"

关翎对曲姗挥挥手机说："单位里有急事，就此告别。"

汽车开走了，留下目瞪口呆的柳含烟、蠢蠢欲动的钟丁山和一脸心计的关翎。柳含烟被眼前的混乱闹得不知所措。她还未来及与黎昊说话，他已开上车走了。

看着扬尘而去的汽车，钟丁山摊了摊双手自言自语："美女如云，是土耳其的后宫？"

"苏丹可没有流动的后宫。"柳含烟讥笑地接了一句。

这句话让钟丁山的注意力集中到眼前的法式美女。关翎的招数失效了，但她不是轻易认输的人。她故意向后退了一步挡住柳含烟，灿若烟霞地对钟总一笑，仿佛到此时方看见钟丁山。她热情地与他招呼，却表现出一种想要离开的急迫。

钟丁山眼前就只有关翎笑靥如花的脸了，但关翎故意向街道走去招出租车。

"关翎，我送你回单位。"

"钟总是大忙人，哪能麻烦大领导。"

"你我不需要客气，看来我们生疏了。"

"钟总忙于挣钱呢，我忙于混口饭吃。"

"来吧，上车。"

钟丁山坐到车里，关翎半推半就地也坐进去。汽车扬尘而去，只留下莫名其妙的柳含烟。

千里送行，终须一别。曲姗的离去并未给叶穗带来预期中的离愁别绪，自岳子明走后，叶穗忘记了还有其它忧伤的离别。他们离开进站口，朝着停车场走去，此时火车站尖顶上古老的大钟显示着十点钟。黎昊提议去 A 里糕点喝杯热饮，但黄蔓殊借口还有课要走，黎昊只好开车先送黄蔓殊回省大。从省大返回的途中，车拐到碧江路上，那里有一家西饼糕点。他停稳汽车让叶穗先下车，等他从停车位上走回来时，叶穗已点好咖啡和甜点。他冲着叶穗浅浅地一笑，坐了下来。然而，他还未端起咖啡就接到电话。

电话是秋曦曜打来的。他问黎昊，商场功能性答疑开始了，可是为何没见到他？黎昊把此事忘在脑后了。黎昊从法国飞北京的航班上遇到了温州商人秋曦曜，省城最大的鞋业批发市场就是秋家的。政府招商引资要在东部开发区建大型综合商城，规范批发业营运。秋老板拿下了该项目，正寻找设计师，飞机上他和黎昊一见如故。

建筑师的称号有如罂粟花的诱惑，在某些场合无往不利。秋总当即邀请黎昊加入到商场的方案竞标中，并把招标公告、区域规划图拿给了他。

"我还想一睹大师的建筑作品，招标的答疑将会对外公开。"

"一时走不开，也许……"

"大师快去吧，我坐公交车回去。"叶穗看出黎昊的为难，善解人意地说道。

"吃不完的打包带回去我吃，晚上将功补过。"黎昊想着这一次确实机会难得，他捂着手机的话筒轻声说道。

叶穗笑起来，开始喝咖啡。

"秋总，那我一会到。"说完他端起咖啡向门厅走去。

叶穗望着一大桌子的甜点反而失去了食欲，她打电话给阳子却没打通。喝完咖啡，她只吃点提拉米苏就饱了。她不想过早去建筑院，拿着打包的点心去了碧石湾。紫薇树叶由杏黄转至浅红，丁香树则像脱了毛的天鹅一样失了美感，原本深红色的碧桃叶更红了。院子里又出现新变化了，多了一辆自行车，还有别的什么叶穗一时说不清。

走进院子，叶穗再次感到很难在这里生活下去。叶教授刚到家，薛诗雯接孩子尚未回来。叶教授看见叶穗很开心，招呼她快坐下。叶穗看见的是幸福男人的安逸和快乐，这一切都要归功于薛诗雯的照顾。

叶穗把带来的甜点放到茶几上，一回身瞅见薛诗雯挂在衣架上的风衣和鞋柜下的漂亮鞋子，心里的难过又升起来。她知道这样不对，可就是抑制不住地对鸠占鹊巢的行为产生厌恶。然而，叶穗看见父亲很快乐，心里的不甘心也很快消失了。

"诗雯快回来了，想吃什么她会做的。"叶教授一边说一边拿起茶几上的石榴递给叶穗。

"爸爸，你一切都好我就放心了，我与朋友约好了不能久留。"

叶教授不仅听出女儿表面上的意思，更看出女儿内心深处的想法。他既不想惹怒女儿，更不想招惹新婚妻子的不快乐。

"你去吧，家里都好。"

"有事电话联系。"

叶穗走出了院子，把一切烦恼抛在脑后。从主路上出来，她瞥见薛诗雯的甲壳虫迎面开来，她们互相看了一眼都没有要停下来的意思。叶穗再次坐上公交车往建筑院赶去。省城的交通拥堵快赶上北上广等一线城市了，地铁尚在修建中，至少还要两年方能缓解道路的拥挤。车走走停停，等她赶到建筑院时，设计人员陆续上班了。

叶穗看见阳子坐在电脑前有点惊讶。

"伯父的身体安然无恙？"

"一场虚惊，家庭医生过于敏感了。"

"你现在是要把失去的时间捡回来？"叶穗笑着说道。

"我胸无大志，只是为了毕业设计。"

"我相信你一定会完成任务。"

"曲姗走了？"

"走了，差点没赶上火车。"

阳子正要说话，余光瞥见一前一后走进来的苏慧和黎昊。苏慧显然没有注意到黎昊在她身后，回身看见大师竟喜不自胜。黎昊的目光却只落在叶穗身上，他担心自己的突然离开会惹她生气。然而，他看见的还是与平时毫无二致的精巧脸庞，心里顿时五味杂陈，不知是失落还是欣慰。

招标答疑会上他看见姬超轶时就明白，这是棋逢对手，又有一场硬仗要打了。前来竞标的设计院不下五家，投标者都是省城内小有名气的建筑师。姬超轶身边有一空位像专门给他留的，她轻摇玉手，示意他坐过去。这时会议刚开始，秋曦曜为了等他把时间向后推迟了。

"黎大师好大的气派，答疑会推迟了。"姬超轶讥笑地说。

"不会为了无名小卒的我推迟的。"

"过度的谦虚是虚伪，眼下的道德观，谦虚并不是美德，何况虚伪！"

"那这次竞标我就当仁不让了。"黎昊爽快地说道。

姬超轶不置可否地笑起来，对着刚进来的建筑业佼佼者点点头。

人都到齐了，秋总坐在前台的位置上接受设计大师的提问。问题主要集中在综合商城周边预规划的建筑物的造型及功用的界定上。这个问题虽不起眼，甚至与方案没有直接关系，却决定到方案建筑风格。宏达设计院的一位建筑师的问题引起了黎昊的注意，他问到开发区内是否有统一的高压消防系统，这个问题立刻引来其他建筑师接二连三的疑问。姬超轶则提出了明确建筑红线坐标的具体问题。

秋曦曜是个不一样的商人，综合商场的每一个具体的细节都在他脑海里形成了，他在答疑中一直神色坦然，对答如流。黎昊不禁对他另眼相看。

"这个项目我很看好，看来我们注定会成为竞争对手。"答疑会结束后，姬超轶给黎昊留下这样一句话，便自信满满地离去。黎昊看着她的背影不禁笑了起来，作为同行，他确实承认姬超轶的能力非同一般，而他也为有这样的对手而欣慰。

纠 缠

　　黎昊在电梯里接到杜宇的电话，投资方对开发区的功能性布局有所变动，这意味着他们有些工作白做了。他径自吩咐叶穗和阳子去寰宇开发区工地，竟然没注意到苏慧有意想引起他关注的目光。阳子在临出门时，急急忙忙把规划的草图打印出来。

　　汽车从车道上拐进工地时，叶穗看见岳子明、邓昌博和杜宇已经到那儿了。黎昊目视前方说道："叶穗，晚上请你吃烧烤，弥补早上的失约。"

　　叶穗尚未出声就听见阳子说道："太好了，我和叶子姐一定会去的，这是我的最爱。"

　　黎昊开心一笑，故意把车停在岳子明的脚下。岳子明走来迎接他们，到了围墙外的大门那儿，一条哈士奇冲了出来又被链条拉了回去。叶穗以为会听见狂吠声，却看见哈士奇冲着岳子明摇了摇尾巴。

　　岳子明把他们迎进整平后的场地便告诉黎昊，公司做了市场调查，开发区内更多的住户来自于在市政机关工作的南区和商业区集中的西区，户型上要有所调整，三居室的户型需求会更多。另外他还说到，从商业的角度来看，要把综合楼调整到临近润昌花园的东面、把会所移到西面，这样能提高综合楼低层商业的气场。

虽然黎昊对岳子明所说并不完全置信，但让数据说话总归没错。他把杜宇拉到一边，让他把方案修改完善。

"大师有何高见？"杜宇想到要改方案就有些头疼。

黎昊随手捡起一根木棍在地上画出方案调整后的大体形状，"会所和综合楼互换位置，这样车道的问题解决了，可是要把综合楼首层的银行调整到东边。银行是人们有事必须要去的，商场移到西面却是要留住每一位顾客的脚步。"

"这就是建筑风水学吗？"

"确切地说是生活常识，你看主要人流从西面过来，离商场是不是更近？人们会溜达到最近的商场闲逛，甚至会购买原本想都没想过的商品，这就是建筑作品的成功之处。"

杜宇观察来往的车辆和人流后明白了黎昊的意图了，从眼前的车流上看过去，汽车更多是从西面过来。他惊喜地说道，"我懂了，生活中必不可少的可以放置到隐蔽处，而那些看似不需要的物件则要放置在时时进入人们视线的敞亮之处。"

"商场的气场也是建筑作品要体现的，人气的成败不在方案评标那一刻，而在于日后的效果中，隐含在方案中的许多意图不是每个人都能预见到的。"黎昊说完这句话注意到叶穗跟着岳子明正远离着他们，他不禁皱了一下眉头。

邓昌博拿着阳子的草图把她引到工地正中心，对老板的女儿心他并不想挨得太近，他与她的距离始终保持着一胳膊之隔，既不显太亲近又不太淡漠。阳子却有一见如故的热情，不由自主地向邓昌博靠过去。这似乎吓到了邓昌博，他亲切地笑笑，向后退了半步。

　　阳子的方案是从早期图册中照搬下来的，已不适用现代化生活的节奏。即便是新出版的建筑图册里面的规划图，多数也是早期的作品，真正投入到把建筑资料整理成册的建筑师少之又少。面对快速建设时期，建筑大师投入到一张张图纸中的精力是要换来一张张的钞票。

　　邓昌博是规划专业出身，一眼就看出手中方案的不足之处。他深知良药苦口，忠言逆耳，便没有像许多人那样恭维着阳子的方案。

　　"阳子，刚毕业的学生能拿出这样的方案很不错了，但有些地方还是需要改进。"

　　"我是凭着感觉规划，确实没有明确的主题。"

　　"先说道路吧，要有明确的车流、人流通道，不能有断头路。此外，主路要畅通，而住宅区内的小路则要曲径能幽，畅而不通。"

　　"是呢，方案中的路太整齐划一了，没有主干道和小区道路之分。"说着阳子又靠近些。

　　邓昌博注意到阳子正紧紧靠在自己的肩膀上，他仿佛脚跟不稳，向后退了半步。阳子却心无旁骛地走上前来，帮着展开图纸。

　　"鸟瞰图还需错落有致，要让人一眼望去能产生由近及远、渐渐升高的开阔之感，因此，那些高层建筑要位于开发区外围，或者以多层、小高层为中心，周边围绕着高层。想像一下这样是不是更好，或者更有明确的主题？"

　　"这么说来，这是个杂乱无章的方案。"

"规划的主题就是总平面图所要表达的意象，歙县的宏村按牛形建造，就是因贯穿村落的河流如八卦的阴阳鱼，农田和街巷构成八卦布局，宛如迷宫。"

阳子没说话，而是认真思考邓昌博的话。

"要实地看过就会有更深的印象，跑现场是设计中不可缺少的一个环节。"

这一句话令阳子如梦初醒，她开心地笑了，拍了拍邓昌博的肩膀。就在这时，她看见表哥扯着叶穗的胳胳膊走到了门户的侧边。

一路上，叶穗一直想要挣脱开岳子明的牵扯，却始终未能脱身。到了隐蔽的地方，未等叶穗询问，岳子明便急切地说道："叶穗，我不知道现在说还晚不晚，但是我真的很喜欢你，从我出国前就发现了，只是那时我不得不走，我不能放弃大好的发展机会。现在我回来了，这段时间我一直处在煎熬中，我知道自己不能失去你……"

叶穗在心里叹了一口气，她怨了岳子明四年，如今等到她一直想听的告白，却再也没有往昔的激动了。她被岳子明炙热的目光闹得脸红起来，视线微微向外看去，却与黎昊投过来的专注目光不期而遇。这下，叶穗的脸更红了，她急忙低下头去。

见叶穗不说话，岳子明又从斜挎包里拿出图纸并展开，那是一张三居室的户型平面图。叶穗看出这是一张几经修改后的户型，布局合理，使用方便。

"这是我为咱们设计的家。你看，清晨的阳光会把你叫醒，午夜我们可以坐在这儿喝葡萄酒。"岳子明指着铁艺雕花的阳台说道。

"子明，我……"叶穗的话还未说出口就被岳子明打断。

"等这一期的房子出来，我就买下来，好不好？"

"你现在是不是想多了？"两人身后突然传来一道雄厚而略带怒气的声音，接着黎昊就站到了叶穗身边，瞪着眼睛看向岳子明。

正当双方僵持之中，杜宇跑过来说建筑院里有事情，院长让他们赶紧回去。叶穗松了一口气，刚要与岳子明道别，却被黎昊直接拉走了。杜宇在后面吐了吐舌头，他早就看出来黎昊对叶穗的感情不一般。

三人从门房的侧边出来时，叶穗一眼看见阳子紧靠在邓昌博的肩上，右手在草图上比划。

"堤上采花筵上醉，满衣香。"杜宇笑嘻嘻地说道。

黎昊也看见了那一对探讨中的年轻人，他笑了笑，拉着叶穗的胳膊走了过去。阳子和邓昌博也走了过来，大家心照不宣地点了一下头。阳子听说要回去了，脸上立刻浮现出恋恋不舍的神情，她的目光也始终追随着邓昌博。

叶穗拍了拍阳子，然后跟着黎昊向汽车的方向走去。她正要上车时听见岳子明跑过来说道："晚上我来接你……"

"我和叶穗已经有约了。"黎昊打断岳子明的话。

黎昊冲着岳子明坏坏地一笑，一抬腿坐到车里。叶穗则赶紧冲着岳子明补个微笑。保时捷轿车转眼不见了，杜宇的帕萨特也不见了，岳子明却心事重重。

从电梯里出来，黎昊一直走在叶穗的身后。快到门口时，黎昊看见叶穗的披肩长发上粘着许多苍耳，他猜想一定是她和岳子明躲在门房时不小心碰到的。

"头上插根草是要等着卖吗？我买了。"黎昊从叶穗的发梢上摘下一个苍耳说道。

看见黎昊手里的苍耳，叶穗一着急，把头发收拢到胸前。她这么一弄却让更多的头发粘到苍耳上，而她越想把苍耳摘下来，却越是事与愿违，摘下来的苍耳上都粘着几根头发。

"别急，别急，我来帮你，小心这样会弄疼你的。"黎昊跟着叶穗来到她的办桌前，一边抓住她的手说道。

黎昊的大手在叶穗的头发上小心摘那些不听话的苍耳，他又闻见那淡淡的百合花的香气。他个头高大，这么一来就把叶穗罩在他的胸膛里。他温热的大手罩在叶穗的头上，令她的血液都要沸腾了。她闻见他身上淡淡的 Davidoff 香水的味道了。叶穗的脸红了。

"快好了，再等一分钟就好了。"黎昊觉察出叶穗想要离开的意图，马上说道。

"还有吗？"叶穗总等不到黎昊把手放下，就着急地追问着。

"还有最后一个。"黎昊笑着说道。

"不会是心头肉吧。"柳含烟的声音突然插了进来。

叶穗和黎昊这才看见一板之隔的柳含烟，她的目光在叶穗和黎昊来回扫视一番，饱含着深深的嫉妒和恼怒。

"幸好扎到头发上，扎到心就成心头刺了。"苏慧也嘲讽地说道。

"不用担心了，苍耳的同类却是毫无关联的。"叶穗拿起几个苍耳说道。

晚他们一步的阳子，也迎着阳光看见了温馨的一幕。阳子第一次意识到恋爱中男子的模样竟是这样的，紧接着另一个想法就是黎昊爱上了叶穗，第三个想法是叶穗爱的到底是谁？下一秒她得出结论，叶穗爱她的表哥岳子明，她总是这样一厢情愿。

阳子此时有点羡慕叶穗了，她想到自己那破产的爱情不禁心酸起来，不过此时她内心真正纠结的是，她好像爱上了邓昌博，但邓昌博却在有意逃避她。她看了一眼依然专心于头发的叶穗，坐下来修改规划方案。毕业即将结束，她要拿出方案并写毕业论文。然而，接下来的对话却让阳子嗅到了女人打翻醋瓶子的酸味。

"黎昊，我要和你谈谈。"柳含烟无视黎昊愤怒的神情，悠悠说道。

"已经谈过了，话不投机半句多。"

"不，还有些事没谈清楚。"

"等我有时间再说吧。"

"我等你。"柳含烟淡定地说道。

"那我不送了，再见。"黎昊明显是在下逐客令。

柳含烟却不在意，她优雅地走到门口，回身看了一眼叶穗笑了。第一次到这里来，她就感到来自苏慧的敌意，当时自己并没将苏慧放在心里，却没想到真正的敌人竟然是叶穗这个小姑娘。

柳含烟走了，苏慧却高兴不起来。她原以为只有叶穗是她的障碍，没想到半路杀出个程咬金。她想继续找叶穗的麻烦，却发现报表算错了，账对不上，只好不甘心地查账。

黎昊看见了那个像派出所似的方案，他对叶穗寄予厚望，眼前的方案太让人失望了。从杜宇方案中得到的快乐到了此时完全消失，他的火气不由得上来了。

"三周来就做了这个方案？五年的学习只能拿出这样的方案？杜宇的那个才叫方案。"黎昊压住怒气问道。

此时电脑上的方案在叶穗的眼里看上去也不像方案了，她的脸瞬间红了。阳子看了一叶穗却没敢说话，她感觉到黎昊的怒火喷薄欲出。

"唉，寰宇公司要公开竞标，这个方案我做吧，户型调整了，你多做几个户型。"黎昊缓和语气说道。

杜宇哼唱着《清明雨上》走了进来，并没注意到办公室里剑拔弩张的气氛。他站了不到一分钟就感到来自大师的冷气，自嘲说了一句"走错门了"就赶紧溜出去了。他刚来到自己的电脑前，赵雪梅就跟过来了。

"不是每个建筑学的人都能成为建筑师，会所的方案竟然做成了派出所，你说是不是很好笑啊。"赵雪梅讥笑地说道。

"建筑学不是每个人都能学的，当年你若是过了关，也会学建筑学的。"杜宇反唇相讥。

"那是我临时改主意了，不要诽谤一位工程师。"

"诽谤？你的故事有很多版本了，不需要我再出一个版本。"说完杜宇哈哈大笑。

"等你的方案中标后再嚣张吧。"

赵雪梅的一句话把杜宇噎住了。他的方案还从未出过院里，上次大剧院的方案差一点就能拿去评标，却还是流产了。杜宇也像所有设计师一样急于证明自己的能力，想到这里，她撇开赵雪梅，专注于方案。赵雪梅却以为自己成功打击到杜宇，得意洋洋地走了。

另一边，叶穗的眼泪即将流下时，被黎昊后一句话止住了。她低下头，打定主意不说一句话，回到座位上便开始认真思考会所的方案。

快下班时黎昊看了所有户型的方案。令他欣慰的是，谢子尧设计的户型实用美观而且经济。叶穗的几个方案也不错。他后悔对叶穗严厉了，毕竟是刚毕业的学生嘛。在他的邮箱里，居然看见了岳子明的户型。这个三居室的户型弥补了以往户型的许多的缺点，非常不错。

紧接着，黎昊马上意识到那是岳子明为叶穗设计的户型，他的心情瞬间又跌入了谷底。一板之隔的那一边一点动静都没有，他越过隔断看见俯身在电脑前画图的叶穗。

"晚上要做方案，今晚的约会改天吧。"黎昊小心说道。

黎昊早从叶穗的脸上看出她生气了，当然叶穗只能生自己的气。

"我恰好有事，叶子姐改天行吗?"阳子抢着说道。

"近期恐怕都没空，以后再说吧。"叶穗看着电脑淡淡地说道。

"过了这一阵子也好，方案竞标在下周。"

这句话，叶穗仿佛没听见，她沉默地继续画着手中的图。阳子做了个鬼脸笑了，她早坐不住了想去找邓昌博。但她不想让叶穗看出她又恋爱了，否则定会被取笑为女学生式的恋爱。

黎昊坐下来着手方案设计，对苏慧的询问竟然没听见。苏慧自讨没趣地走了，而阳子没等叶穗弄清楚要去哪儿就不见人影了。叶穗拿着建筑图册走出建筑院时还在想会所的方案，此时方觉得浪费了一次宝贵的机会。

黎昊觉得肚子饿了才发觉夜深了。会所的方案已有雏形，是一个正在演奏的手风琴，不过方案中还有些尚待解决的技术问题。他打开窗户，看向沉沉的夜色。省城的夜空如巴黎的夜晚一样，五光十色，寻找乐趣的人们像猫头鹰一样伺机而出了。

他点燃了一支烟，思考着开发区的整体方案。会所和综合楼在他脑海里交替出现，最后一次出现在脑海时，他想到了可以把临街布置的综合楼和会所放在一个方案里统一考虑。他想到了临水照花人，会所的侧立面将会是一只隔空听琴、梳理羽毛的孔雀，只要综合楼伸出孔雀的支点就可以了。这样一来，小区的大门既大方又别致。想到这里，黎昊笑起来，具体的细节还要与杜宇商量再决定。他关了电脑准备走了。

街上的夜市很热闹，黎昊却不知要吃什么。烧烤的摊位上有位女孩正点菜，这让他想起叶穗来。他笑了笑缓缓地将车开过去，他决定回家吃点方便面。汽车停下后，黎昊方注意到家里亮着灯。他并没有把钥匙交给任何人，会是谁呢？也许是钟丁山？

大门虚掩着像是给他留下的，一路走进正厅，推开门他看见柳含烟坐在沙发上喝茶。玄关那儿还放着她的行李箱。

"怎么进来的？"他一边把西服挂上衣架一边说道。

"从门外那棵三角梅花盆下拿的，你以前习惯于给我留钥匙。"柳含烟喝了一口茶继续说道，"大师的屋子并不是我想象中的桃花岛，随时有女性出入呀。"

黎昊刚有的那点好心情烟消云散了。那把钥匙是他留给心爱的女子，他想着放在那儿总有一天她会用上的。但这个人只是叶穗。

"女性出入？含烟你看清楚，这里随便出入的人是你。"

"在巴黎，我没有为你保持贞洁也不会要求你守身如玉。"说完柳含烟笑起来。

"我不知道你在说什么。我们都是成人，过去那一切都结束了。"

"不想知道我回来为什么吗？"

"你的一切我都不想知道，请你走吧。"

"我已经退房了，今晚就住这儿。"

"你不走，那我走。"

"黎昊你记住，你不会比我更绝情。"

"不用你提醒，我领教过了。"

黎昊重新拿起西服走出大门，他同样没地方去，汽车向前开去。他看见钟丁山的家就在前方，当初买房时钟丁山说："不要挨得太近了，也不要离得太远了。"

他从小区道路拐下去，开到后院停下来，尚未走近房子就听见屋子里有人说话。他敲了敲门，向后退了一步。替他开门的并不是钟丁山，而是苏慧。两个人都愣住了，还好苏慧及时地说了一声："大师请进。"

进入门里，他看见钟丁山正在喝酒，旁边的沙发上则坐着笑意盈盈的关翎。

钟丁山看见黎昊端着酒站起来说："老弟，哪股风把你吹来了?"

"看来你这里也不方便，我去住酒店。"黎昊转身要走。

"坐下喝杯茶，是不是还没吃饭只顾挣钱了?"

"不要忙，我这就走了。"

"哪能呢，快坐下，被鸠占鹊巢了?"钟丁山转身对两位女性说，"你们怎么办? 只有一间客房了，猜硬币吧。"

"不，决定权在钟总那儿而不是硬币。"关翎说完拿起包就走了出去。

钟丁山愣在那儿，随后苏慧也走了。等大门关上后，钟丁山叹了一口气。关翎的欲擒故纵闹得他心神不定，今晚他通过黄蔓殊才把关翎约上的。他和关翎吃过晚饭本想放松一下，结果先被苏慧打搅，接着被黎昊打断。

"发生什么事了?"

"我的前妻回来了，正在我家里。"

"你的前妻? 老弟隐藏得够深了。"

"往事不堪回首，今晚老兄这儿热闹呀。"黎昊讥笑地说道。

　　"先发制人？大师的后宫容不下，苏慧才到我这里的。"钟丁山调笑地说道，"苏慧不知哪个神经不对了跑上来，一进门就说'大师的家快要成女子收容所了。'"

　　黎昊愣了一下随即想明白了，苏慧一定先去过家里然后再来钟丁山这里的，在那儿苏慧受了柳含烟的气。

　　"你还想要佳丽三千吗？一个就够老兄受得了。"他笑了笑说。

　　"我可不这样想啊。"说完钟丁山大笑起来。

　　黎昊坐在刚才关翎坐的单人沙发上，往后一靠就想睡觉。钟丁山从厨房出来，看见睡着的黎昊说："怎么都要吃上点，挣钱可要有一个好身体。"

　　他端一来碗刚煮好的速冻饺子，轻轻摇醒黎昊说道："吃吧，这可是思念牌的。"

　　在国外，他们凑到一处时常吃这思念牌的饺子。为了让黎昊多吃几个，钟丁山陪着吃了几口。黎昊吃过后就进了浴室，他实在太累了。钟丁山则收拾好碗筷，等他从厨房里出来，黎昊已睡到客房里了。钟丁山苦笑，想起自己刚回国时也是这般的累和苦。但想到黎昊的前妻，他笑了，他真没想到黎昊也会被感情折磨成这样。

　　杜宇已经按开发区的变动调整完方案了，专等黎昊审核。黎昊却迟迟未见上班。杜宇心里忐忑不安，这两日忙方案他疏忽了陆梓，与她失联了。他见赵雪梅神情诡异地朝他看了一眼，便知道地下工程完成了。他示意她发到邮箱里，这下杜宇更放心了，手里的活计全结束。

　　快九点，杜宇还没联系上陆梓，心里不禁着急起来。他来到叶穗那儿寻求安慰。

"你说陆梓会去哪里?"杜宇拿着手机说道。

"图书馆呗,还能去哪里?"

"今早她没有课却无人接听电话。"

"也许调成静音没听见。"

"陆梓又不是水性杨花之人,不要大惊小怪。"阳子插话道。

杜宇气得眉头一皱说:"没见过比你还不会说话的人。"

"方案可是大功告成了?不要打扰我做方案。"叶穗解围似地说道。

心神不定的杜宇走了。十点时,他终于看见神情疲惫的黎昊从电梯里走出来。杜宇等黎昊的准备工作完成后,忙着赶过来询问情况。

"会所的方案已有雏形,综合楼的方案要变。"说着黎昊把草图推到杜宇的面前。

杜宇看出了大师的意图。明眼人一眼就能看出,两个建筑放在一起要比各自独立的方案更好。合并后开发区的大门就成了临水听琴的孔雀,也许会更让人遐想吧。方案还要局部调整,但问题不大。一想到不能立刻见到陆梓,杜宇的怒气还是升上来了,不过他体内作为建筑师精益求精的品质最终占了上风。

"大师,技高一筹呀,改好再发你。"

"不急,还有几天时间。"

杜宇迫不及待地走了,他想即刻见陆梓。黎昊开始漫不经心地调整着会所方案,一旦方案定下来,他的心也不是那么焦急了。他看了一眼霜打茄子似的叶穗,于心不忍了。

"叶穗,下个月东部开发区综合商城要竞标,这个方案由你来主设计。"他从隔断上探过身说道。

"我是备选方案之一吧,或先经内部评选再竞标?"叶穗不自信地说道。

"并不是每个人都有充裕的时间，现在只有你手上的项目少些，放心吧，我是备选人。"

"可是上次的会所我搞砸了。"

"不要小看了自己，叶穗你很有潜力。"

"谢谢大师。"

"先看一下招标公告。"

黎昊弯腰拿起桌上的招标公告递给叶穗。就这么简单几句话，叶穗的心温暖起来了。她想起寄宿在大师家时，每日都享受到大师的关爱。她的笑却引来阳子的不满。

"甜言蜜语不能当饭吃。"见黎昊身子坐回到椅子上后，阳子小声地说道。

"放心，即使能当饭吃也撑不死人的，若是邓昌博就要小心了。"

这句话正说到阳子的心上，她的脸一下红了。叶穗可很少见她脸红，不由得多看她一眼。这一看就看出问题了，阳子再次陷入恋爱了。叶穗再次笑了，她只希望阳子这次能抓住幸福。

快下班时杜宇将改好的方案拿给黎昊审核。他在综合楼的群房顶点设计出一个球形的支点，不高不矮，支点恰巧成为过门孔雀的倚靠点。杜宇的方案通过了，手舞足蹈地走了，但他刚走到门口就接到一个电话。杜宇没有躲到一边接电话而是靠在门边接起电话，他身后的阳子看出这不是陆梓的来电。

一会儿杜宇神情严肃地走来，对阳子的调笑理都不理。

"我爷爷去世了，要回农村尽孝。"杜宇对黎昊说道。

"去几天？"

"请道士算了一卦，十天后方能出殡。"

"皇帝才停放九天……"阳子有些不能理解。

"这假我准了。"黎昊的父母去世早，他能感受到杜宇的心情。

"去吧，方案上的事有我。"

杜宇满怀心事地走了，临走之前他依然没有联系上陆梓。后来杜宇才知道，在那十天里他的初恋情人陆梓爱上了一位研究生，离他而去。

到了下班时间，叶穗才发现阳子不见了。她想起在停车场看见了阳子的尚酷跑车，不禁笑了，阳子肯定是偷着去见邓昌博了。她心不在焉地收拾着桌上的建筑图册，想着综合商城的方案。她能感到一板之外的黎昊正在做方案，便悄无声息地离开了。

叶穗来到院子里，一眼就见到站在路灯下的岳子明。岳子明修长的身影与路灯融为一体了，他静静地等在那儿，仿佛还是四年前那个阳光的少年。叶穗的心里浮起了温柔的浪花。

"叶穗，明天是我生日。"岳子明的声音透露着淡淡的哀伤，如果是在以前，叶穗早已提前几天咋呼着要和他一起庆祝了。

"啊!"叶穗惊呼一声，她没想到自己记了五年的日子，竟然真有忘记的这一天。或许是最近太忙了，叶穗拍了拍脑袋，却不知道如何接话。

"正好赶上周末，我们去祁连冰沟吧?"岳子明掩饰住心里的难过，小心翼翼地问道。

"子明，恐怕我不能陪你了。"叶穗想到不能再和岳子明纠缠不清，便狠下心拒绝，"事情有点多，寰宇公司综合楼的方案被我搞砸了，何况还有综合商城的方案要做。"

"去那儿开车只要四个小时，就当是为朋友过生日也不行吗?"岳子明的语气已近乎哀求了，他担心这次不能和叶穗同行，以后就没有机会了。

"那好吧。"叶穗到底还是心软答应了，眼前的人毕竟是她念了四年的初恋。

岳子明笑了起来，他打开车门却并不急于上车，而是等着叶穗过去。这时谢子尧的车从他们身旁缓缓开过去了，岳子明把叶穗拉到跟前与他贴得很近。这一幕刚好被楼上的黎昊看到，他的心里不禁难过起来，更是气恼叶穗没有推开岳子明。

汽车飞驰而去，岳子明始终是微笑的，但叶穗有一种感觉，岳子明有事瞒着她。汽车越过一望无际的薰衣草，来到与沙漠交界的戈壁滩。残阳如血，金红色的沙漠一路起伏绵延至脚下。

"车今晚过不去了，就在这里吧。"岳子明停下车，看着叶穗说道。

叶穗从车上跳下来，就看见晚霞围绕的苍穹广博邈远，蜿蜒的骆驼队悠闲地漫步在地平线上，而美丽的苍穹下只有两个渺小的人。太美了，压在叶穗心头的烦恼消失了。她张开双臂想要拥抱整个沙漠。岳子明上前把叶穗拉到身边，双手捧住她精致的脸就要吻下去。

叶穗怔愣的时候已被岳子明亲到了，她正要挣扎，岳子明的手机铃声突兀地响起，叶穗趁机从他的双手下挣脱出来。

岳子明无可奈何地拿出手机，只说了一句话，愉快的脸庞就黯然失色。

"今夜不回了，我与朋友有点事。"

"……"

"周日晚上回去。"

等岳子明挂了电话，叶穗主动说道："我们回去吧，你我都挺忙的。"事实上，叶穗却是害怕与岳子明单独相处了。

"没什么，是公司的事。"

"不要为了我耽误事业，出来玩还有机会，或者明天和阳子一起过来。"

"时间是挤出来的，到哪儿都是没完没了的工作。"

岳子明说完径自向前走去，最后停在沙漠的边缘。他静静地闭上眼睛，听见风温柔的叹息声，还有薰衣草的歌唱。叶穗也不上前打扰，她始终觉得岳子明突然变得奇怪起来。

夜色来临，寒露渐起，最后一抹残阳消失在地平线上。叶穗和岳子明转身向汽车走去。最终，在叶穗的再次要求下，两人往市区赶回去，但车最后停在省大的校门外。

"去附近的九九玫瑰坐一坐吧？很久没去那里了。"

九九玫瑰就在校门临街的左卫路上，叶穗和岳子明在大学时常来这里用餐。

不等叶穗同意，岳子明就率先向前走去，他知道叶穗不忍心拒绝。果然，没多久他便听见后面传来的脚步声。

到了老地方，岳子明要了一瓶冰白葡萄酒。鼠尾草的蜡烛点上了，影影绰绰的烛光下，叶穗那身洁白的衣衫醒目地衬托出她精巧的脸。尽管岳子明心事重重，他的目光却始终没有离开叶穗。

"为此时喝一杯？"岳子明端起酒杯说道。

"不为将来？"

"似乎决定不了过于遥远的事情，眼下是我能决定的。"

叶穗把酒放下，望着岳子明说道："子明，发生什么事了？"

"不要担心，是工作上的事。"

叶穗将信将疑，而她心中的疑团依然没有解开。如果在四年前，她会打破砂锅问到底，但现在她没有询问的资格，更没有那种心境。

　　他们吃的不多，却喝了不少。从九九玫瑰出来，岳子明有些醉了，叶穗被微风一吹也觉得头重脚轻。这时，岳子明的手机再次响了起来，他看了一眼号码，眼中闪过一抹烦躁，却还是按下了接听键。

　　"我不是说了和朋友在外面。"

　　"……"

　　"行吧，我现在回去。"

　　岳子明抱歉地看了看叶穗，说道："我叫上了阳子，明天我来接你。"

　　叶穗和岳子明在路口分开了，她独自向前走着。尽管她已经放下了对岳子明的感情，但无可奈何的悲伤还是爬上她的心头，那种再次被抛弃的孤寂席卷而来。

　　会所和综合楼在黎昊的手下完美地结合到一起，方案的效果出乎意料的好。黎昊看着电脑上的方案，得意地笑了。这时他才发现人都走光了。

　　他关了电脑走出建筑院大楼时，华灯初上，早晚的温差已体现出来，他身上那件灰蓝色的T恤不足以抵御瑟瑟秋风。汽车行走到院大门时电话响了，是姬超轶打来的，她要去碧石湾看他。黎昊顿了一下，张口想要拒绝，但他脑海里突然闪现出叶穗随岳子明离开的场景，便赌气似的让姬超轶等半个时辰再去。

　　在夜市上吃过晚饭，黎昊慢悠悠地往碧石湾赶去。车拐进小区路时，他看见徘徊在院子外的美女建筑师。姬超轶性感的礼服外披着一件烟灰色的外搭，看起来分外诱人。

　　黑黢黢的别墅里没有一丝灯光，黎昊知道柳含烟走了。他的心里涌起一股如释重负，虽然过去他爱过柳含烟，但那颗被柳含烟伤过的心再也不会生出涟漪了。

黎昊停下车先招呼了姬超轶一声，随后把车停到车库里。

回到院子里，海棠花的芬芳并没有挡住美女建筑师身上的淡淡酒香。黎昊皱起眉头，这是柳含烟最爱喝的一种酒香，他却叫不出名字了。

"来的够快，从哪里来的？"他冲着姬超轶说道，心里则猜测着姬超轶此行的目的。

"只能说，殊途同归。"

"方案中标还是方案完成了？"

"兼而有之，后期扩建的工程签约了。"

进到屋里，黎昊注意到柳含烟住过的痕迹，及留下的特殊香气。从窗外来的秋风吹拂着客厅与阳台之间的白纱，晾衣架上晒着黎昊的衬衣，餐桌上的花瓶里更换了新鲜的百合花，鞋柜那儿是摆放整齐的拖鞋和皮鞋。但那又如何呢？他们早已成为过去时。

姬超轶两眼就看清了屋子的装修风格，这和黎昊在巴黎的那套公寓大相径庭。她原以为会看见异国风情的家装，没想到却是古典风格。在房间里，姬超轶看出了许多出自黎昊手法的元素，建筑师常常把自己的家当成作品来展示。

接下来姬超轶的双眼不停歇地寻找女性用品的痕迹。令她失望的是，竟然没有女性在此住的迹象。姬超轶早有耳闻，黎昊喜欢那个叫叶穗的实习生。

"有人说大师这里是后宫，美女呢？不会像田螺姑娘躲起来了吧。"

"消息灵通呀，现在屋子里的美女只有姬大师。"

姬超轶哈哈大笑，她喜欢和黎昊开玩笑，毫无顾虑的调情。

因为她知道，黎昊对她并没有男女之情，有的最多也只是同行之间的惺惺相惜。

"喝点茶，还是再来点酒？"黎昊站在酒柜前绅士地问道。

"已经醉了，还是喝茶好了。"姬超轶笑道，接着便转移话题，"大师的方案完成了？"

"完成了，只等周一的方案评审。"黎昊爽快地回答。

"又是大师的得意之作？"

"每一个作品都独一无二。"

美女建筑师意味深长地笑了，喝了一口茶水。

黎昊从姬超轶的目光看出了更多的阴谋，他向来不喜欢阴谋，对酝酿阴谋的女人通常敬而远之。他的身子情不自禁地移开了一点，使自己与姬超轶保持一臂的距离。

"周末出去玩吧，省城秋天的景色最好。"姬超轶把玩手中的酒杯说道。

"我还有事，就不去了。"

"你还真不给人面子。"见到黎昊拒绝，姬超轶自嘲地笑了笑，但她马上再接再厉地劝说道，"一起去的还有其他建筑业同行，出去走走呗，说不定能汲取创作灵感，你知道建筑师最大的弊病就是闭门造车。"

或许是被姬超轶说动了，又或许是很久没有外出游玩了，也或许是还在气恼叶穗和岳子明的事情，黎昊最终答应了姬超轶的邀请。

到达文化广场后，黎昊就发现来的人都是一些熟悉面孔，除了姬超轶，还包括民用院的吴翔鸿、宏达院的院长、规划院的王丹宇等人。等所有人全部聚集，队伍浩浩荡荡地出发。

姬超轶没有开车，她搭了黎昊的顺风车。轿车紧跟前面那辆途冠越野车，不紧不慢地向前行驶，公路两旁丰收过的麦田、玉米地纷纷向后移去，有几棵被人遗忘的燕麦在风中摇曳。

从省级公路拐上一条土路，黎昊看出汽车走在祁连山脉的山脚下。晶莹的雪山近在眼前却又远在天边，祁连的雪水像一条白色的带子从山里蜿蜒而出，顺着祁连冰沟他们来到一处开阔的草坪下。

有人捷足先登了，两顶帐篷立在平缓的坡地上，放眼望去不见一个人影，只有眼前喧哗作响的雪水和挺拔的柏树。清凉的空气直扑肺腑，倒像喝了琼浆玉液般的舒服。尽管黎昊做足了准备，多加了一件外衣依然感到寒风刺骨，而姬超轶从车上下来时把短款的夹袄穿上了。

同行的人陆续下车，王丹宇率先动手搭建帐篷。他是个名副其实的玩家，不一会儿两顶帐篷在他手下搭起来了。等众多大小不一的帐篷纷纷在草地上冒出来，正午已过。大家简单地吃了午餐，便朝着山谷走去。

奔腾的雪水撞击到卵石上发出的轰鸣声回荡在山谷中，人类的响声都埋没在大自然的声响中。王丹宇和吴翔鸿身先士卒走在前面，后面跟着其他一些零零散散的人。姬超轶则一副闲情漫步的悠闲，等她和黎昊走进一片开阔的草坪时，王丹宇他们已不知其踪了。

草坪那儿有几丛茂密的野线麻叶，黎昊顺势躺倒在草坪上，姬超轶则向着野线麻叶走去。突然，美女建筑师的惊呼把黎昊叫起来。黎昊来到野线麻叶前，看见姬超轶的手上呈现出星星点点的针眼似的红肿。

"看来这就是人们说的扎人的野线麻叶了，幸好穿着长衣长裤，否则要遭殃了。"黎昊看过姬超轶的手说道。

"野线麻叶好像是草药，治疗风湿病。"说着姬超轶还要去采麻叶。

"别再采了，再采就不是建筑师的手了。"

"那里有一条山路，还有成片的松树，我们上山吧。"

"我想在这儿呆一会。"

美女建筑师见想法不同，独自甩开两只脚走了。黎昊充分相信姬超轶野外探险的能力，便任由她离开。他则退至山坡另一边，细细观察山川之貌。正所谓一方水土成就一方的景色，澄净的蓝天缠绕着几朵纤尘不染的白云，低矮的松树在雪线以下就停止了，迂回的山谷小路中却隐藏着几处茂盛的树木和平缓的草坪。

太阳的光辉被雪山挡在山外，气温更低了。黎昊从山谷脚下往回走，拐过弯来他看见炊烟渺渺，有人从冰沟汲水做饭，用卵石架起的铁锅上香气四溢。黎昊走过精致的帐篷，刚走到帐篷的后面，迎面碰到从另一帐篷中出来的岳子明。黯淡的光线下，黎昊一眼认出的却是岳子明身后手拿花环的女子叶穗。

面对岳子明，黎昊猝不及防地停住脚步，看来那两顶帐篷就是他们夜宿之处。黎昊的心像超重的苹果落到了地上。

"大师来过周末?"岳子明坦然自若地说道。

"岳经理，难得轻闲了? 方案评审不会变动吧。"姬超轶的声音突然插进来。

姬超轶就在黎昊身后的几步远，她从山上下来看见走在山谷一侧的黎昊后，便一直不急不缓地跟在他的身后走出了山谷。

"度假时就不说工作了，二位一起来的?"岳子明狐疑地说道。

"工作之外都是朋友嘛。"黎昊从震惊中恢复过来。

"黎昊，你看我找到了什么？这可是羊肚菌，古时只有皇帝能吃上羊肚菌。"姬超手里拿着几朵蘑菇，她故意亲密地对黎昊说道。

"那你就当一次皇帝吧。"黎昊却一点都提不起兴趣。

姬超轶大笑起来，从她的笑声中，甚至是岳子明和叶穗也看出她在故弄玄虚。

"大师，要不过来一起吃，小鸡炖蘑菇。"从后面走上来的叶穗轻声地说道。

"多谢二位好意，我们还有同伴。"姬超轶抢在黎昊前面说道。

"也好。"说完岳子明向炉灶走去。

到了炉灶前，岳子明从叶穗手里接过花环给她戴上。叶穗则不好意思地笑了一下。看见这一幕，黎昊的心更加酸涩，却只能无可奈何地跟着兴致勃勃的姬超轶走开了。

黎昊回到搭建的帐篷区域，远远就看见王丹宇围着锅台要大显身手，而他身边的女友不停地在给他擦汗，其他人或在沟渠边汲水，或是坐在一起闲聊，呈现出一片热闹的场景。不一会儿，就地取材的王丹宇便烧出许多美味的菜肴，在大伙一致的建议下，他也用羊肚菌烧了一道鲜美的汤。一场热闹的晚宴拉开序幕，每个人都吃着，笑着，闹着。

黎昊却食之无味，因为那天晚上他再没见到叶穗。

美丽的夕阳坠入雪山之后，夜色笼罩在山谷的上空。王丹宇等人在帐篷里收拾睡袋时，黎昊倚在帐篷外抽烟。忽然间，他看见两个人影分别从对面的帐篷中钻出来，一溜烟又不见了。从朦胧的身形来看，他认出那里面没有叶穗，直起来的身体又缩回去了。他又点燃一支香烟，尽管他周围已留下了满地烟灰。

深夜的寒气浸入厚厚的外套，他却毫无知觉。

第二天清晨，早起的黎昊看见阳子和邓昌博踏着轻烟走回来。他心里忽然高兴起来，原来岳子明和叶穗并不是单独出来游玩的。这时，从帐篷走出的岳子明也看见了阳子，他对阳子狂喜的招呼理也没理，匆忙走来把邓昌博拉到一旁。

"阳子不知道轻重，你也不……"

"我还没吃豹子胆，不是你想像的那样。"

"好自为之。"

"老兄知道轻重吗？阳董事长这个媒人，你不会不放在眼里吧。"邓昌博反唇相讥。

"真爱也许只有一次，用爱换不来的用什么都不会得到。"岳子明看了一眼远处的叶穗，脸上显现出难得一见的温情。

叶穗朝他们走来时，阳子立即跑上前与她拥抱在一起。

"叶子姐，有什么吃的吗？我快饿死了。"

"哈哈，看来你是被饿醒的，问你表哥去，都是他操办的。"

不等岳子明回话，阳子便把他手里装有食品的行李袋抢到面前，她打开袋子，仅看了一眼就大叫道，"太好啦，表哥把百货商场开到这里了。"

邓昌博和叶穗哈哈大笑，岳子明刚想说话，电话却在这时响了。他示意三人先吃，自己则向远处走去，等他接完电话回来后，脸色灰黄，神情黯淡。

"叶穗，我可能要早点回去。阳子，你们呢？"

"叶子姐跟我们再玩一会儿，难得出来玩一次。"

"我和叶穗一起来的，也要一起回去。"

"叶子姐没有必要陪着你受罪，有些事情没解决前……"

"这是我的事，我知道该怎么做。叶穗，我们走。"

阳子想要博得邓昌博的拥护，求助的目光投向了他，但邓昌博却冷眼旁观，无视阳子的目光。岳子明拉着叶穗的胳膊就要走，这时阳子的电话也响了，她接通电话就不耐烦地说了一句："我回不去，也不会参加派对。"

阳子任性的话令岳子明刚要走的脚步暂停了片刻，而叶穗也更加觉得事情蹊跷，一定是有什么事发生了，难道阳董事长要为岳子明举办生日宴会？

"子明，把话说清楚再走。"

"叶穗，事情解决之前，我不想让你知道。"

在邓昌博的帮助下，岳子明将拆下来的帐篷放到汽车后备箱中。汽车从缓坡开上了山路，速度快起来，荒无人烟的戈壁滩和由地球板块运动形成的山坡一晃而过了。快进入到市区时，楼房渐渐多了起来，却依然见不到更多的绿色。

望着一言不发的岳子明，叶穗原本担忧的心也更加不安，她不想因为自己让岳子明为难。一路上，岳子明的电话又响了两次，他每次都简短地说道，"正往回走，快到了。"这也印证了叶穗的猜想，岳子明一定是有其他应酬。但岳子明不说，她也不好追问。

进入市区，车道上挤满了车和人，车想快也快不起来。岳子明不疾不徐地开车，仿佛只有开车这一件事。汽车终于越过了重重的楼房和街道来到叶穗熟悉的高楼下，岳子明没有下车，探过身对叶穗说："这两天谢谢你，我过得很开心。"

"快去忙吧，既然是朋友，以后见面的机会很多。"叶穗大方地挥手和岳子明道别。

爬楼梯的时候，叶穗的嘴角扯开了一丝笑容，原来，她可以笑着和岳子明说再见。

成　长

　　寰宇公司的会议室里，黎昊的心思都在叶穗身上，他还在为昨天叶穗的提前离开而失落。这时，岳子明进来了，他俯在阳子的耳边说了什么就走到评委席坐下了。由于身体的原因，寰宇公司的董事长未能出席方案评标，他委托岳子明前来评标并赋予公司的一切权力。

　　会议室里飘荡着细微的调笑声，建筑师年轻而又活泼。每当黎昊参加投标时，不免被开标前期建筑师开朗自信的笑声和相互的打趣声所吸引。尤其是这次，投标的建筑师都很年轻，朝气蓬勃。在他们身上，黎昊看见了五年前的自己。

　　在会议大厅里环顾一圈，黎昊没有见到姬超轶，他自然不会想到临阵脱逃，心里只想着她是否有什么策略。评委和招标公司的人已就座，眼看就到投标时间了，这时姬超轶信步走来，后面则跟着柳含烟。美女建筑师的目光里还是意味深长的笑意。

　　柳含烟显然精心妆扮过，一身合适的职业休闲装把她玲珑的身材暴露无遗。如果她想吸引建筑师的眼球，那她成功了。但黎昊对她的身体很熟悉了，没有被她雪白的大腿或脉脉含情的双眼所迷惑，他只是对她们礼貌地一笑。

柳含烟嘴角的微笑也不再是以往的高傲冷漠，而是有着淡淡的甜蜜气息，她的到来不仅吸引了所有人的目光，还引来窃窃私语。

"异国美女是哪个院的?"坐在黎昊身后的吴翔鸿问道。

"是黎大师的前妻，刚从法国回来。"阳子快嘴快舌地说道。

"残花败柳了，不过风韵犹存。"

"嘴上积点德吧。"叶穗讥讽地说道。

有人谑笑，有人哈哈大笑，更多的是意味深长地笑。对建筑师们的各种反应，柳含烟一笑带过，她不经意间流露出的风情愈发迷住了建筑师们。

开标了，前面两家单位的方案并无多少新意，黎昊自信手风琴的方案完全有把握胜出。这时，姬超轶会所的方案投放到屏幕上，是一个正在演奏和弦的手风琴。黎昊顿觉当头一棒，仿佛这是他做的方案。细看之下，又有许多的不同，而且要优于自己的方案。

此时黎昊明白了姬超轶的阴谋，他侧身看见自鸣得意的柳含烟，心中后悔那晚让柳含烟留在别墅中，他应该直接把她赶出家门的。接下来展出的是姬超轶的综合楼方案，黎昊对这个方案很熟悉，如果是他做的也会打造成这样的风格。柳含烟对他了然于胸，知道他的方案多具有儒雅的建筑风尚、以发扬民族文化为出发点、以物象征性的意境贯穿其中。但综合楼的方案是杜宇的作品，与此方案不相上下。

黎昊不动声色地听完了姬超轶的汇报，对频频送来的目光报以微笑。该他上场了，会所的方案无法拿出手了。黎昊只能把最后的法宝压在临水听琴的孔雀身上了，好在杜宇的方案吸引了评委的眼球，他看见岳子明赞赏的目光和其他评委饶有兴趣的眼神。但他们还在将这个方案与姬超轶的进行比选。然而，当他把起桥梁作用的临水听琴的孔雀放展示出来时，他听到了毫不掩饰的惊叹声。而综合楼起支撑作用的球形装饰，也成为亮点，更成为不可分割的整体。

原本以为就要大获全胜的姬超轶此时也被临水听琴合二为一的创意吸引住了，其实她的会所和综合楼稍加变动就可达到此效果，可是这个创意却是黎昊提出来的。姬超轶冷眼旁观，不动声色。台下的建筑师已经有些反应了，他们会替她说出她想说出的话。柳含烟想要发言，也被她压下了。

"静观其变，没什么好担心的，最差的结果也是会所中标。"姬超轶轻声地说道。

"如果这是你想要的，那我也无话可说。"

"这正要我想要的，我不会打落水狗。"

"这不会成为黎昊建筑生涯的滑铁卢战役。"

"正相反，这是黎昊的赤壁之战。"

柳含烟笑了，笑姬超轶过高地估计了自己的实力。

"会所的方案由于时间关系没有完成，会所和综合楼的方案不一定是同一家，也许可以合作。"黎昊的话一出，会议室里一片哗然。

"方案未完成就没有达到投标的要求，建筑院的投标不符合程序。"吴翔鸿说道。

"招标文件要求两个方案同时投标。"畅盛设计院的设计师说道。

"方案的评审是为了择优选取，为公司选取最佳的方案，这个办法可行。"岳子明站起来申述了公司的观点。

"同意出资方的建议，评审继续，下一方案。"招标公司的人说道。

以黎昊的评判，接下来的方案不会有超过姬超轶和杜宇的。果然，方案陈述完了，评审结果如黎昊预料到的一样。他欣然接受了叶穗和阳子的祝贺，而岳子明也隔空投来恭贺的目光。等他的视线移向最惹人注目之处时，柳含烟已离席而去，姬超轶则一副赞赏的神情。黎昊却没有像以往一样回以微笑，他对这个女人的厌恶之情油然而生。

姬超轶大方走向黎昊，嫣然一笑，仿佛什么都没发生。

"大师技高一筹，自愧不如。"说着姬超轶伸出右手。

黎昊象征性地握住她的手说道，"谢谢，智者千虑，或有一失。"

"再不会出现今天这样的事了，以大师的智商也不会允许的。"姬超轶调笑地说道。

"不经一事，不长一智。"

"预祝合作愉快。"

"希望这次是唯一的合作。"黎昊淡漠地说道。

"未必能如大师所愿，现在是双赢的时代。"姬超轶哈哈大笑。

等黎昊应付了姬超轶后，再寻找柳含烟的身影时已无迹可寻。她是心虚了吧？他万万没料到柳含烟会出此下策，更没想到一向自信强势的姬超轶会受到诱惑。他想起去巴黎前姬超轶说的话，她想赢，不想再输给他了。也许，美女建筑师对光环的向往让她不顾一切。

黎昊懒得再去猜测柳含烟和姬超轶的心思，他拉着叶穗的胳膊快速离开了喧闹的人群，就怕岳子明再缠上叶穗。

　　会所方案的失利令黎昊在建筑业多少受到影响，好在杜宇的综合楼方案为事务所挣了光。接下来的项目便是商城的投标，但黎昊在商城的方案上拒绝向叶穗提供任何提示，生怕他的创意影响到叶穗。他正在改变惯性思维，尽管这很难，但他已经开始这么做了。

　　叶穗被逼无奈，努力想像商场可能的潜在形式。或许正是大师无情的拒绝，叶穗打开心灵深处创意的灵感，综合商场的方案以一朵盛开的莲花呈现在眼前。叶穗忙碌着把脑海里的方案变成电脑屏幕上的线条，当大体的方案呈现在屏幕上，她松了一口气。

　　突然间，叶穗感觉办公室真静，宁静的仿佛不真实了。阳子圆满地完成实习回学校了，世经金都的规划详细设计图则要等等。叶穗看了看空空的电脑桌笑了，那时她总嫌吵，现在的寂静倒有些不适应了。同一时间，叶穗也注意到一板之隔的大师很久没动静了。

　　"方案成形了？"黎昊出其不意地说道。

　　"大师请指教。"

　　也就一秒钟，黎昊从隔板之外过来了。他一脸的亲切、赞赏目光，让叶穗心生快乐。她从电脑前让开，让大师坐下来。黎昊详细看过后，频频点头。

　　"可以在起伏界面上增加波浪式的曲面，这样看上去更像一朵漂浮在湖面上的莲花。"

　　黎昊的话点醒了叶穗想像的空间，她在心里已经看见那朵漂浮的莲花了，比现在更有生气，更有活力。

　　"这样要更好一些……立面上再增加一些起伏的线条？"

　　"也许碧绿荷叶会更好，一枝独秀也要有绿叶衬托。"

叶穗笑了,大师寥寥几言令她眼界开阔了。

"还有要修改的吗?"

"方案很好,入门了。"黎昊站起来说道。

黎昊刚站起来,尚未从电脑前退出来就看见姬超轶来到门外。叶穗不自觉地看了美女建筑师一眼,又去看黎昊,看来姬超轶是算好时间,快下班时来找黎昊。

"方案做好了?大师的精力旺盛呀!"

黎昊转出去把姬超轶挡在隔断之外,他的这个动作很明显是想保护叶穗的方案不被姬超轶看到。然而,姬超轶对会所方案中标没有任何愧疚,当柳含烟提出诱人的计划时她毫不犹豫地采纳了。她想赢得这次方案,想看看黎昊清高的面具撕碎后的神情。那天黎昊却让她失望了,她见到的依然是文质彬彬不露声色的大师形象。

"放心,商场的方案我不参与,柳含烟负责此方案。"

"一朝被蛇咬,十年怕井绳。"黎昊讥笑地说道。

"大师可以来一个,螳螂捕蝉,黄雀在后。"

"建筑师是有区别的,不要以为……"

"机会出现在大师面前时你也会抓住的,不要装出清高的样子。"姬超轶反唇相讥。

"我不是你。"黎昊有些不耐烦了。

"那是你没有受到诱惑。"

"美女建筑师有何贵干?"黎昊厌恶了斗嘴,岔开话题道。

姬超轶已经在苏慧的座位上坐下来,随意地翻看建筑图册。黎昊也跟了过去,靠着桌子淡定地看着美女建筑师。自开标会后,他有意躲着她。到此为止,他依然不能把眼前妩媚自信的女性与阴谋联系起来,那次虽不能说是公开的剽窃,却更糟糕。

"我宁愿棋逢对手。"

"又有一场硬仗要打了，或还是二对一?"

"翻过去的一页不必要再提了，没有人会第二次尝试同一个伎俩。"

"好，既往不咎。"

"晚上去碧江酒吧? 我谢罪。"

"改日，今晚我有约了。"

到了此时姬超轶再也不能无视黎昊的冷淡了，他们之间的惺惺相惜一去不复返。尽管如此，她却仍像一只骄傲的孔雀，优雅离开。黎昊温文尔雅地把姬超轶送到建筑院的大门外，他还未走进大楼就见叶穗拎着包从门厅里走出来。

"转眼就下班了，岳子明不来接你吗?" 黎昊四下看了一眼说道。

"我那都是沾了阳子的光。大师要去哪里?"

"回碧石湾，还能去哪里?"

叶穗笑了，对他欺瞒美女建筑师的谎话感到好笑。

"刚好顺路，捎我一段?" 叶穗笑着说道，她觉得以前都是自己误会黎昊了。或许，黎昊并不像她以为的那样花心，而她也愿意跟从内心的感觉，她想和黎昊在一起。

这时周越在后面不停地打着喇叭，被黎昊瞪了一眼后，便吐了吐舌头，悄无声息地将车开走了，他那快活的脑袋也没有像平日一样从车窗里伸出来。

"等我一下，我去取外衣……算了走吧。"

一想到岳子明可能会出现，黎昊改变了主意。车开出去不足二十米，他接到钟丁山的电话。钟丁山和关翎在火火酒吧，邀请他去放松呢。黎昊对着电话说了一句"正忙着"，就急匆匆地挂了电话。叶穗见他心急火燎的模样，当时就笑了。

"你去吧，我坐公交很方便的。"

"突然袭击式的邀请常常闹得人手足无措，你也遇到过吧。"

叶穗再次笑了，她想起恋人之间相遇或约会不都是突然袭击式的吗？有时心血来潮，半夜都会从床上爬起来见面。

"如果是恋人之间的约会就不足为怪了，当恋人之间的约会变成程序化的日程表，那便没有激情，只有仪式。"

叶穗说话的时候，黎昊一直从视镜里仔细端详她，他在猜测叶穗以前是否半夜去见过岳子明，是否常常有突发奇想的冲动。叶教授的别墅到了，黎昊不情愿地停下车。他看着叶穗迈着轻盈的步伐走了进去，心也被带了进去。

更多的变化呈现在叶家的院子里，叶穗更感陌生。她正愣神时，薛懿从屋里出来，大叫着叶子姐姐。叶穗不尴不尬地拉着薛懿的手走进屋里。

屋子里的变化更大，经过女主人的手再次装修了，看来叶教授辛苦攒下的钱要用来享受了。气色渐好的叶教授快乐地把叶穗让到沙发上，这正合叶穗的心意，她不想上楼，害怕会看见令人伤心的事。这时，薛诗雯从厨房里端着菜往餐厅走去。

"穗子瘦了，要多回来，家里总要比外面吃得好。"薛诗雯笑着说道。

"建筑院离这儿太远了，路上太耽误时间了。"叶穗说道。

"有车就方便了，先买一辆汽车吧。"叶教授说道。

"已经有两辆车了，院子里没处放。"薛诗雯说道。

"我和诗雯在省大上班，可是接孩子就得要两辆车，否则那旧车就让穗子开。"叶教授为难地说道。

"不用了，再过半年我就能自己买车了。"叶穗不忍心让父亲为难。

薛诗雯笑了，招呼薛懿过来吃饭。饭菜丰盛，叶穗却食之无味。她的目光总情不自禁地移向新贴的壁纸、高悬的吊灯、新换的液晶电视，还有薛诗雯那昂贵的羊绒大衣。

"穗子工作累不累?"薛诗雯问道。

"眼下是设计的高峰期，北方的规律是冬天设计，春天开工嘛。"

"要想设计出好的作品就要常出去看看，这不是领兵打仗，运筹帷幄很重要，实地考察和开阔视野更是必不可少的。"叶教授说道。

叶穗笑起来，为父亲的幽默而笑。其实建筑师常有出差的机会的，建筑年会、建筑学讲座或者规范宣传等都有机会出去。

"寒假我和叶教授要去马尔代夫度蜜月。"薛诗雯看了一眼叶教授说道。

薛诗雯口中的蜜月二字让叶教授不好开口邀请叶穗一同去了，叶穗看出父亲左右为难就笑着说道，"我走不开，手上有一个投标方案，祝你们玩得快乐。"

"叶子姐，我也去。"薛懿顽皮地说道。

"好呀，回来给姐姐说说游玩的趣事。"

薛懿放下碗筷走了，这像一个信号，叶穗也吃饱了。叶教授喝上新婚妻子沏的龙井茶，看着新闻。叶穗帮着薛诗雯收拾了厨房后再找不到待在那儿的理由了，她匆匆告辞，离开令人窒息的屋子。走出院子来到小区道路上，叶穗心灰意懒地向前走去。

冬天来临了，行道树的叶子染上金子的颜色，落到花池里树叶则是杏色的。一辆汽车悄悄地在叶穗的身边停下来，她一抬头就看见一脸笑容的黎昊，在那一瞬间，叶穗真心感到了快乐，为见着黎昊而高兴。黎昊换了一身麦穗色的休闲外套，看上去更英俊潇洒。

"太巧了，碰到了大师。"

"上车吧，我要去市里。"

坐到车里，叶穗闻见黎昊身上淡淡的烟草味和香水的味道。她在岳子明身上同样闻到过这样的味道，但此时却觉得黎昊的气息更让她安心。从后视镜中，她瞥见黎昊得意的笑容。有那么一刹那，她怀疑大师专门等在她家的门口，但很快又否定了这个想法。

"我想你会更晚离开家呢。"

黎昊的这句话让叶穗证实了自己的想法是对的，她知道黎昊喜欢自己，但今天她还是第一次强烈地体会到他浓浓的爱意。

"那已经不再是我的家了。"叶穗苦笑着说道。

"那间屋子还给你留着，随时欢迎你回来。"

"我不善于计划那么遥远的事，把我送到西关吧。"

叶穗并不能心安理得地接受黎昊的帮助，她还没想好以后到底该去何从。尽管她的心现在都被黎昊占据了，但她不愿意成为依附黎昊的凌霄花。

黎昊的失望之情一览无遗，汽车开得很慢，却还是到达了目的地。在叶穗下车前，黎昊强势地揽过她的肩膀，铺天盖地的亲吻随之送上。叶穗条件反射地挣扎了一下，渐渐地在黎昊的怀里安静下来，她并不排斥与黎昊的亲密接触，甚至可以说是欢喜的。

时间一分一秒地过去了，快要窒息的叶穗红着脸推开了黎昊。她主动在黎昊的脸上亲了一下，便飞快地转身下车。看着叶穗消失在门厅的身影，黎昊嘴角的笑容越来越大，他觉得想要的幸福正在到来。

杜宇从乡村回来了。上班的第一天，他就把叶穗约到星巴克咖啡馆，不过他根本不是来喝咖啡的，而是来诉说失恋。他休假十天，陆梓用了三天时间就爱上了省大环工系的那位研究生。他们一起去额济纳旗看胡杨林，在这三天里形影不离，恋情也火速确定下来。

"你说他比我好在哪里？"杜宇掩面低声地说道。

"爱情要随缘，陆梓也许不是你此生的伴侣。"

"陆梓跟着我才会住大房子，开豪车。"

"在爱情面前，金钱一文不值，或许就是因你没有时间陪陆梓才造成今天的局面。这段时间，你拿到不少的设计费，明面的、地下的工程都接到手，却很少有时间陪伴陆梓。"

"叶穗，就不能说点让人宽心的话吗？谁不会讲道理呀，不用你教我。"

"这才是大实话，一味地沉浸在伤痛里不能自拔可不是灵丹妙药。"

"灵丹妙药就是我要陆梓。"

"有一句话叫置之死地而后生，要不了半年老兄会爱别人的。"

"谁？你吗？早知道不请你喝咖啡了。"

"拿出点男子汉的气概，否则再多的金钱也俘获不了姑娘的心。"叶穗哭笑不得地说道。

杜宇依然怨天尤人，这位被母亲宠坏的男孩第一次尝到了痛苦。叶穗本想一走了之，想了想又坐下来。她同样体会过失恋的滋味，那不是一朝一夕就能过去的，结了疤、长了茧后才能痊愈。她清楚治愈伤痛最好的方法就是让自己忙碌起来，忘记那些曾经的痛苦。

"下个月要交综合楼的施工图，同期还要交临水听琴的施工蓝图，你这段时间还有许多事要忙呢。"叶穗一边说一边拉杜宇站起来。

"没有陆梓还画什么图呢？"

"快走吧，不是所有的美女都不喜欢金钱，真碰上个喜欢金钱的你又不愿拿出来了。"

这句话把杜宇逗笑了，他跟着叶穗回建筑院了。阳子见到杜宇就低下了头，她从陆梓那儿已经知道所有的细节。她可以肯定，陆梓这次是动了真情而不是被男孩的油嘴滑舌所迷惑。

杜宇投入到工作中暂时忘记了痛苦。叶穗安抚了杜宇后，回到电脑前就见到掩饰不住喜悦的阳子。这几日阳子处于亢奋之中，但她对这次的恋爱守口如瓶。叶穗猜想，阳子是真的爱上了邓昌博。再次看了一眼埋在电脑前专心画图的阳子，叶穗也忙碌起来。所有的图纸中总平面图要先行，大部分的图纸完成了，就等会所和综合楼的建筑平面图。

姬超轶来了，她为合作一事已经来建筑院许多次了。而方案上杜宇已经与她达成一致，到了后期不需要更为详细的交流。没有人能说清她来建筑院的目的，但她隔三岔五就来一次。

"大师去哪儿了？"美女建筑师对着苏慧说道。

苏慧自从在碧石湾那儿受到柳含烟的讥笑后就看清了，黎昊和她根本不是一路人。而黎昊对叶穗的深情，她更是看在心里，知道自己无能为力。为了能尽快嫁出去，苏慧处心积虑地认识了一位浩然会计事务所的顾客。现在，苏慧对黎昊潜在的爱慕者已没有敌意。

"去菲斯文化公司了，有什么事我可以转告。"苏慧微笑地问道。

"没事，只是问候大师。"说完她出了门，穿过走廊来到杜宇跟前。

此时有美女前来，杜宇倍感解脱。他正需要有美女的香肩让他痛哭，但姬超轶显然不是能让他获得抚慰的人。姬超轶标新立异，喜欢方案获胜后受人瞩目的喜悦，却并不真正在乎金钱。她要的就是被人捧上天的感觉。

"打开邮箱，那是会所最新的平面图。"

"条件提给了结构专业，再改动就有返工量了。"杜宇不乐意地说道。

"模型建立好了，不要再改了。"周越从电脑前抬起头说道。

"别着急，看了再说。"

"这与上一版本的图纸没有不同。"杜宇仔细看过图纸后说道。

"谨慎能捕千秋蝉，小心驶得万年船。"姬超轶微微一笑说道。

"先坐，喝杯茶。"杜宇大笑着说道。

杜宇往纸杯里倒水，不小心把水洒到桌子上了，他胡乱地用纸巾把水渍擦了。姬超轶看见后轻轻一笑。她在不同的场合看见被宠坏的男孩风度翩翩却举止笨拙，不是把咖啡洒到桌子上，就是把茶杯碰翻了。她认定杜宇百分之百属于这些男孩中的一员。

"后起之秀，打破了建筑院一枝独秀的局面。"

"此言差矣，建筑院人才济济。"杜宇谦虚地说道，"上有院长、谢师，下有叶穗。"

"那是因为你也是他们中的一员了。"姬超轶老练地调笑道。

"不能与姬师相比呀，姬师的作品遍布省城了吧。"

对杜宇夸张的恭维，姬超轶照单全收。

"我走了，有事联系。"

姬超轶走后，杜宇又想起陆梓来了。爱情会瞬间到来，却不会很快消失。

黎昊深知国内的设计人员不注重现场服务，而他却从中受益匪浅。工程建设中并不是图纸一脱手就万事大吉，最终的检验将在施工中。而看见杜宇、叶穗和周越聚在一起谈论着即将开标的综合商场方案时，黎昊不能再忍下去了。从上班起，他们已经谈论一个小时了。

"一起去现场，换上工作服。"

凑在一起的三个脑袋分开了，失恋的杜守故意踢踏着向走廊走去，他现在哪里都不想去。周越则快乐地跟在后面，工地上有了戴瑞娟就不一样，像磁石一样吸引着他。

"谢师不去现场吗？"杜宇故意问着迎面走来的谢子尧，其实他知道流水别墅早停工了。

"流水别墅已停工了，之前都看过了。"谢子尧不紧不慢地说道。

杜宇有抵触情绪，不乐意地走向自己的车，同时对着周越大声地说道："巡视现场不包括在设计的工作内容中。"

这么大的声音是有意让黎昊听见，但周越却滑头地笑笑，没接杜宇的话。显然，黎昊听见了杜宇的抱怨，他停下已启动的车，淡然无波地看向杜宇说道，"现场服务是设计的内容之一，何况工地上包含着许多不能从课本中得来的常识，多看看很有好处。"

"施工中没有遇到问题，去了也没用。"

"亡羊补牢总不会错。"

黎昊淡笑着坐进汽车里，他不会和失恋的下属计较，更何况谁都有情绪化的时候。这时周越也拍拍杜宇的肩膀说道："快跟上去。"

再有几天就进入冬季施工了，从菲斯文化公司办公楼的工地过来，黎昊看见大剧院的工地上正紧张地进行钢筋的绑扎和模板的支护。五层的楼板一经浇筑，主体结构就起来了。潘时明和戴瑞娟走了过来，但害羞的戴瑞娟一见到他们就低下了头。

"不要怕，他们不是你未来的亲戚。"周越俯身在女孩的耳旁低声说道。

声音很小但还是被叶穗听见了，她忍不住笑起来，很能体会到女孩第一次被介绍给男孩的朋友或同事时的惶恐不安。为了缓解女孩的尴尬，她拉着戴瑞娟一起躲到男人们的后面。

"工地上有什么问题了？"叶穗问道。

"这倒没有，大师常来，有些问题随时就解决了。"

"施工中才能发现图纸中的问题，多亏你们发现的早。"

"还是大师先看出来的。"戴瑞娟笑呵呵地说道。

叶穗见女孩摆脱了紧张情绪后，就把她还给了焦急的周越。男人们向剧院的辅助用房走去，这时李总监从东北角过来，加入到男人的队伍中。黎昊看得很细，施工中许多的环节都问到了。来到一大开挖的基坑那儿，黎昊停下不走了，他看见基坑边上露出地下水处理构筑物的基础。

"冬季施工前来不及浇筑了，原有的基础可能会冻的。"

"钢筋未到场，如果明天到场还来得及。"潘时明说道。

"一周后才能到场，基坑只能先回填。"李总监说道。

"开挖和回填的工程量？"潘时明说道。

"这点量走签证吧。"李总监说道。

在一个柱子的基础那儿,黎昊再次停了下来。工人们正在把基础与柱子的钢筋对接到一处,但他们怎么都对不上。黎昊看出从地基上伸出二十二根钢筋,而柱子的钢筋却只有二十根,他让工人们把钢筋放下来再查看图纸,果真,柱子的钢筋绑扎错了。

到这时,杜宇心中的怨气也彻底消失,他觉得自己和大师之间确实存在差距,便端正了态度跟在黎昊后面认真查看现场。

一行人转到临时出入的大门时,黎昊看见与戴瑞娟相谈甚欢的周越刚把安全帽戴上准备进入工地。陷入热恋的人总觉得时间不够,一眨眼时光就流逝了。黎昊笑了笑,细想他以前都没好好爱一场,柳含烟为了那张绿卡与他的恋爱阶段也被压缩了,好在他遇到了叶穗。

冬季的自然界进入冬眠期,而工程项目的设计却没有停下来,除了寰宇公司的项目外,事务所陆续又接了不少工程。原本想充电的黎昊不得不设计五星级酒店的施工图纸,因为考虑到第三方审图的时间,施工图出来到到审核通过也就到了冬季施工令解除的日子了。

杜宇过来询问综合楼图纸的审查情况,方把黎昊从专注之中拉回现实,他已从清晨画图到现在了。看着大师干涩的双眼,杜宇拿出一支烟递给他。

"抽支烟,休息一下。"杜宇笑着说道。

黎昊接过烟往吸烟室走去,虽然他平日里不拘小节,却很注意公众形象。有女士在,他不吸烟。杜宇不乐意地跟着他去了吸烟室,一进屋子黎昊打开了窗户,点燃了烟猛吸了两口。杜宇笑起来,如法炮制。

"综合楼的图纸，月底能完成吗？"黎昊一边抽烟一边说道。

"没问题，现在我一心一意画图挣钱。"杜宇调侃地说道，他常以这句话自嘲失恋了。黎昊笑起来，自从他知道叶穗的心里有他，便常常发自内心地微笑。

"苏慧很不错呀。"黎昊说道。

"我不想找眼前的人。"

"苏慧只与事务所有业务来往。"

"只怕她不乐意。"杜宇说道。

"世上还有杜宇办不到的事？"黎昊说道。

杜宇哈哈大笑，论纯真当是陆梓，论漂亮却是苏慧了。但杜宇看出苏慧一来就缠着黎昊，不知最近怎么却又丢开大师。从种种迹象看出，苏慧现在孑然一身。

黎昊见杜宇的眼神开始流转，再次笑了，男人嘛，总不会吊死在一棵树上。两人闲聊着，最后不是抽了一支烟而是三支烟，过足了烟瘾。从走廊走来，黎昊注意到梅子来了。流水别墅停工以来，梅子第一次来建筑院。近来谢子尧接了些公建项目，其中生态园项目是省里的重点项目，这个项目的关键点是建筑作品与景观的完美结合，而梅子是学景观的，谢子尧少不了要向梅子请教。梅子坦然自若地坐在谢子尧狭小的办公环境里，与谢子尧促膝谈心。

建筑院的人都清楚梅子与谢子尧两情相悦，可谁也不说透。甚至是赵雪梅看到梅子与谢子尧真的恋爱了，也不打趣他们了。

黎昊笑了笑走回办公桌，他打开电脑，图纸中还有许多的细节要处理。尚未开始，Dior 的香气飘过来了，黎昊虽没转身却清楚站在他身后的人就是姬超轶。他本不想招呼她，但他的绅士风度还是让他转过身来。身穿羊绒大衣、长筒靴的姬超轶看上去优雅、得体，谁能想到此时她正焦虑万分。

"后天就是开标大会，又有阴谋了？"黎昊客气地问道。

"大师要以比干之心来看待问题。"

"怎么说？"

"今天不谈方案，给你送杂志的。"

黎昊已经看见姬超轶手中拿着的建筑杂志，以为她是来还杂志的。他接过杂志发现除了借给她的《CONSTRUCTION MODERNE》杂志，还有两本新的《EVOLO（FCH）》。姬超轶竟然给他送来了法国高端的建筑杂志。

"这是你送来的橄榄枝吗？"

"大师不必怀疑我的真诚，对手之间也会产生友谊或爱情，就像控辩双方的律师。"姬超轶说道。

黎昊翻开杂志，看了看目录说道，"还有盖朗利博物馆项目，真值得一看呀！"

"里面有介绍安东尼·高迪的作品，大师应该有兴趣。"姬超轶说道。

去法国时黎昊说起过安东尼·高迪的作品。

黎昊笑了，为姬超轶锲而不舍地想要弥补过错而感动。人有的时候会产生错误的决定，等事情发生后方觉得错了。姬超轶正处于想极力让这件事快点过去的焦虑之中，她想赢得黎昊的友谊。不可否认黎昊是位谦谦君子，移花接木的事除了向叶穗提到过，他并没有向其他任何人说起。此时姬超轶真觉得要想赢得让人心服口服，只能公平竞争。

"谢谢，也许下次我们会联手做方案。"黎昊说道。

"何尝不是呢？迪拜建筑群不是一个人能设计出来的。"姬超轶说道。

　　黎昊笑起来。他把姬超轶送出建筑院的大门时，想着美女建筑师的友谊有多少成分是不包含利益的？接着他又摇了摇头。

　　从院里出来，叶穗直接在街边的饭馆里吃过饭。阳子不在家，她不想做饭。她在小区街道两边的市场上买些苹果和桔子，蹦蹦跳跳地向前走着。她心情愉快，方案出手只等评审了。叶穗哼唱《西海情歌》走进了熟悉的门厅，门卫大爷和蔼可亲地对她笑笑，她也报以微笑。

　　然而，叶穗一出电梯就看见水漫金山的惨状。厨房里的给水管爆了，而管道井里的阀门却关不上。阳子正在屋子里埋头苦干，努力把水舀到盆子里。叶穗把水果袋扔到茶几上就参与到救急之中，她看见屋里还有另一个人，邓昌博。他挥汗如雨地在厨房里想要堵住露水点，双手与裂缝搏斗，连喘息的机会都没有。

　　水泄漏多少就要看邓昌博堵漏的效果。过了一会儿，水渐渐小了，最后停了。小区物业管理室的吴主任上来了。

　　一见吴主任，阳子气不打一处来却又无可奈何。一年前卫生间发大水，管道井里的阀门就是坏的，现在还是坏的，她为此买来的新阀门却不知所踪。年初小区物业换了家新单位，现在都没处找人评理。

　　"良心都被狗吃了，还我的阀门。"阳子只想骂几句出出气。

　　"你们把钢管上的阀门关闭了，整栋楼停水了，现在是用水高峰期呀。"吴主任尴尬地说道，"过了保质期，只能业主自己修理了。"

　　"请放心，我们会尽快找人修理。"邓昌博客气地说道。

　　吴主任听到想要听的话就走了。邓昌博一个电话就叫来两个水暖工，他手下管理着几十号的建筑工人。漏水点找到了，埋在墙里的一截 PPR 管上有二十厘米的裂纹，那截管子被截了下来，阳子看到管壁厚薄不一。

"不合格的产品用到工程中，能保证质量吗？老百姓买房子却买不到放心房。"阳子气得忘记了这是自家房地产公司开发的住宅。

"不要忘了商人追求最大利润。"邓昌博说道。

叶穗给邓昌博递了眼色，不让他再说下去了。邓昌博明白了叶穗的用心，尴尬地笑了笑。阳子也想起这是自家建的房子，却不能消除对开发商的怨气。

"隔几年发一次水，谁能受得了。"阳子叹口气说道，"房子交到住户手里只与住户有关了，真不公平。"

"壁厚的不足往往成为事故发生的诱因。"其中一个工人插言道。

这位眉清目秀的建筑工人皮肤白皙、文质彬彬，不像一线的操作工倒像坐办公的文职人员。他穿着统一的灰色工作服却掩盖不住他文雅的气质。阳子被他低沉的嗓音吸引了。

"学什么专业？也是工程学？"阳子头都不抬地问道。

"土木工程，比不上建筑学。"男孩笑起来说道。

男孩笑起更好看，令人心旷神怡。阳子的目光完全从邓昌博转移到男孩身上了，她饶有风趣地看了男孩一眼笑了。

"怎么做起这一行了。"

"近两年建筑业的人才如井喷水，只能先干着吧。"男孩再次笑着说道。

"叫什么名字？"阳子问道。

"练长庚。"

"这个姓倒比较少见呀。"

男孩的注意力已被手下的活计牵住了，另一位工人把热熔机拿出来接上了电，练长庚则开始备料。阳子遗憾地笑了笑，看向邓昌博。

"一时半会修不好，出去吃饭吧。"邓昌博看了一眼忙碌在厨房的建筑工人说道。

"叶子姐一起去。"

"我回来的路上吃过了，你们去吧。"

阳子和邓昌博走了。叶穗留下建工人在厨房里修管道，自己去了客厅。她拿出在校园里用了五年的 CD 机，戴上耳机。厨房里的噪音听不见了，叶穗翻开《国家地理》，有一篇文章介绍毛里求斯渡渡鸟灭绝的原因。叶穗不仅为毛里求斯的渡渡鸟着迷更为其风景着迷，她想着和黎昊去那儿度假不失为上策，想到这里叶穗笑了。

厨房的水管和管道井里阀门修好了，练长庚过来告别。叶穗请他们喝过茶水后再走，被拒绝了。她很不好意思地拿了两三个苹果和几个桔子塞到他们手里，并把他们送到电梯门前。电梯的门开了，阳子走了出来。

阳子一个人回来的，邓昌博吃过饭就走了。一场大水把她的计划全打乱了，她拉着邓昌博到西关就是想躲开父母好好地谈谈。平日里，一旦她说起工作以外的事，邓昌博就顾左右而言他。今日阳子打定主意要与邓昌博说清楚他们之间的关系，但邓昌博与往常一样绕着弯儿与阳子说话。不了了之中，邓昌博走了。

见练长庚要走，阳子又退回电梯里。她对叶穗说："我去让物业值班人员把水管的阀门打开，再供不上水业主们会把我吃了。"

电梯的门关上时，阳子正与练长庚相谈甚欢。一个时辰后阳子带着一脸笑容的回来了，此时她不再说起邓昌博的事了，反而大谈特谈练长庚。

叶穗笑了，不知道阳子这种学生式的迷恋何时能结束，她希望阳子能认清自己的感情。

杜宇已经和苏慧说了半个时辰了。自那日黎昊提到苏慧，杜宇总是有意无意地到这边来找苏慧。今天他以向苏慧借胶带纸为由，就赖着不走了。

"去西山那儿滑雪的人很多。"杜宇像无意中说起滑雪的事。

"钟总带我们去玩过一次了，很不错的。"苏慧说道。

"还想再去吗？周末可以吗？"

"还不能定下来，九点之前等我电话。"

"一言为定。"

近来苏慧与那位客户的感情毫无进展，她正犹豫是否给再给他一次机会，所以她目前还不能明确地回应杜宇。黎昊站起来递来一支烟，让杜宇去吸烟室却被拒绝了。黎昊笑起来，年轻人就是急脾气呀。

"杜宇，我正等着用胶带纸呢，不会到月球上失重回不来了。"周越大叫道。

"想用自己过来取。"杜宇回敬道。

杜宇抱歉地对苏慧笑笑走了，到门口时他做了一个打电话的手势。

忽然间，低头做报表的苏慧被浓烈的 Caron 香水吸引住了，这是她第二次闻到这种香气了，她站起来越过隔断，便看见渐渐走近的柳含烟。

柳含烟并没有将目光投向苏慧，她径自往里面走着，直到路过叶穗那儿才停下脚步。黎昊身边的女人，柳含烟最关注叶穗。丘比特剑一事中，她只记得黎昊与这个小姑娘的亲密。

明天是综合商城开标的日子，叶穗正专心地练习讲解稿，她全神贯注以至于没注意到柳含烟的到来。等听到温柔细弱的声音，她才看见娇艳妩媚的柳含烟。

"叶穗，黎昊呢？"

叶穗站起来越过隔断方发现黎昊不在。

"苏慧，大师呢？"叶穗问道。

"刚出去了。"苏慧淡淡地说道。

苏慧不会轻易忘记在碧石湾受到的欺辱，她看见柳含烟脸上失望的表情，心里好受了点，但她并不想说明黎昊去了哪里。

"告诉黎昊，晚上去碧石湾找他。"说完柳含烟要走。

苏慧低下头全当没听见柳含烟的话。

叶穗见状只好说："柳大师可以给直接给黎大师打电话。"

"不必了，我了解他。"柳含烟走了，像来的时候一样轻轻地走了。

柳含烟刚走，黎昊就回来了。他看见柳含烟的背影，也听见了叶穗的话，心中不禁苦笑起来。他了解叶穗，只要她生气时就会喊自己大师，他决定今天一定要和柳含烟说清楚。

黎昊像往常一样下班回碧石湾的别墅，不过他在路上购买了两个人的菜食。从小区路拐过来时，黎昊看见等在院子里的柳含烟。

寒风中的三角梅枝叶尽失，苍劲的曲枝盘曲在窗台下。柳含烟不用看就知道，那把钥匙还放在三角梅的花盆下，但她没有用钥匙打开屋子，而是等待主人。黎昊开了门，他们俩一同进屋。柳含烟接过菜食，主动到厨房里做饭，刚打开纸袋就看见有她喜欢吃的 Cherry 还有鲜嫩的豌豆尖。

柳含烟的眼泪都快要掉下来了。她为了一张绿卡诱骗黎昊和结婚，又为了能投入另一个她自以为爱着的人的怀抱里，结婚当晚就无情地把事实真相告诉了黎昊。然而，她选错了目标，她爱上了不该爱的人。当然这一点她并不是一天两天明白的，而三年后明白的。

饭菜摆到桌上，柳含烟走到酒柜那儿拿出一瓶法国灰雁说，"还不喝酒吗？不怕我在饭菜里下药？"

"你还没有那么坏，当时你只能那么做，只不过选中了我。"黎昊冷静地说道，"不选我也会选别人的。"

"既然如此，为什么不肯原谅我？"

"你并没有做让我原谅你的事反而变本加厉。"黎昊打开盛酒器给柳含烟倒了一杯酒说道，"不说这些不愉快的事，吃饭。"

"黎昊，我来就是请你原谅我的，不否认当时我疯了。"

"含烟，这是我们最后的晚餐。一切都已过去了，到今天我才知道不再恨你了。"黎昊温和地说道，"我们可以是朋友，但决不会是恋人。"

"男女之间没有纯粹的友谊。"

"那你就选择做我的敌人，再在我的胸膛上刺一剑，我的心还可以再承受一剑。"黎昊诙谐地说道。

"也许这一剑，会刺向我的胸膛。黎昊，你不会看着我伤在你的手里吧。"

这是柳含烟惯用的伎俩，黎昊见识过多次了，一切责任她都有可能推卸到他人身上。他有点害怕的是，柳含烟像动了真情。

"我不会使剑，因此不可能伤到你。"黎昊狠下心来说道。

"好，那就请你看清楚，剑会从哪里刺来。"

柳含烟从黎昊毫不动情的脸上知道多说无益，她草草地吃过饭收拾了厨房，又吃了餐后水果就告辞了。黎昊要送她，却被她坚决地拒绝了。

"既然不想忘记对我的恨，就不要再滥情了。"

柳含烟的这句话把黎昊的双腿固定在院门内，他想不明白自己以前怎么会爱上柳含烟这样一个女人。他眼睁睁看着柳含烟孤独地走入漆黑的夜色中。也就是此时一种突如其来的情感把黎昊打败了，柳含烟就是上帝派来折磨他的心魔。

约　定

　　叶穗的方案完成了，初出茅庐之手能做出这样的方案让黎昊很高兴。第二天综合商城就要评标了，黎昊再次检查叶穗的方案和说明书。他坐在叶穗的电脑前指导叶穗完善方案中的细节，很享受待在叶穗身边的感觉。

　　"湖面像镜子一样，那是文学作品中的描写，波浪线更能突出水中的莲花，就像月亮常用月牙来代表，而圆形的月亮会产生歧义。"黎昊指着方案中象征湖面的装饰线条说道。

　　叶穗动手修改图纸，改好后她和黎昊相视一笑。

　　快下班时岳子明来了，这不是他第一次到建筑院却是第一次到叶穗的办公室。赵雪梅探头探脑想要打听消息被杜宇顶了回去，他不想让赵雪梅挑起风波。

　　"徐娘半老，不要盯着年轻男子打主意。"

　　"杜宇，我的女儿都上小学了。"赵雪梅气愤地说道。

　　"到点了，快去接女儿吧。"

　　赵雪梅被杜宇气得早走了一刻钟，看着赵雪梅的背影，周越大笑。

岳子明来到隔断时，正好看见叶穗和黎昊相视一笑，心中五味陈杂。他尚未叫叶穗，她就转身看见他。

"你怎么过来了？"叶穗高兴地说道，她对待岳子明已经能像老朋友一样。

"明天方案开标，我来看看你。"

"外面下雪了吗？"

"千树万树梨花开。"岳子明笑道。

"工作忙完了？"

"表哥的工作可多了，连谈恋爱都是工作。"阳子说道。

阳子是在岳子明前面过来的，但一直没有进屋，她是为练长庚的事来找黎昊。

"阳子，不知道不要乱说，明天可是叶穗投标的日子。"岳子明说道。

"叶子姐我要给你加油。"阳子瞥了瞥嘴巴，开始转移话题。

叶穗没有说话，心中为阳子的话而疑惑，等她想问阳子是什么意思时，阳子去找黎昊了。

"今晚我留在西关，明早陪你去招标大厅。"岳子明拉着叶穗的胳膊说道。

"我……我要去碧石湾。"叶穗想到与黎昊的约定，还是委婉地拒绝了岳子明。她知道这个时候自己对岳子明已然没有男女之情，便不想再让岳子明误会。

岳子明尴尬地笑了笑，他不是不明白叶穗的意思，却还是时刻想要与叶穗在一起，尤其是最近姑父总拿他的爱情当作事业的交换，更让他想要回到叶穗的身边。

"阳子，走吧，要下班了。"岳子明恋恋不舍地看了一眼叶穗，只能无功而返。现在的叶穗比四年前更加明媚动人，也自信多了，却再也不是他能左右的小女孩。

一板隔的叶穗已经听见阳子对黎昊说的话了，知道她一会儿就过来了。黎昊答应了阳子的请求，同意让练长庚过来上班。事务所的业务量增加，正想招收结构专业的设计人员。其实黎昊也在考虑把梅子吸引进来，但眼下梅子与谢子尧的事不彻底解决，他心有余悸。这种事情早晚会有个了断的。

"表哥快走，我要告诉练长庚喜讯。"阳子连跑带跳地走了。

叶穗笑着与两人道别。这一晚，她在黎昊的帮助下练习了很久的讲解稿。而位于西关的岳子明则彻夜难眠，他不仅为黎昊觊觎叶穗心烦意乱，更为自己尚未解决的难题心绪不宁。

夜里下起了大雪，清晨清冷的空气让叶穗极为高兴。黎昊先出去发动了汽车，打开暖风，等叶穗从门厅里出来时车里已是很舒适的气温了。

"你太好了。"叶穗拍了拍黎昊的脸颊说道。

"这也太划算啦，一点小事就能让你如此快乐。"黎昊笑得心满意足。

两人来到招标大厅时看见了众多的亲友团，包括岳子明、阳子、杜宇和周越，甚至是谢子尧也赶过来了，这多少给叶穗增加了信心。黎昊对叶穗交代了几句，就领着她一起走到建筑院的阵地，在坐下时他也不忘鼓励叶穗："别担心，有我在呢。"

"只是有点紧张，我并不指望能中标。看见没，民用院的吴大师也是这次方案的投标者。"叶穗低声说道。

"全当一次学习吧。"黎昊抓紧叶穗的手说道，全然不顾此时是在大庭广众之下。

叶穗僵硬地坐在椅子上，膝盖上放着讲解稿。黎昊的另一只手在她的背上轻轻地敲了三下，这是他们以前相互鼓气的暗号。叶穗轻轻地一笑，静下心来。

投标单位陆续到了，柳含烟的到来再次引起轰动，她异国情调的妆扮以及苍白的脸色非常惹人注目。黎昊也注意到柳含烟过分苍白的脸色，他的脸色也苍白了片刻，但很快恢复如常。既然彼此已经错过，那么他们都不必再打扰各自的生活。

美女建筑师姬超轶轻裘缓带地来了，比黎昊见过的任何一次都要轻松。这一次她并没有参与投标，而评比他人的作品是不需要紧张的。

"我们做观众了。"姬超轶走过来说道，眼神却情不自禁地投向了黎昊身边的叶穗。

"当观众总要好于投标人，你我不需要兵戎相见了。"黎昊礼貌地对她笑笑。

姬超轶哈哈一笑走了过去，留下素雅的香气。黎昊却只闻见叶穗身上自然的体香。

开标大会开始了，方案一个一个地展示在屏幕上。叶穗的方案第二个出场。虽是第一次在众人面前展示作品，叶穗却很好地掌握了讲解所需要的技巧。水中的莲花加上叶穗声情并茂的解说，吸引了评委的目光。

黎昊暗暗抱着希望，水中的莲花极有可能中标。柳含烟的方案并没有让黎昊等多久，但呈现在屏幕上的综合商城却大失水准，引来一片哗然。毫无创意的四四方方的仓库，让许多期待柳含烟作品的设计师大失所望。

黎昊也暗自觉得奇怪，商城的方案完全不像出自柳含烟的创作，在法国他虽没见过柳含烟，但她的作品却时常能见到。她的作品越来越注入自己的建筑艺术理论，更有广度与深度了。

"如果作品如她的美貌就没得说了。"一位设计师小声说道。

"徒有其表，并不是外来的和尚好念经。"另一位设计师的话语则不无嘲讽。

台上，柳含烟苍白的脸更白了，草草地结束了讲解便走下台来。接着，吴翔鸿的方案投影到屏幕上了，但黎昊此时顾不上看，他觉得柳含烟的状态很不好。在右前方，柳含烟静静地坐在那儿一动不动，像冻住了一样。

"黎昊，你过去看看她吧?"叶穗也察觉到柳含烟身体不舒服了。

"叶穗，我……"黎昊有些为难，他不想叶穗误会，却又放心不下柳含烟，她毕竟是自己的前妻，在国内也没有什么朋友。

"我都明白的，柳含烟一个人在国内，只有你能帮她了。"叶穗对黎昊笑了笑，再次催促黎昊赶紧起身。

黎昊不再犹豫，快步向柳含烟身边走去，但柳含烟却突然起身离开了。这时杜宇和周越也跑过来，脸上都带着不解和疑惑的神情，看来方案评审结束了。

"谁的方案中标了?"黎昊问道。

"吴大师的方案中标了。"杜宇惊奇地说道。

"让叶穗不要灰心，直接回院里吧。"黎昊说道。

等黎昊交代过杜宇，再寻找柳含烟的身影时，伊人已杳如黄鹤。黎昊的目光投放到柱子、墙角处，视线所及只是向外涌出的人群。黎昊赶到门外时走廊上一个人都没有，电梯的门将他挡在金属门外。他只看见柳含烟绝望的双眸。

"大师，受到打击了?"姬超轶从后面走上前说道。

"年轻人需要多锻炼，不久叶穗的作品就会出现在省城的大地上。"黎昊自信地说道。

"你知道我说的是什么。"姬超轶不依不饶地反问。

"是什么?"黎昊的脸色有些不快,"既然你对我的感情生活这么感兴趣,那我便明确告诉你好了,我现在只喜欢叶穗,而即使我和柳含烟分开了,她也是我的朋友。"

到了此时,姬超轶方感觉到黎昊生气时也是非常可怕的,她识趣地告辞了。

"姬大师,含烟是一个多愁善感的人,这段时间她肯定不好过,希望你能多开导一下。"黎昊的语气却突然缓和下来,他知道柳含烟回国后和姬超轶走得很近。

"你放心好了,我虽然有时候不讨人喜欢,不过没有坏心眼。"姬超轶自嘲地笑了一下,再次和黎昊挥手告别。

细碎的雪花天女散花般地飘然而下,落在依然翠绿的树叶上。对面的新悦大酒店笼罩在静默中,银装素裹之下一切都显得苍白无力了。黎昊站在窗前有一个时辰了,在这段时光里他的眼前不停地闪现着柳含烟绝望的眼神。茫茫人海的相逢就是缘分,他不希望柳含烟带着怨恨离开。他可以肯定的是她就要走了,带着满身失望走了。

他感到了身后叶穗的目光,但他无心给叶穗一个解释,苦涩地笑了。叶穗却从他的笑声中听出了欣慰,她意识到今天黎昊不会再有心指导她了。

叶穗在电脑前画五星级酒店的施工图时,阳子来了。自阳子实习结束后,她来建筑院的次数明显少了。叶穗以为阳子为练长庚的事来找黎昊的,但阳子却缠在她的身边,欲言又止。叶穗笑了笑,等阳子自己说话,但她等了好久,阳子却始终低头把玩手腕上的木香手串。

叶穗第一次见阳子如此忸怩不安,即便她失恋时也是一副满不在乎的神情。这让叶穗意识到,阳子今天是不会主动开口了。她不着急，继续把图纸中的墙线画完。

"练长庚怎么没来？"叶穗看了一眼立在窗前的黎昊，笑着对阳子说道，"不想来，还是想在阳家的公司谋更好的差事？"

"交接工作，明天才能来，不是为练长庚的事……"叶穗的打趣并没有引出阳子的共鸣，她依旧闷闷不乐。

"不是练长庚的事，会是谁的？阳大小姐历来没有心事。"叶穗一边在图中的建筑外墙上加上窗户一边说道。

这时叶穗才看出阳子的苦闷，她认识的阳子难得有心事，一旦有心事是不会藏在心里的。叶穗偷偷地乐了，她猜想等下一刻阳子一定会说出心事。果真，阳子先把叶穗拿鼠标的手按住，然后把她的椅子转向自己，这样两个人就面对面了。

"表哥没告诉你吧？"阳子问道，可不等叶穗回答又主动说道，"他订下了一门亲事，是泰盛房地产公司老总的女儿。"

叶穗想到早晨岳子明还对自己嘘寒问暖，不曾想竟然这么快就要当新郎了。她虽然早已放下了对岳子明的恋情，却还是觉得惊讶，愣在座位上，半天都没有反应过来。

"我本不想告诉你的，可我实在忍不住了。"见叶穗不说话，阳子的神情更加恼怒。

"什么时候的事了？你表哥这保密工作做得真好！"

"一个月前，现在岳子明正陪着他的未婚妻唐初弦踏雪赏梅呢。"

"省城还有梅花呢？我可不知道。"叶穗调笑道。

"我家海棠湾的后院有一片梅林，恐怕是省城唯一的梅林，那是我父亲多年前从南京移植过来的。"阳子详细地解释着，接着话音一转又骂起岳子明，"表哥真是一个混蛋！我这样为他制造机会，他却是一个花心大萝卜……"

阳子的话还未说完，叶穗就昏倒在电脑旁。阳子的惊叫把窗前的黎昊拉了过来，他急忙跑过来，将叶穗扶起来放到椅子上坐下，然后拿起手边的茶水给叶穗喂了些水。

杜宇和周越也跑了过来，却被黎昊挥手赶走了。

"叶穗是怎么回事？"黎昊问道。

"还不是岳子明定亲一事闹得，叶子姐蒙在鼓里呢，若不是……"阳子委屈地说道，直到这时，她还以为叶穗喜欢的人是岳子明。

此时叶穗醒来了，她失色的嘴唇抖了抖却没说出话来。黎昊的神色当即大变，他一直都对自己与叶穗的感情缺乏安全感，这会更是觉得在叶穗的心里，岳子明更加重要。

"叶穗，你没事吧？"尽管伤心，黎昊还是关切地询问。

"我想回去休息一下。"叶穗只觉得肚子疼痛难忍，便也不再矫情。

"去我那儿吧，我送你回去。"黎昊说着就抱起叶穗向外走去。

在院子的大门处，黎昊看见了岳子明，但他只是点头致意，便抱紧叶穗径直走向汽车，这会儿他可不想把机会白白给了情敌。

岳子明眼睁睁地看着黎昊载着叶穗离开了，他的目光还未从消失的汽车上收回时就看见走出门厅的阳子。从阳子躲闪的目光中，他明白发生了什么。这件事阳子憋了许久，说出来是迟早的事情。阳子的尚酷汽车一溜烟地开走了，完成任务似地走了。岳子明呆呆地立在挂满树挂的丁香树下，心中苦涩难言，他还未找回的恋人难道注定要失去吗？

叶穗回到碧石湾的别墅就睡着了，一直睡到第二天的下午。

这一天是周末，叶穗披了黎昊的一件男式衬衣赤脚走到飘窗前，顺势坐在窗台上。窗外是银装素裹的白色，散发出微寒的冷意。叶穗抱紧双臂，身子向里移了移，想要躲开无处不在的寒冷。坐了有十分钟，在屋子里的暖气下，她的手脚渐渐地有了热度。

她的注意力也从窗外冰冷的雪花转到室内，她注意到这间屋子与前次离开时并没有多少变化。这时，放在门后的行李箱引起了她的注意。叶穗看了好一会儿，方才认出那是自己的箱子。阳子在她睡着时把箱子送来了，见她睡着又悄悄地走了。

楼梯上传来稳稳的脚步声，叶穗不用看就知道是黎昊上来了。看见她醒了，黎昊笑了，让她下楼吃饭。叶穗听见吃饭方觉肚子里饥肠辘辘，她笑笑示意黎昊先下去。

叶穗洗漱完毕从楼梯上往下走时，听见有人说话的声音，她以为是黎昊来了客人，想到自己还穿着黎昊的衬衫，便想要返回去，却突然被叫住了，原来是柳含烟。

披了一身雪花的柳含烟站在门口。天又开始下雪了，今年的雪真多。显然柳含烟来找黎昊的，叶穗不知该返回去还是坐下来。

"不用躲着我，不会占用你们太多的时间。"柳含烟冷淡地说道，"果然，后宫佳丽如云。"

"含烟快进来。"黎昊装着没有听出柳含烟的讽刺，轻松地说道。

黎昊走过去想帮柳含烟把大衣脱下来，被拦住了。柳含烟轻轻一挥手就把他的手挡在半米之外。

"我是来还东西的，马上就走。"说着柳含烟从左手中指褪下一枚戒指，"三年前就应该还给你，却多占有了这么多年的时光。"

尽管三年多没看见过，黎昊仅凭一眼就认出那是结婚前送给柳含烟的婚戒。他没有接过戒指，也没有移动半步。他和柳含烟奇怪地站在大门那儿，彼此都苍白着一张脸。

"走之前，我不想留下遗憾，把我的那枚戒指还给我吧。"柳含烟再次说道，"原本这是一对戒指，心心相印。"

"那枚戒指早已躺在塞纳河里了。"黎昊冷漠地说道。

"我要那枚戒指，无论在哪里我都要。"柳含烟说道，"既然这样，拿那枚戒指交换。"

柳含烟又把那枚戒指戴到手指上，竟然笑了。

"我会还给你的，现在还不是时候。"黎昊恢复了一贯的风趣说道，"既然来了，吃过饭再走吧。"

"你早已不关心我的喜好，我不会吃不是为我做的菜食。"

"我为你再做一份，只要几分钟时间。"黎昊看见了柳含烟不耐烦的神色。

"不劳你费心，我会尽快离开省城，省得惹你不高兴。"说完柳含烟就要走，刚把门打开她又站住了，"如果戒指不能还给我，我会缠着你的。"

从门外涌进来一股清新的寒风，站在楼梯上的叶穗一下子就感觉到了冷，但身穿浅蓝色衬衣的黎昊却像什么都没感觉到。

"含烟，你从来就不会缠人，三年你像火箭一样离我而去，如今你会像飞船一样离开我的，你这句话威胁不了我。"

"我要去我父亲家，你们俩聊聊吧。"叶穗插言道。

"不必了叶穗，坐下来安静地吃你的饭吧，含烟要不了片刻功夫就走了。"黎昊说道。

"试一试吧，三年前我是赢家，三年后我还是赢家。"说完柳含烟走了。

门在黎昊的面前缓缓地关上了，挡住了纷飞的雪花。黎昊招呼叶穗吃饭，随后走入卧室从胸口上拿出那枚戒指。这枚戒指的确是他从塞纳河边捡回来的，那天晚上他一怒之下把它扔到塞纳河边，又花费整晚来寻找它。但他并不知该如何保存这枚戒指，后来用细细的红线穿起来挂到脖子上。

依黎昊对柳含烟的了解，她会第一时间返回巴黎。黎昊心急如焚却又面色如常，多方打听都没探得柳含烟离开的时间，就连姬超轶对柳含烟的离开也讳莫如深。

这一天黎昊过的漫长而烦闷，总有人打扰他漫无边际的思绪。万盛投资公司打电话催促施工图纸，寰宇房地产公司同样打电话催促图纸，张局长也打电话来说由于资金筹措不足，大剧院要瘦身。黎昊心烦间乱地坐在电脑前，脑子里根本没考虑眼下手中的活计。他刚想静一静时，练长庚来了。

小伙子来得不是时候，被黎昊晾在那儿。叶穗好心地招呼他坐下来，让他翻看建筑图册。黎昊心头的烦恼暂时消失了片刻，起来安排练长庚的事情。他让周越在一两个项目上先带一带练长庚，等他熟悉了工程设计的程序后再独立完成项目。练长庚被周越带走了，这里又静下来了。

下午四时关翎来了，她要结婚了，前两日钟丁山向她求婚成功。

"我早说过，你会是我们四个人当中最早结婚的一个。"叶穗微笑。

"结婚的对象就像炒股票，不要等到最高点再抛售。"关翎笑着说道。

"不要给我灌输歪理邪说。"叶穗说道。

叶穗一边与关翎打趣，一边暗暗希望她快离开，今天不是谈话的时候。关翎向叶穗炫耀过中指上的钻石戒指和手腕上的黄金手镯后，知趣地离开了。如此聪明的关翎一进门就发现了气氛的异样，她可不想等着被轰出去。

依在窗前的黎昊没有看见预想中的人，却看见岳子明站在寒风中，他猜想岳子明一定是被叶穗拒绝了。黎昊立在窗前迎来了夕阳又迎来了暮色，一回头方感觉到安静，办公室里只有叶穗还在，其他的人悄无声息地走了。他的车开到院大门时，岳子明已经不在那儿。

"恋爱中的人还真苦，明明相爱却要互相折磨。"黎昊淡淡地说道。

"总不会比鹊桥相会更难吧。"叶穗想以诙谐的口吻打消黎昊的沉闷。

"恋人之间没有矛盾也许就不叫恋人了。"黎昊的神情果真轻松了，轻轻地一笑。

吃过晚饭，岳子明来到了碧石湾，他是来找叶穗的。黎昊穿上大衣知趣地去了院子，留下他们俩单独谈话。

满天的星空让黎昊意识到雪早已停了。为了迎接即将起飞的航班，雪停了三个时辰，院子里以及远处浩浩荡荡的白雪与石山山峰上的积雪连成一片了。黎昊的心也像广袤的白雪一样绵延而去。他透过窗户看见两具僵硬的身影，不一会儿又看见一个孤独的影子离开了院子，那是岳子明的身影。

姬超轶的来电把寂然中的黎昊拉回到眼下的风雪中。

"柳含烟坐今晚九点钟的飞机。"美女建筑师开门见山地说道。

"谢谢。"黎昊挂断前电话瞥了一眼时间，还有半个小时飞机就要起飞了。

黎昊敲敲窗户，惊醒了屋内的人。叶穗打开窗户，伸出可爱的脑袋，带着疑问的目光询问道："怎么啦？"

"穿上大衣，跟我去机场。"说完黎昊走向车库。

叶穗蹦蹦跳跳地从丁香树丛跑来时，汽车稳稳地驶来。她默契地跳进尚未停稳的汽车里。黎昊不顾危险行走在打滑的高速路上，目光紧紧地盯着前方的道路。汽车尚未驶入机场，一架直冲云霄的飞机从黎昊的头顶飞过。

柳含烟孤独地走了……